紅至宝物語

流浪の用心棒と神秘宿す舞姫

平加多璃

富士見Ｌ文庫

contents

1、吉祥と舞姫

眩《まばゆ》いばかりの太陽が、真上から地上を照らす頃。アングレス国南方の田舎道を、トレジャーハンターの一団が馬に跨《また》がり進んで行く。整備の行き届かないでこぼこ道には其処彼処《そこかしこ》に水溜《みずたま》りができているが、それをちまちま避ける事なく豪快に水飛沫《みずしぶき》を上げながら。

その一団の最後尾にてだらだらと馬を走らせるウィードは、前を行く連中に先程から呆《あき》れていた。

その理由は彼らを見た人々がサッと道を譲る為《ため》だが、これは敬意を表しての事では決してない。あんな連中とは万が一にも関わりたくないという危機回避行動だ。

では何故《なぜ》ハンター達がそうも嫌われているかと言えば、答えは明白。連中の顔は本来の白い肌がわからない程に皮脂や泥で汚れており、髪はぼさぼさの伸び放題。おまけに纏《まと》う服はボロボロといった具合で、見るからに無骨者だからである。

――って、俺も人の事は言えねぇけどよ……

ウィードはもじゃもじゃ髪の頭を掻《か》きつつ考える。

自分自身、着古したシャツは襟元が伸び切って、ブーツだって泥ハネだらけ。おまけに猫背で柄も悪いときたもので、お世辞にも評判が良いとは……いや、やはりそれでもこの連中よりは大分マシか。少なくともウィードは彼らのように、物心もつかないような子供にまで避けられる事はないのだから。

だが当のハンター達は、周囲の反応なんて何処《どこ》吹く風の様子であった。そもそも人目を気にする様な繊細な感性を持ち合わせていない上、彼らは今、物凄《ものすご》く浮かれているからだ。

「なぁなぁ、そんでそのお宝を売っ払ったら、どんだけの金になるんだって？」

よく日に焼けた赤ら顔の男がご機嫌に話を振ると、眼帯をした別の男がこちらも弾んだ声で応じる。

「それがとんでもねぇ大金だって話だぜ！　俺ら全員、一生遊んで暮らせる程のな！」

「へぇーそりゃすげぇや！　そんな金が手に入ったら、ベティも俺に靡《なび》くかな⁉」

「ベティ？　っていうと酒場の給仕か？　っかー無理無理、いくら金があったってお前に靡く女がいるかよ！」

そんな冗談を言い合って大いに盛り上がっていたのだが、そこへ隊列の先頭から「うるせぇぞ！」と怒号が飛ぶ。声の主はたっぷりと髭《ひげ》を蓄えた大男——この一行のお頭《かしら》だ。

「ったくさっきから浮かれやがって……今回のお宝を狙ってんのは俺達だけじゃねぇんだぞ！　無駄足踏んで終わりたくねぇなら、もっと気ぃ引き締めろ！」

「へぇーい、すんませぇん」

怒られた連中は素直にそう返したが、暫《しばら》くするとまた冗談を言い合い始めた。今回の獲物とするお宝が過去一の売値になるという事で、どうしても浮足立ってしまうのだ。

わいわいとはしゃぎ騒ぐ部下達に呆れ返《かえ》ったお頭は、最後尾のウィードの元まで馬を下げると。

「なぁおい、あんたはしっかりやってくれよ？　今回のお宝を狙ってる奴は本当に多いからな、荒っぽい争奪戦になる可能性も大いにある……だからあんたに助《すけ》っ人《と》を頼んだんだ。もし実際に荒事になっちまったら、くれぐれもよろしく頼むぜ？」

そう念押ししてくるのだが、ウィードはこれにうんざりした。何しろ昨夜この一行に加わってから、もう五回も同じ事を聞かされているのだ。余りのくどさに耐え兼ねて、鋭めの三白眼で相手を睨《にら》むと生意気に言い放つ。

「あのなぁ、もう何度も言ってんじゃねぇか。お宝が手に入んなきゃ俺だって金にならねぇ。なのに手抜きなんかするわけねぇって！」

「そりゃぁーそうかもしれねぇが、でもあんたはハンターじゃねぇからよ。用心棒の若造がどんだけ現場で動けるか……」

「つっても、要は邪魔な奴をぶっ飛ばしゃいいだけだろうが。そんならいつもやってる事と変わらねぇよ」

「むぅ、そうだが……」

とは言いつつ、お頭はまだ不安気な様子だった。彼はじろりとした視線を寄越して。

「まぁ、ともかくしっかりやってくれ。なんせデカい仕事だからな、絶対失敗したくねぇ！」

「あーはいはい、わかったわかった……」

ウィードは適当に応じた後で舌打ちした。

全く、毎度こういう扱いで嫌になる。用心棒とはチンピラの商売だというレッテルを貼られている為、なかなか信用されにくいのだ。

特にウィードの場合、組織に属さない個人営業の上、二十四という若さだから尚更《なおさら》だ。

腕が立つ為に依頼は入るが、新規の依頼主達は誰もが半信半疑である。

加えて今回の依頼というのが、用心棒本来の仕事である〝護衛〟とは異なる為、依頼主たるお頭は過剰に心配しているらしい。その依頼内容とは、彼らの行うトレジャーハントへの加勢なのだが。

「つうか今回狙うお宝ってのは一体どういう代物なんだ？　俺はまだ詳しい話を聞かされてねぇんだけどよ」

ウィードが言うとお頭は「あぁ、そう言えばそうだったな」と頷《うなず》いた。

そして大きな咳払《せきばら》いの後で、彼は仰々しく語り出す。

「いいか用心棒。これから俺達が狙うのは〝紅吉祥《くれないきっしょう》〟ってお宝だ。そいつは数百年に一度、指輪や盃や剣……そんなようなものを器として、この世の何処かに顕現する。そんでそいつの主になるとな、なんと世界を掌握する力が手に入るらしい！」

「世界を掌握ぅ？　なんだそりゃ、具体的にはどういう事だよ。まさか神にでもなれるとか言い出すんじゃねぇだろうな？」

「さぁどうだかな？　俺もそこはよく知らん！」

「はぁー？」

この無責任な発言に、ウィードは大きく顔を顰《しか》めた。これから狙うお宝について、「よく知らん」とは何事だ。

「なんつーか……物凄く信用し難い話だな。そのお宝ってマジに顕現すんのかよ？」

ウィードは疑いの目を向けるが、お頭は力一杯頷いた。

「当然だ！　なんせ話の出所はウィスタンの森の占い爺《じじい》だぞ。奴の占いに出た以上、お宝の顕現は絶対だ！　で、金持ち連中は迷信深いモンだからな、こういう怪しい代物に馬鹿みたいに金を出す。だから紅吉祥ってのも、超高額での取引ができるってわけだ！」

だがその紅吉祥というお宝が、何を器として顕現するかは占いには出なかった。わかるのは顕現の日時とその座標。それから顕現が起きるいざその時、赤い光を発するという事のみだ。

なんとも不確かな話だが、しかし占いを聞いたハンター達はこぞってこれに食い付いたという。お宝と聞けば猪突《ちょとつ》猛進、それが脳筋と揶揄《やゆ》されるハンターなのだ。そうして今——つまりは紅吉祥の顕現が予言された当日、この一行も件《くだん》の座標を目指し、街道を進んでいるというわけである。

「——お、そろそろだな」

お頭がそう発すると、一同は「おぉっ」と声を上げた。もうすぐ金持ちになれるのだと、彼らの高揚は最高潮。手を叩《たた》く奴、指笛を吹く奴、歌い始める奴まで出て来るが、その浮かれた空気の中、お頭は一人、不可解そうに呟《つぶや》いた。

「うーん、しかし気に掛かる……」

「？　何がだよ」

ウィードが問うと、お頭はぼりぼりと頭を掻いて。

「んやぁ、俺ぁこの辺りには詳しいんだがよ。件の座標の位置ってのは、なんにもねぇ野っ原なんだよな。そんな場所に顕現するって……もしかして紅吉祥って奴ぁ、今回はその辺の石ころにでも宿るつもりか？」

「は!?　いや困る、変に地味なモンに宿られっと、買い手に軽く見られんじゃねぇか！」

お宝の価値を決めるものとは、「曰《いわ》く」と「華」の二つである。今回のお宝は「曰く」については申し分ないようだが、それに釣り合う「華」がなければ良い値段はつかないだろう。報酬を少しでも増やす為、その紅吉祥とやらには是非とも何か派手なものに宿ってもらいたいところだが……と、そこで。

ウィードはふと顔を上げた。道の先から風に乗り、何やら楽し気な弦楽器の旋律や人々の歓声が聞こえてきた為である。

「なんだ、この先で祭りでもやってんのか？」

そう呟いてみたのだが、いや、音が届く範囲には街なんてなかったはずだ。それなのにこんなにも賑《にぎ》やかな気配がするなんて……首を捻《ひね》りつつも馬を進め、いざ予言された座標まで到着した一行だが。

正にその座標の地に賑わいの元があった。

普段は何もないというその場所に、派手な色彩の巨大な天幕が張られていたのである。

「なんだなんだ、旅芸人一座が来てるのか！」

予想外の光景に、ハンター連中も驚きの声を上げている。

その一座はかなりの規模で、天幕は三百人程入れそうな大きさだ。だがそれでも客が溢《あふ》れてしまい、複数の入口には長蛇の列ができている。また、周囲には一座の公演に便乗した物売りなんかも出張っており、辺り一帯とんでもない賑わいだ。

ウィードは用心棒として各地を渡り歩く中、こうした芸人一座の公演に行き合う事も多かったが、ここまで客が殺到するのは見た事が無かった。そもそもこういった娯楽について、最近じゃ客足が遠のいていたはずなのだ。

何しろこのご時世、庶民の暮らしは楽じゃない。国王の悪政により高い税を搾り取られ、生活が圧迫されているのである。見世物に金を使う余裕のある者は少ないだろうに、何故この一座にはこうも人が押し寄せるのか……

そう訝《いぶか》しんでいたところ、お頭が何か閃《ひらめ》いたように「あっ」という声を上げた。

「オイお前ら、急いで天幕に入るぞ！」

「？　なんでっスかお頭？」

「お頭も一座の公演が観《み》たいんスか？」

首を傾《かし》げながら問う部下達を、お頭は「馬鹿野郎！」と怒鳴りつける。

「こんだけデカい一座だったら小道具も豪華に決まってんだろ!?　きっとその中に、お宝の器にぴったりの代物があるに違いねぇ！　だからお宝の顕現を待つなら、天幕内に入らねぇと！」

「ああ、成程！」

そうして一行は即座、人垣を掻き分け天幕へと突入した。その不届きな行いに顰蹙《ひんしゅく》の声が上がる。と、同様の声は別の入口からも聞こえてきた。どうやらお宝を狙う別のハンターグループも、天幕の中へ続々乗り込んでいるようだ。そう言えば先程から見世物見物の客の合間に野蛮な顔がちらほら見えるし、この件は本当にライバルが多いらしい。

では自分も遅れを取る訳にはいかないと、ウィードも足を踏み出し掛け——だが、少し考えて思い直した。丁度この座標に派手な天幕があるからと、お宝がその中で顕現するとは限らないからだ。

もしかしたらお頭の懸念の通り、その辺の石ころが器になる可能性だってあるかもしれない。その場合、全員が中に居たのでは、顕現に伴う赤い光に気付けない。ならば自分一人くらいは外に居るのが正解だろう。

さぁ、では何処でその時を待つべきか……ウィードは辺りを見回すが、天幕の周りは人で溢れ、頗《すこぶ》る見通しが悪かった。その上浮かれはしゃいだ人々は予測できない動きをするので、落ち着いて待機するのが難しい。実際ウィードは既に二回ぶつかられ、六回足を踏まれているのだ。

そうして七回目に足の小指を踏まれた時。

「……あーっ、ウザってぇ！」

ウィードは地上で待つのを諦めた。そして周囲で一番高い、天幕の裏手の木をするする登り、一帯を見下ろせる枝の上に立つ。ここならば邪魔も入らないし、天幕外の何処で顕現が起きようと見逃す事はないはずだ。

さて、無事に待機場所を定めると、後は只管《ひたすら》待つのが仕事。ウィードは暫《しば》し、真面目に目を光らせていた。おもちゃを買ってもらって喜ぶ子供、人の多さに不機嫌になる親父《おやじ》、そこへ「まぁ飲みましょうや」とビールを売り付ける陽気な商人。彼らの合間に何か光るものが見えないかと――……だが。

「…………だりぃー」

数分も経《た》たない内にそう漏らす。待つというのは言わずもがな、退屈な作業なのだ。

退屈はハントへの熱意を奪い、ウィードの頭を次第に冷やす。するとなんだか急激に、自分がとても馬鹿げた事をしているような気がしてきた。報酬の大きさに目が眩《くら》み、深く考えないようにしていたが、やはり紅吉祥なんて非現実的だと思えてきたのだ。

だって普通、ハンター達が狙うお宝と言えば、嵐に呑まれ沈没した巨大商船だとか、かつての有力諸侯の埋蔵金だとか、絶滅した生物の化石だとか珍獣だとか……それなりに起源のはっきりしたものである。

それに対し今回の獲物は、数百年に一度現れる吉祥？　世界を掌握する力を与える？　何かに宿って顕現する？――どう考えても御伽噺《おとぎばなし》だ。

――もしかしてハンターの奴ら、占い爺に揶揄われただけなんじゃねぇのか……？

そんな疑念まで浮かんでくるが、しかしそのお宝が本当に顕現したら莫大《ばくだい》な報酬が手に入る。この先の人生、働かなくても暮らせるような大金が。それを思うとウィードはどうにも引けなかった。どんなに揶揄われている可能性が高くとも――と、そこで。

不意にすぐ足元から、わいわいという話し声が聞こえてきた。天幕の裏口から数人の人物が出て来たのだ。それになんとはなしに目をやって――

「——……っ」

ウィードは思わず目を見開く。その集団の先頭を行く娘が、余りに美しかった為《ため》だ。異国にルーツを持つだろう褐色の肌。ウェーブ掛かった豊かな黒髪。胸部のみを隠した上衣と幾重にも巻かれた腰布は鮮やかな赤色で、頭や腕、足首に金の装飾を着けている。その派手で大胆な出《い》で立《た》ちからして一座の踊り子なのだろうが、意志の強そうな眉、猫のように大きな瞳と高い鼻、そして真っ赤な唇には見る者を強く惹《ひ》き付《つ》ける引力があるようだった。事実、身形《みなり》の良い男達が幾人も、熱に浮かされたように彼女の後を付いて行く。

「いやぁ、今日の舞台も本当に素晴らしかった！　嗚呼《ああ》ラウラ、僕はすっかりキミの虜《とりこ》さ！」

「なぁ、ステージから俺に視線をくれたよな？　あれはやっぱり、そういう意味かい？」

「何を言う、あの視線は俺にくれたんだ！　なぁラウラ、そうだよな！」

男達は懸命に娘を口説き落とそうとする。その熱烈な台詞《せりふ》の数々を鼻で嗤うウィードなのだが、彼らが呼ぶラウラという名には眉を上げた。それは近年、〝傾国の舞姫〟として評判になっている踊り子の名だからだ。

と、〝国を傾ける〟なんて大袈裟《おおげさ》に聞こえるが、しかし実際、この国を訪れた他国の王子がラウラの舞の虜となり、帰国を散々渋ったとか。それ以来〝傾国〟は彼女の通り名となったのだ。

成程、ラウラを擁する一座であれば盛況なのも納得だ。何しろ彼女は、エキゾチックな容貌だけでも一見の価値ありと謳《うた》われるのに、舞の技術も高いという。軽やかな足さばきにしなやかな肢体、繊細な表現、蠱惑《こわく》的な視線。妖艶に腰を回せば全ての男を魅了するとまで言われている。

そんな舞い手が観られるなら、客も殺到するだろう。たとえこんな先行き不安なご時世でも……いや、先行きが不安だからこそ、一時の夢を見たいのか。そして〝傾国の舞姫〟ならば、抜群の夢を見せてくれるのに違いない、が。

しかしウィードには、彼女に群がる連中の気持ちが全く理解できなかった。

何故《なぜ》ってラウラは、うんざりする程に気の強い女だったのだ。

「——ねぇちょっと。あんた達どこまでついて来るつもり？　こっちは踊ったばっかで疲れてるのよ。暇人の相手なんかしてらんないってわからない？」

ラウラは男達を振り返ると、苛立《いらだ》ちを隠しもせずに言い放つ。彼女より幾つも年上だろう、しかも漏れなく金持ちだろう男達をまるで敬う素振りもなく、それどころか小蠅《こばえ》くらいにしか思っていないのがありあり伝わる態度である。

——うわ、キッツい女。

ウィードはうへぇと舌を出すと、早々に興味を失《な》くしてラウラと男達から視線を外した。噂《うわさ》の人物の登場につい観察してしまったが、そろそろ紅吉祥の顕現が予言された時刻なのだ。いつ赤い光が現れるか知れない以上、集中していなければ……と、思うのに。

「おいおい、それはないだろう!? 俺はこの公演の為に二日も馬を飛ばしたんだぞ？」

「俺なんか新作のドレスを贈ったんだ！　それなのにつれない態度を取るなんて！」

男達の悲嘆の声はどうしても耳に入って来た。そりゃそうだ、すぐ足元で騒がれたのでは無視するのは難しい。

男達は懸命にアプローチを続けたが、ラウラはまるで取り合わなかった。何を言われても笑顔を見せず、最後には「うるさい、いいから一人にして！」と一喝する。嚙《か》み付かんばかりの勢いで拒絶されると流石《さすが》に心が折れたのか、男達は肩を落としすごすごと退散していく。

――あぁ、これでやっと静かになるか……

ウィードは大きく息を吐いたが、しかし安堵《あんど》するのは早計だった。一人だけその場に残った男が居たのだ。彼はラウラの肩をぐっと摑《つか》むと、

「なぁラウラ……俺はもう限界だ！」

舞台役者のように大袈裟に首を振って訴えた。

「教えてくれ、一体俺のどこが不満だ？　俺は名家の跡取りだ。結婚すれば一生安泰、なんだって与えてやれるんだぞ！　こんな一座で踊るより、俺の妻になる方がどう考えてもいいだろうに……何故お前は頷《うなず》かない!?」

それから男は長々と、家柄だの財産だのと自己アピールを繰り広げた。纏《まと》う衣服や気障ったらしい髪型からして貴族のボンボンなのだろうが、その話の喧《やかま》しさにウィードは白目を剥《む》いてしまう。どうでもいい自慢話を聞かされる事以上の苦痛はこの世にないのだ。

だが頭上に辟易《へきえき》としている人間が居る事等露知らず、男は尚《なお》もべらべらと話し続け——やがて両手を広げると。

「さぁ言ってくれラウラ、お前の望みを！　お前の為なら、俺はなんでも叶《かな》えてやるぞ！　それこそが俺の、お前への愛の証明なんだ！」

長台詞《ぜりふ》をなんとも大仰に締《し》め括《くく》る。

するとそれから数秒の間を置いて。

「……あらそう。じゃぁ言わせてもらうけどね」

ここまで黙っていたラウラが口を開いた。そうして艶《つや》やかな赤い唇から発されたのは、甘えたおねだり——では、なかった。始まったのは凄《すさ》まじい勢いの糾弾だ。

「あたしが望むのはたった一つ、今すぐあんたが消える事よ！　あんた、上から目線で物を言ってる自覚ある？　いい暮らしをさせて〝やる〟、あれやこれや買って〝やる〟……そんなの頼んじゃいないってのよ！　あんたあたしを馬鹿にしてんの!?」

ラウラは男へと指を突き付け物凄《ものすご》い勢いで捲《まく》し立てるが、まさかそんな展開になるとは夢にも思っていなかったのだろう、男は引《ひ》き攣《つ》った笑みを浮かべて。

「いや待ってくれ、馬鹿になんて……俺は別にそんなつもりじゃ」

「へーぇ？　それじゃどんなつもりよ。何か買ってやれば喜んで嫁にくるだろうって、人をなんだと思ってんの？　あたしそんな安い人生を生きてるつもりないんだけど！」

「いや、ラウラ、俺は——」

男は弁明しようとするが、それも無視してラウラは続ける。

「この際だから教えておくけど、あたしが踊るのは男の気を引く為じゃない。自由に生きていくだけの稼ぎと地位を得る為よ。あたしが求めるのは自由だけ、誰の所有物にもならないわ。わかったらさっさと引き上げてくれる？　それで二度と来てくれなくて結構よ！」

ラウラはそう言い切ると、犬を追い払うようにしっしっと手を払った。男の自分本位なアプローチが余程腹に据えかねていたらしい。

まぁあんな自慢話を長々続けるような男に追い回されれば、辟易するのも無理はないが……ウィードは眉間に皺《しわ》を寄せる。今のは些《いささ》か言い過ぎだと思ったのだ。無論男を擁護するわけじゃない、が、しかしあんな言い方をすれば……と、案の定。

「こ、この女……黙っていれば調子に乗って……っ」

男は唸《うな》るような声を出す。ラウラの言葉にプライドを傷付けられ、怒りに火が点《つ》いてしまったのだ。彼はラウラの腕を摑むと、何を思ったかそのまま引き摺《ず》って行こうとする。

「っ、何するのよ！」

ラウラが抗議の声を上げるも、男は手を放さない。

「いいから来い！　お前のように生意気な女には教育が必要だ、俺が口の利き方ってものを教えてやる！」

「はぁ!?　いらないわよ馬鹿じゃないの!?」

ラウラは足を踏ん張って抵抗するが、男の力には敵《かな》わなかった。男はすっかり強硬姿勢へ転じており、強引に事を進めんとして……この様子にウィードはぶるりと身を震わせた。

――嗚呼畜生。大仕事の最中だってのに、こんな場面に出くわすなんて……！

鳥肌の立つ腕を摩《さす》って顔を顰《しか》める。実に情けない事だが、ウィードはある時を境に、こういう暴力的な光景が苦手になってしまったのだ。

勿論《もちろん》それが、闘志の拮抗《きっこう》している者同士ならば構わない。だが、強者が弱者を一方的に踏《ふ》み躙《にじ》るのには怖気《おぞけ》が走って堪《たま》らない。特にその弱者が女だと、どうにも抑えが――……と、ここでウィードは首を振る。

駄目だ駄目だ、一体何を考えている？　直《じき》にお宝が顕現するのだ、他に気を取られている場合じゃない。

ウィードはずっと、働かずに済む人生を切望してきた。できるだけ人と関わらず、面倒を避け、ひっそり静かに生きたいのだ。そして今回のお宝は、それを実現できるだけの大金になる。ならば絶対逃せない。顕現のその時を集中して待たなければ……とは思えども。

「ほら、大人しくこっちに来い！　身の程って奴をわからせてやる！」

「冗談じゃないわ！　あんたの言う事聞くくらいなら、舌噛んで死んでやる！」

「何を……どこまで減らず口だ、この女っ」

激昂《げきこう》した男はラウラの髪を強く掴んだ。これに悲鳴混じりの声が上がると、ウィードはもう限界だった。衝動を抑え切れず、手近な小枝を一本手折ると、思い切り男の頭へ投げ付ける。

「痛っ……なんだぁ!?」

　小枝が見事命中すると、男はラウラから手を放し両手で頭を押さえ込んだ。弾みでラウラが倒れ込み、それと同時、ウィードは二人の間へ飛び降りる。そして男を真正面から睨《にら》み付けると、苛立ち顕に言い放つ。

「なんだぁ～じゃねぇよ下衆《げす》野郎！　てめぇが馬鹿な事始めるせいで仕事に集中できねぇだろうが！　んっとに権力者ってのは、ろくな事しねぇよなぁ!?」

「っ!?　な、なんだお前、急に出て来て……もしかして、ずっと覗《のぞ》き見《み》してたのか!?」

「何言ってんだ人聞き悪ぃ！　俺の方が先に此処《ここ》に居たっての！」

　ウィードは頭上を指さして語気荒く言い返す。

「つぅか無理強いなんてダセェ事してんなよ。そもそも見る目無さ過ぎじゃねぇか？　こんな女モノにしたって、苦労すんのは明らかだろ⁉」

「ちょ……なんですって？」

突然の助《すけ》っ人《と》の登場に啞然《あぜん》としていたラウラだが、この言われ様に我に返ったようである。腹立たし気な声を上げるが、ウィードは無視して話を進める。

「だから諦めてさっさと帰れ。んで別の、お前に靡《なび》く女を探しな。その方が余程実りがあるだろうが」

そう正論を叩《たた》きつけるが、相手は耳を貸さなかった。男は顔を真っ赤にして吼《ほ》え掛かってくる。

「何を言う！　いいか、俺はな、こいつに弄ばれたんだ！　散々貢いでやったというのに侮辱された！　だから――」

「って、誰が貢いでくれなんて頼んだのよ？　あんたが勝手にやった事でしょ！」

「うるさい、黙れ！」

ラウラの横やりを男は大声で遮ると、改めてウィードへ向き直り。

「ともかく俺は傷付けられた、だからこいつに痛い目見せて何が悪い！　というかお前は誰なんだ、関係の無い奴がしゃしゃり出るな！」

「あぁ⁉　そう言ったって仕方ねぇだろ、こんな状況放《ほ》っといたら夢見が悪くなんだからよ！」

そう返すもウィード自身、何故こんな事に首を突っ込まなくてはいけないのかと思っていた。全く忌々しい事この上ない。こういう場面を見過ごせない自分自身も、弱者相手に好き勝手を働く輩《やから》も。

「夢見だと？　何を意味のわからん事を……いいから俺の邪魔をするな！」

男はすっかり興奮し、腰に佩《は》いていた剣を抜く。そうして凶器を見せ付けられれば、普通は緊迫するものだが、ウィードは思わず笑ってしまった。

「おい、本気か？　言っとくがやめといた方がいいぜ」

「なに、何故だ！」

男は大声で問い掛けて来る。対するウィードは実に冷静に答えを投げた。

「だってその剣、どう見ても新品だろ。使ってねぇのが丸わかり。ろくに実戦経験もねぇ奴が、用心棒相手に喧嘩《けんか》なんざ売るもんじゃねぇ」

そう親切心で言ってやったが、男はハッと嘲笑した。

「用心棒？　それがなんだ、偉そうに……要するにチンピラじゃないか！　こっちはわざわざ王都に出向き、有名な師範から剣術を学んだんだ。チンピラ風情に負けるわけが――」

と、宣《のたま》う最中。ウィードは勢い良く男の懐に飛び込むと、剣を握る手に強《したた》か拳を叩き込んだ。男は「ぎゃっ」という悲鳴を上げ、華美な装飾付きの剣を取り落とす。

「あーあー隙だらけじゃねぇか素人がよ。てめぇの師範ってのは、剣を抜いたらどんな時でも集中しとけって教えちゃくれなかったのか？」

「い、威張るな！　今のは不意打ちだったからだ、この卑怯《ひきょう》者め！」

「卑怯ー？　馬鹿野郎、それが実戦ってもんだろうが。試合じゃねぇのに卑怯も糞《くそ》もあるもんかよ！」

そう一喝してやると、男は悔しそうに歯嚙《はが》みしながら足元の剣を拾った。が、それを再度構える事はなく、ジリジリと後退する。どうやら相手との力量差を測るくらいはできるらしい。ウィードの動きの速さを見て、自らの方が分が悪いと判じたようだ。

さて、これで男も大人しく引くだろう……ウィードはそう考えたのだが、甘かった。相手は突如走り出すと、少し離れて事の成り行きを見守っていたラウラへ迫り、次の瞬間。

「キャァァッ！」

絹を裂くような悲鳴が上がる。男はラウラを背後から抱き込むようにして、その喉元に剣を突き付けたのである。

「ちょっ——あんた、何考えてんのよ⁉」

「うるさい、いいから大人しくしろ！」

「いや、放して！」

男の手から逃れようと、ラウラは再び叫びを上げる。その声は高く鋭く、空気をビリビりと震わせるように響き渡り——途端、ウィードの全身からドッと汗が噴き出した。

——嗚呼《ああ》クソ、面倒な事に……！

ウィードは胸の内で悪態を吐《つ》く。忽《たちま》ちに心臓の音が速くなり、指先が冷たく痺《しび》れ出す。視界がぐんにゃり捻《ね》じれていき、足元が沈み込むような錯覚に見舞われる。

女の悲鳴はウィードにとってトリガーなのだ。悪い記憶が呼び起こされ、意識が搦《から》め取《と》られてしまう。自責と後悔で気道が塞がり、呼吸すらうまくできなくなる……嗚呼、こうなるのが嫌だから、ラウラが叫びを上げる前にと助け船を出したのに！

ラウラは尚も悲鳴を上げるのをやめなかった。叫んでいれば助けが来ると考えているのだろうが、しかし辺りの賑《にぎ》やかさに遮られ、人が駆け付けて来る様子はない。その声はただ、ウィードの平常心を奪うのみだ。

——嫌だ、これ以上は聞きたくねぇ……！

ウィードは堪らず首を振る。いっそ全てを放棄して逃げ出したいような気にもなる……が、そんな事をしてしまえば、ラウラの辿《たど》るだろう顛末《てんまつ》を考えて延々苛《さいな》まれる事になる。

ならばどうする？——答えは一つ。

無理やりにでも事態を収めるより他にない。

ウィードは一度大きく深呼吸し、自身をなんとか落ち着けた。そして男へ向き直ると、威勢の良い声を絞り出す。

「おぅコラてめぇ、何をやってんだ何を！　諦め悪いにも程があんだろ！」

「うるさい、口を出すな！　俺はこの女に散々金を使ってきた、だからこうする権利が——……って、なんだお前その顔は⁉」

男はウィードを見た途端、馬鹿にするように噴き出した。

「は……ははは、どうした、顔色が真っ青だぞ⁉　もしかしてこの状況に怖気づいたか⁉」

「はぁ⁉　んなわけねぇだろ！」

ウィードはそう返すのだが、自分でも酷《ひど》い顔をしているという自覚があった。男はウィードが臆したものと疑わず、勝ち誇ったように高笑いする。

「いい、いい、チンピラ風情が強がるな！　勝てないと思ったのなら大人しく引くといい、これ以上邪魔をするとラウラが傷付く事になるからな！　お前が何故《なぜ》首を突っ込んでくるのか知らないが、この女に怪我《けが》させたくはないんだろう？」

「って汚《きた》ねぇ手段取りやがって……てめぇ、マジモンの下衆じゃねぇか！」

「とんでもない、これは合理的と言うんだよ。さぁ、ラウラを傷付けられたくなかったら、さっさとここから立ち去るんだ！」

男の目は完全に欲に取り憑《つ》かれていた。全く理解に苦しむ話だ。たかだか女一人の為《ため》にここまで理性を失えるなんて……だがなんにせよ、これ以上時間を無駄にはできない。

「…………」

ウィードは静かな呼吸で剣を抜き、そして構えた。決して派手な動作ではなかったが、それを境に空気が変わる。急激に高まる緊張感。ピリッとした殺気が肌を弾く。

と、この展開が余程予想外だったのか、男は目に見えて狼狽《ろうばい》した。

「な、なんだ……何故剣を構える⁉　まさかこの状況が理解できていないのか⁉　いいか、お前が下手な動きをすると、ラウラが――」

「おぉ、やれよ」

「――っ」

低く冷たい言葉に男が怯《ひる》んだ、その刹那。ウィードは地面を蹴り一瞬で男に肉迫すると、強烈な一撃で相手の剣を跳ね上げた。全身に伝わる衝撃に、男はよたよたとタタラを踏んで尻餅をつく。その隙にラウラを背後に庇《かば》い、切っ先を男の眼前に突き付ける。

「ヒッ――」

瞬きの間に形勢を逆転され、男は引《ひ》き攣《つ》ったように息を呑んだ。その眉間をウィードはちょんと突いてやる。それは血すらも出ないようなほんの僅かな刺激だったが、既に極限まで張り詰めていた男には十分だった。彼はか細い悲鳴を漏らし、白目を剝《む》いて気絶する
――勝負ありだ。

「はー……面倒掛けやがって……」

剣を納めつつウィードはぼやく。勝利による高揚等はまるでない。こんな立ち回りに時間を取られてしまった事が、只管《ひたすら》に忌々しいだけである。

だがこれで厄介事は片付いたし、崩れていた調子も回復してきた。ならば早いところ仕事に戻ろう、と考えたが。

「ねぇ、あんた」

そこでラウラに呼び止められた。

「誰だか知らないけど助かったわ。あんたの加勢がなかったらどうなってたかわからなかった。まぁ少し引っ掛かる発言はあったけど……ありがとう。礼を言うわ」

彼女はウィードの前に立ち、真《ま》っ直《す》ぐに瞳を見詰めてそう告げる。

そうして改めて対峙《たいじ》すると、やはりラウラの美しさには目を瞠《みは》るものがあった。成程、傾国というのも納得だ。これ程の魅力を前にすれば、男が我を忘れるのも無理はない、が。

「礼とかいーわ。じゃ」

ウィードは素っ気なく応じると、即座にラウラに背を向けて先程の木を登り始めた。

周囲の騒《ざわ》めきになんら変化がない事からして、きっとまだお宝は顕現していないのだ。ならば早く樹上に戻り、その瞬間に備えなければ。世間の男がどうだろうと、ウィードには美女なんてどうでもいい。金になるお宝こそが大事なのだ。

「じゃ、って……ちょっとあんた待ちなさいよ！」

「ぅおっ⁉」

二本目の枝に手を掛けたところで、ウィードはそんな声を上げた。ベルト代わりの腰布をラウラが引っ張ってきた為だ。

「もしかしてこのまま立ち去るつもり⁉　駄目よ、そんなの認めない！　借りだけ作るなんて気が済まないし、一座の信用にも関わってくる！　座長からそれなりの礼をしてもらわなきゃ！」

「はぁ？　別にそんなのいらねーって……つか放せよ、俺ぁ急いでんだから！」

ウィードは荒っぽく言うのだが、ラウラは全く怯まなかった。礼をすると言って譲らず、ウィードを引き摺《ず》り下ろそうとする――ってこの女、なんと強情なのだろう！

ともかくもうお宝はいつ顕現してもおかしくない。だから早く木の上に登り、見晴らしを確保しなければ……だが相手が女となると、強引に振り払う事もできはしない。

こうなったらと、ウィードは牙を剝くような表情を作り。

「おいお前！　あんまりしつこいと斬っちまうぞ⁉　なんたって俺ぁ無法者の用心棒だ、邪魔すんなら女だって容赦しねぇ！」

と、少し脅せば怯《おび》えて手を放すだろうと思ったが、ラウラは実にあっさりと。

「何言ってんの、あんたにそんな事できるわけないじゃない」

「あ？　なんで――」

「だってあんた、悲鳴を聞くのが嫌なんでしょ?」

「っ!?」

この指摘にウィードは三白眼をひん剝いた。するとラウラは「やっぱりね」と頷《うなず》きを繰り返す。

「あんたさっき、あたしが悲鳴を上げた途端に顔色悪くしてたものね。どんな事情か知らないけど悲鳴が——いえ、男を平気で蹴散らしてたところからすると、女の悲鳴が苦手なんでしょ? それなのにあたしを襲えるわけがないじゃない」

「——っ」

完全に図星を突かれ、ウィードは言葉に詰まってしまった。この女、危機的な状況にあったというのにウィードの異変を捉えていたとは、どれだけ肝が据わっているのだ。こんな風に他人に弱みを知られるのは決して良い事ではないが——いや、今はそれを気にしている場合じゃない。

「とにかくマジで放せって! この瞬間に俺の人生が懸《か》かってんだよ!」

「はぁ? 人生懸けた木登りなんてあるわけないでしょ! とにかく礼をするって言ってんだから、素直に受け取ったらいいじゃない!」

「しつけぇな、いらねぇっつってんだろ!? つか恩義感じてんなら、こっちの意思を尊重しろよ!」

「だから、それじゃあたしの気が――」

――と。

ラウラの言葉は中途半端にぶつ切れた。代わりに「えっ」という声が漏れ、ウィードも短く息を呑む。

それは突如として、視界が真っ赤に染まった為だ。夕暮れ時でもないというのに、いや、夕暮れよりも鮮烈な赤が、二人を包み込んだのである。

「――っ、これが……！」

この不可思議な現象に、ウィードはすぐに直感した。これこそが紅吉祥顕現の光に違いない。占い通りにその神秘は、今日この場所に現れたのだ。

では急いで光源を探さねばというところだが、その必要はまるでなかった。

何しろ光を発するものは、ウィードの目の前にあったのだから。

「え……ちょっと、何よコレ……！」

ラウラは戸惑いの声を出す。無理もない。突如自分の身体《からだ》から真っ赤な光が発されたら、誰だって困惑するに決まっている。

その光は十秒程辺りを赤く染めた後で徐々に小さく弱まっていき、やがてラウラの中へと集約されるようにして消えた。その様子を呆気《あっけ》に取られて見守っていたウィードだが、世界がすっかり元の色合いを取り戻すと。

「っ、マジかよ……」

額を押さえて吐き出した。鮮烈な光を見た直後だという事を差し引いても、目の前が暗く感じられる。何しろこれはウィードにとって、最悪の事態だったのだ。

今回の仕事は、紅吉祥の器を手にしたら依頼主たるお頭へ引き渡し、道具屋にて金に換え報酬をもらうという流れである。しかし器が人とあっては、お頭に引き渡す事が――それどころか器を見付けたという報告すらもできやしない。何故ってあのハンター達は、器が人間だとしても容赦なく売り飛ばそうとするに決まっているからだ。

人身売買への加担なんて、ウィードにできるわけがない。よって今回の報酬を手にする事は、完全にできなくなったというわけである。

「って嘘《うそ》だろ……？　完全に徒労じゃねぇか……！」

俄《にわ》かには受け入れ難《がた》い事態だが、しかし何度反芻《はんすう》しても、この世ならざる赤い光はラウラの中から発されていた。その記憶を否定するのは難しく、ウィードはもう呻《うめ》くしかない。

確かに派手なものが器になればと願いはしたが、こんな結果になろうとは――……と、そこで再び腰布が引かれた。ラウラだ。

「ねぇちょっと、今の光って何⁉　なんであたし光ったの⁉　あんた何か事情を知ってる風だけど、一体何が起《お》こったの⁉」

問い掛ける声は逼迫《ひっぱく》していた。男に襲われても気丈だった彼女だが、今の現象には酷く狼狽しているらしい。形の良い眉が不安気に歪《ゆが》められている。

だが、説明を求められても困ってしまう。ウィードだって紅吉祥というものについて、詳しい事は知らないのだ。だがラウラの瞳が寄る辺なく揺れるのを見ると、何も言わずに放置するのも気が引けた。そこで木を下りラウラの前に立つと、頭を掻きながら言ってやる。

「あー……つまりだ。今のは紅吉祥っつぅモンが顕現する時の光らしい。で、そいつはお前を器にしたって事だろうな」

「紅吉祥？　器？　あんた何言ってんの？」

「まぁ信じるかどうかは任せるけどよ、ともかくその紅吉祥ってのは物凄《ものすご》い力があるとかで、売ると莫大《ばくだい》な金になる。だからお前、自分が器になったなんて下手に口外しない方がいいぜ。それが知れたらお前を狙ってハンター共が殺到するだろうからよ」

ウィードは自分の持っている僅かな知識を一息に与えると、「そんじゃぁな」と背を向けた。報酬を得られないとわかった以上、もうこの場所に用は無いのだ。お頭には紅吉祥顕現の光を見出《みいだ》す事はできなかったとでも報告し、次なる仕事を探しに行こう――と、思ったが。

「どこ行く気!?」

「っ！」

タックルよろしく後ろから抱き着かれ、ウィードは大きくバランスを崩した。が、鍛え抜いた体幹でなんとか堪えると、肩越しに思い切り怒鳴りつける。

「おい危ねぇな！　お前、何考えて――」

「そっちこそ何考えてんのよ!?　まさか今の説明だけで、あたしを置いてく気じゃないでしょうね!?」

その剣幕は凄《すさ》まじく、ウィードが一瞬怯んだ隙にラウラは更に捲《まく》し立《た》てる。

「こっちはね、いきなり身体が光ったのよ!?　それだけでも死ぬ程混乱してんのに、紅吉祥だの器だのって意味不明な事言われて……おまけに売るだの狙われるだの、そんな物騒な情報まで寄越されたらどうしていいかわからないじゃない！」

「って俺の知った事じゃ――つか少し落ち着けって、耳元でギャンギャン喚《わめ》くな！」

「無茶言わないでよ！　こんな状況で落ち着けるわけないでしょうが！」

ラウラは一層の大声で吠《ほ》え掛かった。

「とにかくこのままじゃいらんないわ！　あんた多少なり事情を知ってるなら、この件に詳しい人の事も知ってんじゃないの!?　その人の所まで連れてってよ！」

「はぁ!?　なんで俺が――」

「じゃぁ他に誰に頼れって言うの!?　身体が光った事自体誰にも相談できないのに!?　狙われるから事情を話すなって、たった今あんたが言った事じゃない！」

そう畳み掛けられると、ウィードは反論できなかった。もし誰かに事情を話し、その誰かが紅吉祥の価値を何処《どこ》かで知れば、彼女を売ろうとするかもしれない。その点、女に無体を働けず、更にもう事情も知っているウィードであれば、頼るには打って付けというわけだ……が。

「めんっどくせぇ……」

そんな悪態が転がり出た。何せ彼女に手を貸しても、なんの得にもならないのだ。それにこの生意気な女の相手をするのも骨が折れるし、早いところ退散したいのが本音である。

だがそんなウィードの耳元に、ラウラは悪魔のように囁《ささや》き掛けた。

「言っておくけど、あたし根競《こんくら》べなら負けないわよ。あんたが了承するまで絶対に離れないから。それか手っ取り早く悲鳴でも上げたらいいかしら？　あんたにとっちゃそれって結構嫌な事よね？」

「は、はぁっ⁉」

その脅しに、ゾゾッと悪寒が這《は》い上がった。こんな至近距離で女の叫びを聞くなんて冗談じゃない。考えただけでも鳥肌が立ち、ウィードは必死に首を振る。

「やめろ馬鹿、それだけは絶対にすんじゃねぇ！　つかお前さっきまで、俺に礼がしたいとか言ってたじゃねぇか！　なのに脅迫すんのかよ⁉」

「悪いけどとっくに事情が変わったのよ！　さぁ、三秒以内に案内を引き受けるって言わないと思いっきり叫ぶからね。さーん、にーい……」

「〜〜……っ！」

この容赦のないカウントダウンに、ついにウィードは観念した。が、これはなかなかに腹に据えかねる展開であった。まさか自分が脅しなんかに屈するなんて——それも相手が武器も持たない女だなんて！

そもそもお宝が手に入らず落胆しているところなのに、こんな面倒にまで巻き込まれる事になろうとは。もし厄日というものがあるならば、それは今日に違いない。

アングレスという国は、戦によって周辺諸国を制圧し領土を広げた、エウロパ大陸随一の強国である。自国の文化と征服した国の文化が混じり合い、科学や技術、生活様式や芸術等で多様な発展を遂げてきた。

国土の中心には王都があり、その周辺では土地が拓《ひら》かれ川が曲げられ、人こそが生活しやすいよう環境が整備されている。だがそんな王都から離れる程に、この国は自然豊かとなる。地方はのんびりとした雰囲気で緑が多く、人々は木々と共存するように暮らしているのだ。

この南方地域も比較的田舎だが、その中でも現在地——一座の天幕から一刻半ほど馬を走らせてやって来た村は別格だった。何しろ自然と共存どころか、ほぼ手付かずの森の中に存在する。土地を拓くような事は一切なく、村人は木々の合間に間借りするかのように家を建てて暮らしているのだ。

ここまで自然を主体とする集落は珍しく、住人も変わり者ばかりだというが、目的の人物はその筆頭だ。それは誰あろう、紅吉祥の顕現を予言した人物である。

「ふぅん、ウィスタンの森の占い師ね……あたしも噂《うわさ》くらいは聞いた事があるわ。なんでも齢《よわい》百二十を超えるおじいさんでしょ？　変人って評判の」

日の光も遮る程に鬱蒼《うっそう》とした森の中、ウィードの腰に掴《つか》まって馬に乗るラウラは疑わし気な声を出す。

「確かに占いは当たるらしいけど、信用して平気なの？」

「さぁな、俺も会った事ねぇからそこはなんとも言えねぇよ。けどその爺《じじい》しか当てがねぇんだから仕方ねぇだろ？　それにそいつの占い通り、紅吉祥なんて奇天烈《きてれつ》なモンが現れたんだ、少なくともインチキ野郎じゃねぇんだろ……」

そう返しつつ、ウィードは今更ながら、紅吉祥なんて非現実的なものを受け入れ始めている自分を奇妙に思った。だがそれが実際に顕現し、ラウラに宿るのをこの目で見てしまったとあれば、受け入れるより他にないのが現状だ。まぁだとしても、〝世界を掌握〟等《など》という大袈裟《おおげさ》な謳《うた》い文句《もんく》まで信じる気にはなれないが。

正直なところ、ウィードはこういう怪しげな話が好きではなかった。常識で測れないものはどんな不都合を齎《もたら》すか知れないからだ。だから深く関わるのは避けたいが……

しかしラウラからは、占い師との話が終わったら一座へ送れと言われていた。そうでなくともこんな所に女を一人放り出していくわけにいかない。その為《ため》もう少しこの奇妙な話に付き合わねばと、ウィードはうんざり息を吐く。

それから暫《しば》し、木々の騒《ざわ》めきや鳥の声を聞きながら馬を進め、村の最奥にある占い師の住処《すみか》へと到着したのだが、そこは木材を歪《いびつ》に組み上げた、ちんまりとした小屋だった。傍らのイチイの巨木に取り込まれ、ほとんど融合しているような佇《たたず》まいである。

「此処《ここ》か……如何《いか》にも怪しい占い師が住んでますって感じね」

ラウラはそんな評価を口にすると、ひらりと馬から飛び降りた。続いてウィードも馬を降り、手近な木に手綱を繋《つな》いでいたのだが――その作業が終わる前に、ダンダンと激しい音が鳴り響いた。森の静謐《せいひつ》な空気を揺るがすその音は、ラウラが小屋の扉を叩《たた》く音だ。

「ねぇー占い師の人いる!? ちょっと顔見せてよ、聞きたい事があるんだけど！」

「ってお前馬鹿じゃねぇの!?」

この大胆過ぎる行動に、ウィードは急いで馬を繋ぐと彼女を扉から引っぺがした。

「相手がどういう奴かもわかんねぇのに、その感じで行くか普通!? ドアぶっ叩いて呼び出しって、俺でもしねぇぞそんな事！」

「何よ、気が急《せ》いてんだから仕方ないでしょ!?　一刻も早く詳しい話が聞きたいのよ！」

「だからって、警戒心がねぇのかお前は！」

ウィードは呆《あき》れ返《かえ》ってしまう。不安を抱いた人間とは大人しくなるものだろうにラウラは全くの逆である。むしろどんどん大胆になる。最早《もはや》暴走と言っていい程に――と、そこで。

「はぁー全く……煩《うるさ》い奴らが来たもんだわ」

溜息《ためいき》交じりの声と共に、古めかしい木の扉がギィと軋《きし》んで開かれた。中から顔を出したのは、一人の小さな爺である。

「こっちは瞑想《めいそう》中だってのに……お前らハンターときたらいつもいつも邪魔しやがって。俺が呼んだ時以外は訪ねてくるなと言ってるだろうが」

そう文句を言う爺は、長く伸びた灰色の髪と眉と髭《ひげ》によって、顔のほとんどが隠れていた。纏《まと》うのは足首まで届くようなワンピース――いや、農作業で使うような大袋に頭と手足を出す穴を開け無理やり服にしたようなもので、首からは木製の飾りがついた随分と長いネックレスを下げている。この異様な出《い》で立《た》ちから、彼こそが例の占い爺に違いない。

その爺にウィードが抱いた印象は〝ヤバイ奴〟だ。風貌が怪しいという事もあるが、小屋の中からは違法だと定められた葉っぱの匂いが漂ってくるのである。全く何が瞑想だ、偉そうに。眉の下から覗《のぞ》く瞳も、危険に瞳孔が開いているじゃないか。

だがそんな事にはお構いなし、ラウラはここでも強気であった。ウィードの手を振り払うと、ずいと一歩を踏み出して。

「あたし達はハンターじゃないわ。聞きたい事があって訪ねて来たの。ねぇ、紅吉祥って一体なんなの？」

どうやら本当に気が急いているらしく、彼女は早口で捲し立てる。

「それって何か害のあるもの？　器になったらどうなるの？　詳しく教えて欲しいんだけど——」

「って待て待て。お前さん、なんでそんな事を知りたがる？　そもそも何処でその話を知ったんだ？」

「っ、それは……」

訝《いぶか》しむように尋ねられ、ラウラは一瞬返事に詰まった。この爺に情報を与えていいのか迷ったようだ。が、結局は口を噤《つぐ》んでも仕方がないと思ったらしく、決意したように顎を上げると。

「ついさっき、あたしの身体《からだ》がなんでか赤く光ったの。そしたら彼がね、それは紅吉祥ってものが、あたしを器にしたからだって言うのよ」

「なに？　あんたが器だと？」

爺はパカッと口を開け、何処か遠くを見ているようだった瞳をごしごし擦った。それから髪の毛と眉を掻《か》き分《わ》けて、改めてしっかりラウラを見据える。

「なんと……こりゃ驚いた。紅吉祥が人間を器にするなんて全く予想外の展開だ。それも……それもこんな、色っぽい娘に……」

言葉の後半、爺の言葉には明らかなスケベ心が滲《にじ》んでいた。今、ラウラは舞台衣装の上からマントを羽織っているのだが、それがはだけて中の衣装が見えていたようだ。その強烈な色香にうっとりとした爺だが、不意に覚醒したように「あっ」という声を上げ。

「待てよ……もしやお前さんは、踊り子のラウラじゃないか!? その美しさ故に国を傾けると評判の！」

「あら、こんなところで暮らしてる割によく知ってるわね」

「そりゃ俺の顧客は多いからな、国中の色んな噂が入って来るんだ！　はぁーこいつはとんでもない、あのラウラが紅吉祥を宿したなんて……こんなに面白い事は長い人生でも初めてだ！　さぁさ嬢さん入りなさい。中でじっくり話そうじゃないか！」

そう言って上機嫌に手招きするが、長い髭に隠れていても鼻の下が伸びているのが丸わかりで、ラウラは顔を顰《しか》めてマントを直した。そうして扉を潜《くぐ》るのにウィードも続こうとしたところ、爺が「おや」と首を傾《かし》げる。

「お前さんは嬢さんの連れか？　いや待てよ、お前さんの事もなんだか知ってる気がするな……」

「は？　俺も？」

ウィードは怪訝《けげん》に問い返す。が、自分はラウラのように評判になる人間じゃない。どうせ爺の勘違いだと思ったのだが。

「うむ、その鋭く生意気な目付きにもじゃもじゃの髪、まだ歳若《とし》いというのに滲み出るふてぶてしさ、捻《ひね》くれた雰囲気……お前はあれだろ、用心棒のウィード・タンブル！」

「げっ、なんでわかんだよ！」

ウィードは自分の存在を知られている事に慄《おのの》いた。一体どこの誰が自分の噂《うわさ》なんてしているのか……と、爺は得意気に笑って答えを寄越す。

「言ったろ、俺の顧客は多いって。噂話でたまに聞くんだ、目付きの悪い用心棒の若造を雇ったが、そいつがまぁー生意気なチンピラだってな！」

「マジかよ、そんな事まで噂になんのか……」

ウィードはばつの悪い思いで頭を掻く。内容もさる事ながら、噂になっている事自体がよろしくなかった。ウィードはできるだけ目立たずに生きていたいのだ。

「それでお前さん、今はあの嬢さんの用心棒をしとるのか？」

「いーや、同行して来たのは成り行きだ。けど、話が終わったらあの女を送ってかなきゃなんねぇからな、俺も中で待たせてもらうぜ」

「なに、お前さんも？　あー、俺は女と顧客以外を小屋に入れるのは好かないんだが……」

言いながら爺はウィードの顔をじっと見た。それからじっくり、何やら値踏みするかのようにじろじろと観察し……やがて口角を持ち上げると。

「……うん、ま、いいだろ。お前さんもなかなかに数奇な星の下にあるようだし、俺はそういう珍妙な奴が好きなんだ。特別に招待してやるから、さ、入れ入れ！」

爺はそう促すと、小さな体を弾ませるようにしてバタバタと小屋の中へ入って行った。

ウィードもその後に続くのだが、

――って今のは褒められたのか？　それとも馬鹿にされたのか……？

そんな疑問に首を捻った。


小屋の内部に踏み込むと、そこは外から見るよりもずっと狭い空間だった。イチイの木の根が何箇所も壁を突き破り、ただでさえ小さな部屋を更に圧迫している為だ。お陰で室内に家具と呼べるものはほとんどない。奥に小さな寝床が一つ、それくらいだ。

「さぁ二人共、其処《そこ》らに適当に座ってくれ！」

爺は床の上に散らばったクッションを示して言う。自らは奥の一つに腰を下ろすので、ラウラはその正面に。そしてウィードはやや後方に陣取った。

「それじゃ早速で悪いけど、紅吉祥について教えてもらえる？　その御伽噺《おとぎばなし》みたいな代物は一体なんなの？　あたしはそれが、生きていく上で邪魔にならないかが知りたいの」

ラウラが改めて尋ねると、爺《じじい》は——チラとラウラの方を見て、マントがしっかり閉じられているのを確認すると残念そうに息を吐《つ》き、それから——厳《いか》めしい顔で口を開いた。

「うむ、紅吉祥というものはな、人間の常識や、この世の理《ことわり》の外側にあるものだ。その詳細については、高名な占い師の俺にだって把握しきれていないんだが……占いで見えた事と、これまでに集まって来た噂の中からわかる範囲で伝えるとな」

爺はそう前置きをしてから、一層仰々しく話し出す。

「そいつは数百年に一度、歴史の何処《どこ》かに現れては主となった者に力を与える、神秘としか言い様のない代物だ。紅吉祥の秘める力がどんなものかはわからんが、その威力はこの世を掌握できる程だと言われている。それを手に入れた者は人生の勝者も同然だと」

「ふぅん、つまりそれってラッキーアイテムみたいな感じ？　力っていうのは、望みを叶《かな》えてくれるとかそんなトコかしら。そんな不思議なもの、やっぱり御伽噺にしか聞こえないけど……」

——でも実際にあたしの身体が光った以上、まるっと否定もできないか……ラウラはそうぶつぶつと呟《つぶや》いてから。

「で？　器ってのは、要するにその主って事？」

少しばかり期待を込めたように問う。しかし爺はこれをすっぱり否定した。

「いいや違う。器と主は別物だ。紅吉祥は器と定めたものに宿って顕現するんだ。それは過去には剣だったり宝飾品だったりしたそうで、人間が器になるなんてのは聞いた事がなかったが……ともかく器とは主を定め、主の為に力を発揮するものだ」

と、そんな説明をウィードは黙って聞いていたが、退屈さに欠伸《あくび》が出た。

――なんだ、こんな程度の話しか聞けねぇのか……

なんというか拍子抜けだ。占い爺ならば紅吉祥というものについて、一体どういう起源なのか、主にどのような恩恵を齎すのか、そういう詳しい話を知っているかと思ったのだが、既に聞いていた以上の情報はないらしい。

これならわざわざこんな所まで来なくても、自分が語った内容だけで良かったじゃないか。全く今日は無駄骨ばかり折っている……そううんざりとしていたところ。

「……ちょっと待って」

ラウラがぽつりと呟いた。

「今、主を定めるって言った？　え、あたしが？　誰かを主人にするって事？」

爺の告げた話を一つ一つ確かめるように繰り返す。それに爺が「如何にも」と答えると、ラウラは何度か頷《うなず》いて。それからスゥッと息を吸い――

「何よそれ……冗っっ談じゃないわ！」

突如彼女は激昂《げきこう》し、床板にダンと拳を打ち付けた。これにウィードは驚いた猫のように身を跳ねさせ、爺も慌てた様子で宥《なだ》めに掛かる。

「おぉ、なんだなんだ嬢さんよ。急な話に混乱したのか？　だがここは一つ冷静に――」

「馬鹿言わないで！　主を持てって言われたのよ⁉　それって誰かの支配を受けるって事じゃない！　なのにどうやって冷静でいろっての⁉」

ラウラは憤りが抑えられない様子で、尚《なお》もダンダンと床を叩《たた》く。それに爺は困惑し、ウィードもまた彼女の怒りに驚いたが――しかし、憤るのは尤《もっと》もだと思われた。

自分の意思に関係なく突如宿ったものの為《ため》に主人を持てなんて言われたら、大抵の人間が反発する。モノのように誰かに所有されるのなんか真っ平と考えるのが当然だ。

と、そこは理解できるものの、それにしたってラウラの拒絶は激しかった。戸惑うとか嘆くといった殊勝な反応は一切なく、彼女は苛烈な怒りを見せる。そしてその理由について、ラウラは唾棄するように吐き出した――自分は奴隷の出なのだと。

「あたしはね、酷《ひど》い主人の下に仕えて家畜みたいに扱われたの。人権がない、自由もない、何一つとして選べない！　主人に尽くす事だけが課せられて……それはもう、自分が人間だって事すら忘れるような日々だった」

ラウラは忌々し気な顔で語る。自分が奴隷だった頃、どんな仕打ちを受けていたのか……それは実に悲惨な話で、思わず眉間に皺《しわ》が寄る。

「けどそこからやっと逃げ出して、今の暮らしを手に入れた。血の滲むような努力の末に踊り子として成功して、誰に脅かされる事ない自由な暮らしを手に入れたのよ。それなのにまた誰かの所有物になれだなんて、そんなの――」

と、ラウラはとてつもないスラングでこの事態を罵った。ハンターや用心棒等《など》の無頼漢でもそうそう使わないようなその語彙に、ウィードは大いに面食らう。

だがそれよりも、目の前の女にそんなにも重たい過去がある事に驚かされた。いや、芸で稼ごうという者は恵まれない出自である事が大抵だが……しかし多くの男に取り巻かれ、貢物だろう宝飾品で煌《きら》びやかに己を飾り、堂々と物を言うラウラには、仄暗《ほのぐら》い背景なんてないかのように見えたのだ。

そうして唖然《あぜん》とする余り、ウィードも、そして爺も、ラウラにどう声を掛けてよいものかわからずにいたのだが。しかし当の本人は色々と吐き出すと落ち着いたのか、やがてじっと黙り込んだ。それから数秒の間の後で一度小さく頷くと、猫のような瞳をすっと細め。

「――決めた。捨てるわ、ソレ」

静かに、しかし揺るぎのない声で宣言した。

「あたしに主人を選ぶ気がなくたって、万が一あたしが器だって漏れたら危ないものね。こういう神秘に目が無い人間は結構多いし、拷問してでも主にしろって奴が出て来るかも……だからこんな危ういものは捨てるしかない。ねぇ、それにはどうしたらいい？」

ラウラは爺に問い掛ける。その声は冷静だったが、怒りに滾《たぎ》っていた時よりも一層迫力が増している。

美女からの強い圧を受け、爺はたじたじの様子だったが——しかしすぐに答えを与えはしなかった。

「いや待て待て嬢さんよ、一度よく考えるんだ。紅吉祥を捨てようだなんて、本当にそれでいいのか？ 俺はいい女の味方だから言ってやるがよ、嬢さんに宿ったのは大変な希少価値を持つものなんだ。うまく使えば人生の切り札にだってなるかもしれんぞ？」

そんな助言をしてやるも、ラウラはハッと鼻で嗤《わら》った。

「切り札って何よ。この力をもって金持ちに取り入るとか、そういう話？」

問い掛けておきながら返事は待たず、「下らない」と一蹴する。

「あたしは足枷《あしかせ》が何より嫌なの。何を与えられたところで、自由じゃないなら意味がない。だからさっさと捨てる方法を教えて頂戴。あぁもしかして吐けばいい？ それじゃあの中に吐こうかしら？」

ラウラが壁際の壺《つぼ》を指差すと、爺は血相変えてその前に立ちはだかった。

「だぁーいかんいかん！ これは占いに使う神聖な壺だぞ、ここに吐くなんてとんでもない！ というか吐いたところで、宿したものと分かつ事なんてできんて——」

「ならどうすればいいのよ。勿体《もったい》ぶられるのって好きじゃないのよ、あたし」

そう言って、今度は手近な水差しに手を伸ばすラウラだが、それもまた年季の入った品であり爺はギャーと悲鳴を上げた。

「わ、わかったわかった、十分だ！　別に誰も教えないたぁ言ってないだろうに……いいだろう、話してやるさ！」

「ええ、どうぞ？」

ラウラは不遜にそう促す。そこにもまた凄《すさ》まじい圧があり、爺は一気に消耗したような顔で口を開いた。

「あー、紅吉祥を捨てる方法ってのはだな……とは言っても厳密にこの世から失《な》くす方法は俺も知らん。が、要するに嬢さんは、紅吉祥から解放されればいいんだよな？　その方法なら二つ程あるだろう。まず一つ目だが――」

そうして爺が口にした方法とは、妙に複雑なものだった。それはまずラウラが主を定め、紅吉祥の所有権を移した上で、その主を葬るというものだ。

「過去に紅吉祥が顕現した時は、主が死ぬと器も力を失ったそうだ。まぁそれでも紅吉祥はまた数百年後、この世の何処かに現れるようだが……って待て待て、この方法が現実的じゃないのはわかっとる！」

ラウラが無言で水差しに手を伸ばしたので、爺は慌てて言い添えた。

「一度でも主を定めれば、嬢さんは紅吉祥ごと主の所有物になっちまう。所有物ってのはそう簡単に主に危害を加えられんものだ。だから今の方法が難しいのは俺にもわかる！」

「ええ、そうね。それに殺していい前提の人間なんて居るわけない。いくら力を捨てる為でも、そんな事できないわよ」

ラウラはそう言ってくいくいと指を動かす。早く二つ目の方法を聞かせろというのだ。

彼女も追い詰められているのだろうが、だからと言ってこの態度。踊り子というよりほとんど賊だ。自分も生意気さが噂《うわさ》になる程の不敬者だが、それを棚に上げ、ウィードは段々と爺が不憫《ふびん》に思えてきた。爺は冷や汗を拭いながら、次の方法を口にする。

「あぁと、二つ目の方法だがな……こうして人に宿ったり取り憑《つ》いたりするモノは、他者への譲渡ができるんだ。だから他の人間を器として、力を引き渡しちまえばいい」

「成程、他の人間ね」

「……ん？　はぁ!?」

ラウラがくるりと振り向いてじっと此方《こちら》を見詰めるので、ウィードは思わず仰《の》け反《ぞ》った。

「お前……っ、まさか俺にその力を移そうってんじゃねぇだろうな!?」

「あらいいじゃない、用心棒みたいに危険で不安定な仕事をしてるって事は、貯《たくわ》えがあるわけじゃないんでしょ？　紅吉祥を宿して金持ちに吹っ掛ければ一生安泰らしいわよ？」

そう言ってじりじりと迫ってくるので、ウィードは即座に立ち上がり飛び退《との》いた。

「馬鹿野郎、俺だって主を持つなんざ真っ平だわ！」

「何よ！　か弱い女が困ってんだから、助けてやろうとか思わないの⁉」

「もう十分助けてやったろ！　その上で面倒事まで押し付けようって、お前どんだけ恩知らずだ⁉」

　二人はギャーギャーと言い合いながら狭い小屋の中で追いかけっこをしたのだが、そこへ爺がパンパンと手を叩いた。

「こら、やめんか！　嬢さんよ、言っておくが紅吉祥は、誰にでも移せるってわけじゃぁないぞ」

「あら、そうなの？」

　それを聞くとラウラは瞳を瞬かせ、再び爺の前に腰を下ろした。

「じゃぁ、誰に移せばいいの？」

と、彼女の興味が自分から逸《そ》れた事にウィードは大きく息を吐くが……いや、なんと恐ろしい女だろうか。身を守ろうと必死なのはわかるのだが、だからって自分が死ぬ程迷惑だと思っているものを他人になすり付けようなんて。

　最初は鼻の下を伸ばしていた爺も、今じゃ彼女に早く出て行ってほしいのか、やけに早口で説明する。

「まず前提として、紅吉祥の力は凄まじいものだ。嬢さんがそれを宿してもぴんぴんしとるのは適合性があるからで、普通の人間ならとても平気じゃいられない……だが一人だけ、譲渡可能な人物に心当たりがある。それはルーサー大聖という人だ」

「っ！」

その名前にラウラがぴくりと反応し、爺《じじい》は大きく首肯した。

「どうやら嬢さんも知っとるようだな。彼はこの時代随一の聖人と謳《うた》われる、デスティネ教の神父だ。その魂は既に天界に達していると言われる程、徳が高い。今はもう隠居生活を送っているが、彼であれば紅吉祥を宿す事もできるだろうな」

「そう……ルーサー大聖様なら……」

ラウラはその名を繰り返したが、そこには珍しく警戒の色が浮かばなかった。降りかかった事態に混乱し、全てに対し牙を剝《む》く手負いの獣のようだった彼女が、初めて棘《とげ》のない、それどころか愛おしむような声を出す。

「そう……そうなの……。またあの方が、希望になってくれるのね……」

噛《か》み締《し》めるようなその言葉に、はて、とウィードは首を傾《かし》げる。

また？　希望？　一体なんの話だろうか……と少しばかり考えて、思い至った。ルーサー大聖とは数々の慈善活動を行ってきた人物だ。その一端で、各地で奴隷解放を説いて回ってもいたはずである。

この国に長らく続いた奴隷制だが、先代国王の時代に動きがあり、新たな奴隷を売買する事が禁止された。しかし既に所有されていた奴隷やその子供達は未《いま》だ解放されていない。彼らは所有者の財産と見なされるので、解放する為の法の整備が複雑なのだ。

　そんな状況を見兼ねたのだろう大聖は、各地の奴隷所有者達の下を訪ね、自ら奴隷を解放するよう説いたという。暗黒の奴隷時代を過ごしていたラウラにとって、彼のような存在がいるという事は正しく希望だったに違いない。

　とは言えラウラは大聖との間に面識はないようだが、その名前は確かな後押しとなったらしい。彼女はぐっと拳を握ると、大聖の下へ向かう事を宣言した。

「大聖様なら万が一器だって事が知られても、そうそう脅かせる人間なんていないでしょうから安心だし……何より神秘を宿すなら、彼のような人こそが相応《ふさわ》しいわ。あたしみたいな普通の女よりずぅっとね」

　そう言って早くも腰を上げようとするのだが、そこへ爺が待ったをかけた。

「って嬢さんよ。ルーサー大聖がいるのは、ここからずっと北上した、トリロの街の教会だぞ。馬の脚でも二週間程かかる上にネバシュ山も越えなきゃならんが、本当に行けるのか？　女子《おなご》にはかなり厳しい旅だろうが……」

「あら、あたしは旅芸人一座の人間よ、長距離移動は慣れてるわ」

——と、一度は言ったラウラだが、それから改めて考え込んだ。

「でも、そうね……確かに女一人っていうのは危険かもしれないわ。誰か護衛が居た方がいいだろうけど……」

　そうしてちらりと視線を寄越す。話がまとまりそうな気配にすっかり気を抜いていたウィードだが、これに再びギョッとした。

「は？……いや、俺は御免だぞ、お前みたいな女の護衛なんて！　他を当たれ、他を！」

　そうきっぱりと拒絶する。出会ってからまだ僅かだが、それでもラウラという女が如何《いか》に扱いにくいのか十分過ぎる程思い知った。そんな人物と旅をするなんて冗談じゃない。

　それに紅吉祥という怪しいものとも、深く関わりたくはない。

　しかしラウラは聞く耳を持たなかった。彼女は真っ直《まっす》ぐにウィードを見据えて言い放つ。

「他も何も、あたしはあんたに頼みたいのよ。あんたもさっき見てた通り、あたしはね、そんなつもりがなくっても男をその気にさせちゃうの。なのにその辺の男を護衛にして二人旅なんて、どう考えても危な過ぎるわ」

「って俺だって男だろうが!?　それとも何か、お前の目には俺が女に見えてんのか!?」

「何言ってんの、そんなわけないじゃない。ただ、あんたは女の悲鳴が苦手でしょ。それならあたしに手出しできない。それが保証されてるだけで、相当貴重な人材なのよ」

　――くそ、またそれか……！

　ウィードは額を押さえ込んだ。

　全くとんでもない女に弱みを知られてしまったものだ。女に無体を働けない自分は、この小屋までの案内役のみならず、旅の護衛としても最適というわけだ。

だがウィードも、ここは頑として譲らない。譲ってなるかと腕を組む。

「それでも俺はやりたくねぇ。こっちだって依頼主を選ぶ権利はあるんだからな！」

そうして再度拒絶の意思を示すと、ラウラは少し考えてから「仕方ないわね」と息を吐いた。諦めたのかと思いきや、そうではない。彼女は耳飾りを一つ外すと、それをずいと突き出して。

「これはお気に入りだったんだけど……報酬にさせてもらうわ。前金としてこの片方。無事にトリロに辿《たど》り着《つ》けたらもう片方もあんたにあげる。左右で売ればそれなりのお金になるわ、何しろこれは――」

「ルベライトか」

ウィードはラウラの手に載せられた、真っ赤な宝石のついた耳飾りを凝視した。

「しかもこいつぁかなりの大粒……それに土台が金となると確かに価値がありそうだ。その上この細工の細かさ、ガラードの店のアンティークか？　あそこは熱狂的マニアが多いからな、左右揃《そろ》えて売りに出せば半年は暮らせるかも――……って、なんだよ？」

ふと気付いて顔を上げると、ラウラが驚きの表情でじっとこちらを見詰めていた。

「いや、だって……あんた用心棒の割に、随分とジュエリーに詳しいんだもの。加工の店まで言い当てるなんて……もしかしてこういうのが趣味だったり？」

「んなワケあるか。こんなの一般常識だろ」

ウィードはラウラの好奇心をあしらって再度耳飾りに視線を落とすが、やはり相当な名品だった。これが報酬になるならば美味《おい》しい話なのは間違いない——というかそもそも、ウィードは今、非常に金に困っているのだ。

ウィードはとにかく仕事をするのを避けたいが為、効率良く稼げる一攫千金《いっかくせんきん》の依頼しか引き受けない。そして稼いだ金が底を突くまで、次の依頼を受けないのだ。

今回紅吉祥ハントの依頼を受けたのも、生活が立ち行かなくなってきた頃だった。その紅吉祥が金にならなくなった以上、早急に他の仕事を見付けなければ。そこへ舞い込んできた高額報酬の依頼なんて、有難《ありがた》い事この上ないはず。たとえ護衛対象が、生意気で豪胆で恩知らずな女でも——……

ウィードは葛藤の末にようやくそう認めると、降参よろしく諸手《もろて》を挙げた。

「……わぁかった。その依頼、やってやるよ」

「っ、本当に!?」

「ああ、流石《さすが》にこんな報酬チラつかされたら断れねぇ……けど言っとくが、道中の資金はそっち持ちだぞ。俺は今、マジで金がねぇからよ」

「ええ、勿論《もちろん》それで構わないわ！　なんにせよ引き受けてくれるなら大助かりよ！」

そう言うラウラは、事態解決の道筋が見えて安堵《あんど》したのか、初めて晴れやかな笑顔になった。爺もそんな彼女から礼を言われると、散々無体を働かれた事なんて帳消しになったかのようにうっとりとしていたのだが……しかし彼は突如として目を見開き。

「んっ――そうだそうだ嬢さんよ！　あんたに一つ、忠告しときたい事がある！」

「忠告？」

ラウラが怪訝《けげん》に問い返すと、爺はこくこくと頷《うなず》いた。

「あんた、器だって事を人に知られたらまずいだろ？　だとすれば、紅吉祥の力は使わない方がいい」

「力を使う？　あたしが？」

「ああ、確か主を持つ前の器でも、紅吉祥の力を使えたはずだ。過去には獣が器になった事があってな、そいつ自ら力を使ったって話を思い出したんだ！　その威力は主が使役した場合には遠く及ばなかったそうだが、ともかく力を使うとな、赤い閃光《せんこう》が走るらしい」

その閃光はラウラが器だという事を明るみに出し、更には紅吉祥を狙う者達を呼び寄せてしまうだろう。だから自らの中になんらかの力があるとしても、くれぐれも好奇心に駆られて使用なんてしないように……爺はそう忠告するが、ラウラは拍子抜けしたようだった。

「なんだ、そんな事？　わざわざ言われなくても力を使うなんてしないわよ。使い方だってわからないし、その結果何が起きるとも知れないし。危険を招く可能性があるんなら尚《なお》更使《さら》おうなんて思わない。……まぁでも、御忠告のお気遣いには感謝するわ」

ラウラは笑みと共に礼を言うと、くるりとウィードを振り向いて。

「よし、それじゃ早速出発しましょ！　こんな力は一秒でも早く手放して、なんの心配もない普通の生活に戻りたいもの！　さ、愚図愚図してないで行くわよ！」

そう言ってマントを翻し、先に立って小屋を出て行く。ウィードも用心棒として、大人しくその後に従うが。

しかし内心、どうにも不安を感じていた。先程から第六感がざわついている。ラウラに手を焼きそうだというのは言わずもがなだが、なんとなくこの依頼は、想定以上に困難なものになりそうな気がするのだ。

それはやはり、紅吉祥という得体の知れないもののせいか……？　だが仮にそうだとしても、金の無い今の自分に選択の余地等ない。

頼むから余り面倒な事にはならないでくれと願いつつ、ウィードは旅へと踏み出した。

2、厄介な依頼主

ウィードは眠る事が得意じゃない。

昔から睡眠が浅いのだが、数年前からはかなり顕著だ。

どんなに疲れた日でも熟睡できず、一刻から一刻半ごとに覚醒してしまう。

その原因は夢見が悪い事にあった。酷《ひど》い悪夢に魘《うな》されて、そこから這《は》い出《だ》そうとする余り、頻繁に目を覚ますのだ。

そうして現在、夜明けである。まだまだ出発には早いというのに目を開けてしまったウィードは、げんなりと息を吐く。

――くそ、いつも以上に疲れが取れねぇ……

それもそのはず。ただでさえ眠りが浅いのに加え、昨夜は野宿だったのだから。

昨日、占い爺の小屋を出ると既に日が傾いていた。その時間から最寄りの街へ向かったところで、到着時には飯屋も宿の受付も閉まっている。そこで二人は野宿にて一晩過ごす事にした。まばらに木の生えた街道沿い、雨が降ってもしのげそうな大木の根元で就寝したのだ。

根無し草のウィードには野宿なんて慣れたものだが、やはり寝心地は最悪だ。まだ二十四という若さ故、眠りの質が悪くとも一日の活動に支障はないが、それでも怠《だる》さは拭えない。そんなウィードを置いてきぼりに、白々明け行く東の空が恨めしい。

朝陽《あさひ》に網膜を刺激されても倦怠感《けんたいかん》は全く抜けず、ウィードは再び眠り込もうと試みる。どうせ質の悪い睡眠なら、せめて少しでも長く休んでおこうと——……と、そこで。

——シャン。シャラン。

不意に軽やかな鈴の音が聞こえてきた。荷物に括《くく》られた鈴が揺れて鳴るのとは違う。明確な意図の下、リズミカルに打ち鳴らされる音である。

——なんだ？　どこから……

ウィードは訝《いぶか》しみ、毛布からもそりと顔を出す。そうして音の鳴る方へぼやけた目を向けてみると、木々の合間の開けた場所で、ラウラが踊っているのが見えた。マントを脱ぎ、踊り子の衣装姿で、片手に構えた鈴の輪をシャラシャラと鳴らしながら舞っている。

この時ウィードはラウラの舞を初めて見たが、成程、彼女は評判になるのも納得の舞い手であった。緋色《ひいろ》の腰布をひらめかせながら回転すれば、まるで炎の化身のよう。ステップを踏む足は重力を感じない程軽やかで、なまめかしく動かされる手は指の先まで隙がない。どの瞬間を切り取っても、絵画のように芸術的だ。

——舞台装置も音楽すらもないってのに、こんなにも魅せるのか……

ウィードは眠気も怠さも忘れ、ラウラの舞に見入っていた。別段芸術に対して関心があるわけでもないのだが、しかし彼女の踊りには、有無を言わせず人を惹《ひ》き付ける力がある。目を奪う理由は、技術が巧みだという事も勿論だが、次の動きが予想できないという点も大きいだろう。彼女の舞は、その褐色の肌のように異国にルーツを持つもののようで、それだけでも十分にアングレスの人間には目新しいが、その上、決まりきった流れに囚《とら》われている感じがしないのだ。

妖艶に腰を揺すってみせたかと思えば、戦士を鼓舞するかのように雄々しく手を打ち鳴らしたり。はたまた少女がはしゃぐように、無邪気に跳ね回ってみたり――瞬きの間に変化する表現から、全く目が離せない。次は何が起きるのかと、自然と引き込まれてしまう。

そうしてウィードの見詰める中、ラウラは長く助走を取ると、高い跳躍で宙返りしてみせたのだが――それは朝陽に照らされて、一際美しい瞬間を生み出した。彼女が着地してからも衝撃の余韻が消えやらず、ウィードは思わず。

「うーわ……」

そんな声を漏らしてしまい、次の瞬間。

「――ちょっと。何見てんのよ」

ぱちんと泡が弾《はじ》けるように、炎の化身は人に戻った。ラウラはぴたりと踊るのを止《や》め、じろりとウィードを睨《にら》み据える。

「起きてるなら起きてるって言いなさいよ。プロの踊りをタダで見物しようなんて、いい根性してるわね」

「は⁉ 俺は別に――」

と、咄嗟《とっさ》に反論を考えたが、しかし言い返せなかった。タダ見してやろうという魂胆があったわけではないが、結果そうなってしまったのは事実だからだ。

言い訳のできないばつの悪さにウィードは顔を顰《しか》めると。

「は、なんだよ。別に減るもんでもねぇだろうが……」

ぽつりと悪態を吐《つ》いてみたが、途端にラウラは目を吊《つ》り上《あ》げ。

「馬鹿な事言わないでよ、タダで見れるものにしちゃったら価値が減るでしょ⁉ あたしはね、これまで死ぬ程踊りの研鑽《けんさん》を積んできたの。それを安売りするつもりなんて毛頭ないのよ！」

そう鋭く言い返されると、口を噤《つぐ》むより他に無かった。ウィードは昔から女との口喧嘩が苦手だが、ラウラは中でも相当手強い。まともにやり合って勝てる気がまるでしない。

――って、今日からこんな奴と二人旅かよ……

先行きに対する不安が襲うと、ウィードは再び毛布を被《かぶ》った。やはり少しでも長く眠って英気を養うべきだろうと――……だが、そこでふと考えた。

――てかアイツ、どんだけ早くから踊りの練習してたんだ……？

昨日は色々な事があり、ラウラは心身ともに疲れ果てていたはずだ。野宿ではその疲れも決して癒えはしなかっただろうに、しかし彼女は踊っていた。ウィードが目覚めるより早くから、それも少しも手を抜かず。何故《なぜ》そんなにも努力するのか……と、思い至るのは昨日聞いた彼女の出自だ。

奴隷だったというラウラにとって、踊りはきっと唯一の処世術なのだろう。なんの後ろ盾もない彼女は、踊りの技術の高さによってこの世界に居場所を得ている。そうして築いた自らの地位を守る為《ため》、こんな時でも芸の鍛錬を怠らないのだ。

そんなラウラに、ウィードは過去の己を見た。ウィードにもかつて、自らの身を立てる為に藻掻《もが》いていた時期があったのだ。只管《ひたすら》に剣を振り肉体を鍛え、血反吐《ちへど》を吐くような鍛錬を積んだ。誰にも脅かされないように、誰にも馬鹿にされないようにと。

もしかしたら自分達には、少しばかり似ている部分があるのかも――……ウィードはそんな風に考えたが。

しかしその為にラウラに親しみを覚えるかと言われれば、決してそうはならなかった。

ウィードが他人に気安く心を開かないのも一因だが、それ以上に、ラウラという女が、うんざりする程お喋《しゃべ》りだった所為である。

「――で、その主人って奴が本当に質が悪かったの。元々は大人しい男だったらしいけど、商売当ててお金を持ったら気が大きくなったみたい。奴隷を譲り受けた途端にまぁー横暴になっちゃってね。殴るわ蹴るわ、もう大変！」

「…………」

最寄りの街へと向かう道中、ウィードに摑《つか》まって馬に乗るラウラは延々と喋り続けた。ウィードはろくに相槌《あいづち》も打っていないのだが、一人で何処《どこ》までも喋り倒す。

「しかもそいつ、あたしの事いやらしい目で見てたのよ。流石《さすが》に子供に手を出すような下衆《げす》ではなかったみたいだけど、そのまま年齢重ねたらどうなるかなんて火を見るより明らかじゃない」

「…………」

「だからあたし、十五になった時にそいつの屋敷《やしき》を逃げ出したの。その頃には異国から入って来る人間も増えてたし、あたしの肌でも悪目立ちする事はないだろうって」

「…………」

「とは言え、なんの後ろ盾もない子供が一人で生きてくのは無理でしょう？　だからたまたま見掛けた旅芸人一座に置いてくれって泣きついたの。あそこはね、客が呼べる芸人には物凄《ものすご》く待遇がいいのよ。だからあたし、死に物狂いで稼ぎ頭まで上り詰めて――」

「〜〜っ、あのなぁ！」

そこまでなんとか耐えていたが、ウィードはとうとう声を上げた。

「お前、どこまで喋れば気が済むんだ⁉　ちったぁ黙ってらんねぇのかよ⁉　こっちはお前の経歴なんざ全く興味ねぇっての！」

そう荒っぽく言ってやるも、ラウラはやはり怯《ひる》まなかった。

「あら、暫《しばら》く一緒に旅するんだもの、お互いの事知ってた方がいいじゃない。そうじゃないと話のきっかけも作りにくいし……だからホラ、あんたの事も話しなさいよ」

「はぁ⁉　そんな必要が何処にあんだよ、俺の事なんざ名前がわかりゃ十分だろうが！」

少なくともこれまでの依頼主には、それ以外の情報なんて聞かれなかった。用心棒なんて呼び名さえわかれば成立する仕事なのだ。

だがラウラは納得せず、むしろ疑わし気な声を出す。

「十分って言うけどね……その名前がもう怪しいのよ。〝転がる草《ウィード・タンブル》〟なんて、明らかな偽名じゃない！　ねぇ、それを名乗るに至ったのにはどういう経緯があったわけ？」

「あぁ？　そんなのどうでもいいだろうが」

「よくないわよ怪しいもの！　それに、耳飾りの価値がわかったのもやっぱり謎よ。用心棒って言ったらハンターと並んで無骨者の代名詞なのに、加工した店の名前まで言い当てるなんて普通じゃない。ねぇ、あんたって一体どういう人生を――」

「だぁーうるせぇ！」

ウィードは大声でラウラの問いを遮った。

「人の事をいちいち詮索すんじゃねぇ！　俺は他人に語れるような立派な経歴なんて持ち合わせちゃいねぇんだよ！　つぅか用心棒なんかやってる時点で、ろくな人生送ってねぇのはわかんだろ！」

そう乱暴に吐き捨てるが、その直後、流石に強く言い過ぎたかと考えた。何処までいっても相手は女。余り激しく怒鳴ったりすれば泣くかもしれない。そうなればもう始末に負えない――……と、そんな考えは全くの杞憂《きゆう》だった。ラウラは涙を見せるどころか勢いよく言い返してきたのである。

「何よ、そんなに怒らなくてもいいじゃない！　言っとくけどあたしだって不安があるのよ、知らない男との二人旅なんだから！　しかもそいつが偽名を使ってるとなれば、一層不安になるじゃない！　為人《ひととなり》を知っておきたいと思うのは当然でしょ⁉」

「って、お前のどの辺が不安がってるって言うんだよ⁉」

これにには全力で突っ込まずにはいられなかった。ラウラはずっと強気で気丈で、ウィードが声を荒らげたって怯む素振りも見せないのだ。

「つぅか為人がどうであれ、俺がお前に悪さできねぇのは確かだろ、俺は悲鳴に弱ぇんだからよ。それだけで十分信用に足るんじゃねぇのか？」

ウィードは議論を終わらせるべく言ってみるが、ラウラは更に疑わし気に。

「あー怪しい。自分から信用しろって押し付けて来る奴は一番信じちゃいけないのよ。そういう奴はまず疑えってのが、あたしが街に出て最初に学んだ事なんだけど」

「……っ、だー！」

何を言っても三倍にして返してくるラウラに堪え兼ね、ウィードは自棄《やけ》っぱちで頷《うなず》いた。

「あーそうだなその通りだな！　確かに自分から信じろなんていう奴は詐欺師だろうよ！　その有難《ありがた》い教訓はこの先も絶対忘れねぇでいろよな、俺の事だって信じてくれなくて構わねぇ！」

そう言ったきり岩のように黙り込むと、流石にラウラもそれ以上の詮索はしなかった。ようやく静かになったかと、ウィードは息を吐いたのだが――それも束《つか》の間《ま》。

街に到着してみると、再びこの依頼主にうんざりさせられる事となる。


昼過ぎに二人が到着したのは、長閑《のどか》な南方地方にありながらもかなり活気のある街だ。他地方から訪れる者にとっての玄関口のような場所柄の為、多くの人が行き交っている。となれば当然店も多く、物資の調達にはうってつけだ。目的地であるトリロまで二週間程旅をするには、食料、薬、燃料、毛布……色々と準備が必要である。

何よりラウラは取る物もとりあえずで出て来たので、未《いま》だ踊り子衣装のままなのだ。マントを羽織れば衣装は隠れ、周囲から変な目で見られる事はないのだが、このまま本格的な旅をするのは無理がある。

そうして街の入口付近に馬を繋《つな》ぐと、二人は早速買い出しを開始した。まずはウィード主導の下、旅における基本的な物資を一通り揃《そろ》え、ラウラも乗馬ができると言うので馬も一頭調達する。それらが済むと、今度はラウラにとって必要な物の買い出しとなったのだが——そこからがウィードの受難の始まりであった。

「よし、それじゃ行くわよ！」

そう意気込むラウラはまず服を欲しがったのだが、僅か数着を選ぶ為に、街中全ての服屋を見ると言い出したのである。

それだけでもウィードには理解のできない話なのだが——何しろウィードは服に一切の拘《こだわ》りがない。寒さが防げて動きやすく、壊滅的に破れてさえいなければそれでいいという認識なのだ。しかしラウラという女にとっては、服とはそういうものではないらしい。

「だって旅に出るって事は、何処でどんな出会いがあるかわからないじゃない。もし野暮ったい服なんか着て、〝傾国〟の評判に傷が付いたら大問題でしょ⁉　だから絶対に、あたしの魅力を引き出してくれる服を探さないといけないのよ！」

そう言って彼女は本当に全ての服屋を見て回った。しかもその一軒一軒で大量に試着をする為、たかだか数枚の衣服を買うのに一刻程も時間が掛かり、ウィードは早々にうんざりしてしまったのだが。

しかし服を買い揃《か》えても彼女の買い物は終わらなかった。その後も櫛《くし》やら石鹸《せっけん》やら香油やらを次々と買い込んでいく。しかもそれらの荷物は全て此方《こちら》に渡されるので、ウィードはついに辛抱堪《たま》らず。

「――っと待てコラ！　お前さっきから何やってんだよ⁉　不用品の買い物なんかに付き合わせやがって……あのな、俺ぁ用心棒だ！　お前の従者じゃねぇんだぞ⁉」

ウィードの仕事は依頼主を守る事であり、荷物持ちでは決してない。ラウラが当然のように購入品を押し付けてくるのでつい受け取ってしまっていたが、流石に両手に溢《あふ》れんばかりとなってくると物申さずにはいられない。

だがそんなウィードの抗議に、ラウラは心外そうな顔をした。

「不用品って……何言ってんのよ？　これは全部、最低限の必需品！　あんた、あたしがこの容姿を保つ為にどんだけ努力してると思ってんの？　肌だって髪だって、毎日欠かさず手入れしなくちゃこの艶は出せないんだから！」

「ってそんなモン、旅の間ぐらいやらなくたって……」

「やらなかったらあっという間にボロボロになんのよ！　あのね、美女だって人間なの。

努力してるから綺麗《きれい》なだけで、何もしなかったら荒れるし乾くし傷むのよ！　そうしたらいざ一座に戻った時、あたしの商品価値だだ下がりになっちゃうじゃない！」

それからラウラは、踊り子にとって如何《いか》に美が重要なのか、口を挟む隙もない程に捲《まく》し立《た》てた。それを聞けば、確かに今買い込んだものは全て必要なのかもと納得させられてしまうのだが。

「――ってそれはいいとしても、俺に荷物持ちさせせんのは違《ちげ》ぇだろ⁉」

これについては絶対的に自分の主張が正しいはずだ。そう信じてやまないウィードだったが、ラウラはきょとんとした顔になり。

「あら、それはあんたの為《ため》じゃない」

「……はぁ？」

ウィードは大きく顔を顰《しか》めた。ラウラの言っている事が微塵《みじん》も理解できなかったのだ。

すると彼女は流れるような説明を披露する。

「だって、アングレスは紳士の国でしょ。女にこんな大荷物持たせてたら、あんたの株が下がるじゃない。あんたに恥ずかしい思いをさせるのは同行者として申し訳ない……だからこうして、荷物を持たせてあげてるの」

と、ラウラは悪びれもせずに新たな荷物を追加するが――……いや、はぁ？

いくらラウラの口が達者でも、流石に今のは呑み込めなかった。いくらそれらしい理由を宣おうと、こんなのはただの我儘でしかないだろうに。

ここで横暴を許してしまえば、この先もずるずるいく事になる。ならば今、ビシッと言っておくべきじゃないか。何よりラウラは二十一、ウィードより三つも下だ。年長の人間には説教する権利があるはず……と、思ったが。

ここでウィードの頭を過るのは、報酬の耳飾りの事だった。

ラウラはかなり気が強い。本気で説教等すれば、逆上され用心棒を解雇されるかもしれない。それは彼女にしても不都合だろうが、怒り心頭状態の人間は後先を考えなくなるものだ。もしそうなれば、後金として予定されていた耳飾りの片割れは手に入らなくなってしまう。

当然の事ながら、耳飾りというものは左右揃ってこそ価値がある。片方だけではガラクタも同然だ。まぁそれでも宝石や金という素材の価値はあるだろうが、左右揃った売値には程遠い。その大きな損失を考えると……

「あー……クソッ」

ウィードはそう吐き出して、なんとか怒りをやり過ごした。

金の為。全ては金の為だ。それならば荷物持ちくらい、耐えられない事じゃない。

そう自らに言い聞かせつつ、同時にウィードは決意する。一日でも早くトリロの街へ辿《たど》り着《つ》き、こんな依頼主との契約はさっさと終わらせてやるのだと。

「――うん、これで一通り揃ったわね」

街を隅々まで見て回り、〝必需品〟を買い揃えたラウラが頷いた頃、ウィードの視界は購入品の山によってほとんど塞がってしまっていた。これ以上荷物を追加されたら苦労して収めた怒りが再燃しそうだったので、ラウラの購買意欲が落ち着いた事にウィードは大きく息を吐く。

「やっと終わったか……世の中、馬鹿みてぇに買い物の長ぇ奴がいるけどよ、お前のはもう才能だな」

せめてもの意趣返しに嫌味を言ってみるのだが、ラウラは着替えたばかりのケミス――ビーズと刺繍《ししゅう》で飾られた異国情緒漂うワンピースだ――が余程気に入っているようで、ご機嫌なままに返してきた。

「あら、あたしに言わせればボロボロの服をずっと着てられる方が才能だと思うわよ？　あんたのその服、普通ならとっくに買い換えてると思うけど……って、そうだ」

そこでラウラはパンと両手を打ち合わせた。

「ねぇ、あんたの服も買ってあげるわ！　そんな恰好で隣歩かれたらあたしもちょっと恥ずかしいし、この際だから一式まるっと――」

「いらねぇ」

「えっ、なんで？」

ウィードが間髪容《い》れずに断るので、ラウラは信じられないという顔をした。

「だってあんたの服、どう見たってボロ雑巾よ!?　襟は伸び切っちゃってるし、ズボンだって擦り切れてる……それにその腰布！　ベルト代わりなんでしょうけど、ちゃんとしたもの買うべきよ!?　何、あんたって服に興味ないの!?」

「全くねぇ。だから新しいモンなんて必要ねぇ」

と、これは服に限った事ではない。ウィードには欲しいもの等何もないのだ。もう長い事、そういう欲とは無縁の人生を生きている。

「つぅか必要なモンが揃ったんならもう行こうぜ。これ以上時間を無駄にしたくねぇ」

取り付く島なく言い放つと、街の出口へ足を向ける。今のウィードに望みがあるならただ一つ、少しでも早く先へ進み、この仕事をさっさと終わらせる事なのだ。

全く、調子が狂うにも程がある。用心棒になって数年経《た》つが、こんなにもやり辛《づら》い依頼主は初めてだ。いつも誰にも遜《へりくだ》る事なく強気にやってきたというのに、こうも振り回されるなんて……

「あっ、ちょっと待ってよ！」

すたすたと足を進めていると、ラウラも慌てて付いて来た。

そうして二人は足早に出口を目指す。どんな呼び込みにも見向きもせず、飯屋から漂って来る美味そうな匂いにも反応せず。只管《ひたすら》に先を急ぐウィードだったが——……不意に、ぴたりと足を止めた。その唐突さに対応できず、ラウラがどしんと背中にぶつかる。

「痛ぁ！　ちょっともう……何⁉　なんで急に立ち止まって——」

「しっ」

そう短く指示を出すと、ただならぬ空気を感じたのかラウラは即座に口を閉ざした。

ウィードはじっと耳を澄ませる。今、街の騒《ざわ》めきの中、自分の名前が語られるのが聞こえたのだ。それも——つい最近聞いた声で。

早くも面倒事の気配を感じてげんなりしつつ、そのまま神経を耳に集中させていると、人々の騒めきや荷馬車が道を行く音の向こうに。

「畜生、あの用心棒め。一体どこに消えやがった？」

「俺達に挨拶も無しに消えたんだ、奴が器を持ち去ったのに違いねぇ！」

「くそ、なんて野郎だ！　生意気なだけじゃなく契約違反までするなんて……なんとしても見付け出して、お宝を奪い返してやる！」

そんな物騒な会話が聞こえ、ウィードは思わず天を仰いだ。声の主は間違いなく、昨日までの依頼主たるハンター達だ。

昨日、天幕の中に居た彼らは、紅吉祥《くれないきっしょう》顕現の光を見る事はなかった。そして助っ人《すけと》として雇っていた用心棒は、現場から姿を消した……これらの事から彼らは、顕現は天幕の外で起こり、その場に居合わせたウィードが器を持って逃走したと考えたらしい。そして器を奪取せんと、ウィードの行方を追っている、と。

「っあー面倒臭ぇ……」

腹の底からうんざりした声が出る。こんなにも不都合な偶然があるだろうか。追う者と追われる者が同じ街に集うなんて……堪らず顔を顰めていると、ラウラが小声で尋ねてきた。

「ねぇ、なんなの？　何かあったの？」

「あー……悪い知らせだけどな。紅吉祥を狙ってるハンター達が、俺を追って来たみてぇだわ。俺は奴らに依頼されて、紅吉祥ハントに加わってた。その俺が急に消えたもんだから、器を持ち逃げしたって疑われてんだ。声を聞いた感じ、奴ら、隣の通りにいる」

「えっ」

途端にラウラの表情が険しくなった。そりゃそうだ、紅吉祥を狙うとは、即《すなわ》ちラウラを狙うという事なのだから。だが彼女は変に取り乱す事はせず、冷静に疑問を口にする。

「でもなんでそんな事がわかったの？　話し声って……あたしには何も聞こえなかったけど」

「そりゃ常人には聞こえねぇよ、こっちは鍛え方が違ぇんだ」

「は？　何よそれ？」

そう言っている間にも、ハンター達の声は近付いていた。見付かれば大立ち回りになる可能性だってある。無駄に体力を消費するのは勿体無《もったいな》いし、ここはさっさと逃げるべきかとウィードは一瞬考えるが……しかし、待てよと思い直した。

ハンターとは執拗《しつよう》なものである。狙っていたお宝が誰かに奪取された場合、それが売り払われたという情報が出るまでは横取りしようと追ってくるのだ。

この先、ずっと奴らに追われながらの旅というのは如何《いかが》なものか。かなり煩わしくはないか？　ただでさえ色々と厄介な旅だというのに、ハンター達まで関わってくるのでは……ウィードはそう考えると。

「――よし。お前、荷物と一緒に隠れてろ」

「えっ」

抱えた荷物を押し付けると、ラウラは反射で受け取りつつも驚きの声を上げた。

「隠れてろって……あんたはどうするつもりなの？　まさかそのハンター達の所に出向こうってんじゃないわよね!?」

「おぉ、そのまさかだよ。この先ずっと連中に追い回されんじゃ怠ぃだろ、そんならここでケリ付けといた方がいい」

「って、いくらなんでも無理があるわよ！　だって相手は複数なんでしょ!?　あんたは腕に覚えがあるのかもしれないけど、それにしたって……」

そう喚《わめ》き立てるのを、ウィードは「だぁーうるせぇ！」と黙らせた。

「別にやり合おうってわけじゃねぇ、ただ話を付けるだけだわ。いいからお前はどっかで待っとけ、すぐ終わらせてくるからよ」

「ちょっ、待ちなさいって――」

ラウラは尚《なお》も言うのだが、ウィードは無視して歩き出した。追《お》い縋《すが》ろうという気配はあったが、腕いっぱいの荷物があってはうまくいかない。

そうしてウィードは一人、ハンター達の居る通りへ向かう。緊張感はまるでなく、散歩でもしているかのような軽い足取りで角を曲がる。そこで五人のハンター達とかち合うと、ひょいと片手を上げてみせ。

「よぉー昨日振りだな。こんなところで会うなんて奇遇じゃねぇか」

「っ!?」

突如目の前に現れたウィードに対し、ハンター達は不意打ちを食らったような顔をした。まさか捜索中の相手が自分からやってくるとは想定していなかったらしい。

だが、そんな驚きは一瞬だけだ。表情はすぐに憤怒《ふんぬ》へ変化して。

「おま、お前……っ、何が奇遇だ舐《な》めやがって！　お前がお宝を持ち逃げしたのはわかってんだぞ！」

と、往来のど真ん中にもかかわらず大声で怒鳴りつけてくるのだが、これにウィードは呆《あき》れてしまう。こういうところがハンターが嫌われる所以《ゆえん》なのだ。

「って予想を裏切って悪ぃけどな、こっちも例のお宝なんて持ってねぇよ。俺は昨日、天幕の外で真面目に顕現を待ってたが、光なんて現れなかった。それに天幕の中からもお宝争奪の気配がない。だから空振りだったんだろうと判断して、早々に離脱しただけだ」

しれっと嘘《うそ》を並べ立てるが、誰も納得しなかった。お頭がずいと一歩進み出て、疑念たっぷりに睨《にら》んでくる。

「それじゃぁ聞くが、俺に報告に来なかった理由はなんなんだ？　後ろめたい事があったからだろうがよ！」

「は、違《ちげ》ぇわ。俺だって報告しようと思ったが、あの混雑した天幕に入るのには時間が掛かり過ぎんだろ。報酬も手に入らねぇのに、ンな怠ぃ事してらんねぇ。だから何も得られなかったたって報告は、離脱をもって代えさせてもらったっつぅわけだ」

「なにぃー？　そんな話が通用すると思うのか！」

「しようがしまいが、それが事実だ」

ウィードは仁王立ちになり、堂々と言ってのける。

「つぅかよ、未《いま》だに器を探してるって事は、そいつの売却情報が出てねぇって事だよな？

俺がもし器を手に入れてたんなら、速攻売りに出してるはずだ。その情報が無いってのが、俺も空振りしたって証拠だろ」

だから追い回すだけ時間の無駄だとウィードは語る。同業者からの横取りを避ける為、手に入れたお宝は即刻売りに出すというのがハンター界の常識なのだ。そして今回、顕現が予言された日時からまる一日以上経っても売却情報が出ていないという事は、ウィードを含め、誰もお宝を手にできなかったと判断するのが妥当である。

「ぐぅぅ……確かにお前の言う通りだ。まだお宝は何処《どこ》にも売りに出されてねぇし、いつまでもそれを持ち続けるような間抜けなんているはずがねぇ……」

お頭は渋い顔でそう漏らす。悔しそうではあるものの、納得はしてもらえたらしい。これでこの先、彼らに追い回される事はないはずだ。

「誤解が解けたなら何よりだわ。じゃ、俺はもう行くぞ」

ウィードは軽く手を振って、彼らの前から立ち去ろうとする。が、すかさずお頭に「待て待て」と呼び止められた。

「そう急ぐなよ用心棒。まだ話は終わってねぇんだ」

「あぁ？　これ以上何があんだよ」

心底面倒だという顔で振り返ると、お頭は全く想定外の事を口にした。

「お前、ラウラをどうしたんだ？」

「……は？」

これにウィードは目を丸くする。なんだって今、その名前が出てくるのか……と、お頭はハッと嘲笑した。

「惚《とぼ》けるんじゃねぇよ。お前が消えたのと同時刻にラウラも一座から失踪したんだ。なぁ用心棒、こりゃぁ一体どういう事だ？　関係ねぇとは思えねぇよなぁ？」

粘っこい口調で問い掛けられ、ウィードは内心でギクリとした。

もしや自分と共に消えた所為《せい》で、ラウラこそが器だと勘付かれたか——！

まぁ状況を考えれば、誰かしらがその真実に辿《たど》り着《つ》いてもおかしくはない。だが、まさかこの脳筋集団がやってのけるとは。完全に彼らの知能を舐め切っていたウィードとしては予想外過ぎる展開だが……ここは一先《ひとま》ず。

「ラウラ？　知らねぇよそんな女」

ウィードはそう白を切る。ラウラが器だとバレてしまえば、旅の道中ずっと狙われる事になる。誤魔化せるならそれに越した事はない。

が、ハンター達はウィードの言葉を一笑に付した。

「誤魔化そうったって無駄だぜ、お前の魂胆なんてお見通しだ！　お前アレだろ、ラウラがあんまりにもいい女だったんで、辛抱堪《たま》らず誘拐して来たんだろう！」

「——……はぁ？」

これにウィードは口をぱかりと開けてしまった。

だって、誘拐？　自分が？　よりによってあの女を？

こいつは一体何を言っているのだろう。

「いや、待て待て……お前、俺をどんな悪党だと思ってんだ⁉　誘拐なんかするわけねぇだろ！」

「ハッ、どの口が！　お前はお宝が手に入らなくてむしゃくしゃしてた。そこへ絶世の美女、ラウラが現れた。そうなりゃ考える事なんざ皆同じだ。金儲《かねもう》けができなかった分、美女を攫《さら》って楽しくやろうっていうんだろ！」

「阿呆《あほ》か！　お前らと一緒にすんじゃねぇ！」

なんとも不名誉な言い掛かりにウィードは憤慨するのだが、しかし同時に安堵《あんど》した。どうやらラウラが器だという事がバレたわけではないらしい。彼らはただ、お宝が見付からなかった腹いせにウィードに難癖を付けたいだけだ。ならば適当にあしらって切り抜けよう……と、思ったが。

何故《なぜ》か彼らは剣呑《けんのん》な雰囲気を醸し出し、じりじりと距離を詰めて来た。何の真似《まね》かと思っていると、お頭がニヤリと告げる。

「俺達はな、ラウラを連れ戻して一座から謝礼金をもらうんだ。お宝が手に入らねぇなら、そこで稼がせてもらうのよ。だから用心棒、さっさとラウラの居所を吐きやがれ！　でないと腕ずくで吐かせるぜぇ?」

「っ、マジかよ……」

ウィードは白目を剝《む》きたくなった。要するに彼らは、実に迷惑な話だが、どの道ウィードとやり合うつもり満々だったというわけだ。

だがウィードとしては、金にならないような喧嘩《けんか》はできるだけしたくない。なので再度、ラウラなんて知らないと言い張ろうとしたのだが――

「ちょっと、何やってんのよ!」

突如高い声が辺りに響き、一同は一斉に振り向いた。そうして視界に飛び込んできた人物に、ウィードは呆気《あっけ》に取《と》られてしまう。ラウラだ。ラウラが通りの向こうから、険しい顔で走り込んでくるではないか。

「ほらやっぱり、危険な空気になってるじゃない! 何が〝話を付ける〟よ、こうなるってわかってたから止めたのに!」

「ってお前――なんで来た!? あの大荷物はどうしたんだよ!」

「近くの宿屋に預かってもらったわ! だってどう考えても、あんた一人でハンター達と対峙《たいじ》するなんて危険じゃない!」

ラウラはそう主張するが、ウィードにはさっぱり意味がわからなかった。何しろ荒事の起きそうな場所に自ら突っ込んで来る女なんて、これまで会った事がなかったのだ。

「いや、お前……自分の立場わかってんのか!?　護衛対象はこういう時、隠れてんのが定石だろ!?」

「何よ、あたしが器だってバレてるわけじゃないでしょう!?　なら狙われる事もないんだし、怪我《けが》する前に止めに来るのが当然よ!」

　ラウラはハンター達に聞こえないよう声を潜めて言い返す。要するに貴重な用心棒が使い物にならなくなっては困るからと駆け付けて来たらしいのだが、その行動はウィードにとって迷惑以外の何物でもない。どうして大人しく待っていてくれなかったのか——痛む頭を押さえていると、お頭が勝ち誇ったような声を上げた。

「はっはー!　言い逃れできなくなったなぁ用心棒!　お前やっぱりラウラを誘拐——」

「してねぇわ!　説明すんのも面倒だから言わなかったが、こりゃアレだ、この女が気晴らしの旅に出たいっつぅから、その護衛として雇われただけだっての!」

　ウィードはせめて誘拐犯の汚名だけはそそごうと試みる。するとラウラも、話の流れ等把握していないだろうに進み出て。

「そうよ、彼はあたしが雇ってるの!　だからあんた達、手ぇ出さないでくれるかしら?　彼に怪我されたら困るのよ!」

　そう威風堂々訴える。荒くれ者のハンター達が相手でも、やはり彼女が怖気付《おじけづ》く事はないらしい。そんなラウラの圧力にハンター達も気圧《けお》されていたのだが……やがて彼らはニヤけた笑みを取り戻すと。

「ああそうだな……じゃぁそいつに手は出さねぇから、あんた、俺らと来てくれるか？　俺達ぁあんたを一座まで送り届けて、その謝礼金をもらうんだ！」

「は？……え、そういう話？」

ラウラは大きな目を瞬《まばた》く。ここで彼女はようやっと、器か否かに関係なく自らが狙われているのだと理解したようだ。瞬きを繰り返したままウィードを振り向き。

「じゃぁあたし、出て来ない方が良かったかしら？」

「あーそうだよ、その通りだ！」

ウィードは荒っぽく同意する。苛立《いらだ》つのも仕方のない事だった。彼女が出て来てしまった以上、誤魔化すという最も平和的な解決手段が使えなくなってしまったのだから。

では、この場をどうするか。どう収拾を付けるのが一番いい？

ウィードは数秒考えて――次の瞬間。

「えっ、何!?」

驚くラウラを肩に担ぐと、ハンター達に背中を向けて駆け出した。

「っ!?　ちょ……ちょっと待てコラァ！」

ハンター達は怒号を上げ、一拍遅れて追ってきた。「逃げんじゃねぇ！」「腰抜けが！」と罵声が次々ぶつけられるが、振り向く事なくウィードは走る。

「え、何よ逃げるって事⁉　待って、それなら荷物を回収しないと！」

突如の事に慌てるラウラに、ウィードは「違ぇ！」と鋭く答えた。

「今逃げたところでな、あいつらは一度獲物を定めたらしつこく追ってくるんだよ。旅の道中、ずっとお前を狙ってくる！　だから今叩《たた》きのめす事にした、もう二度と手ぇ出す気が起きねぇようにな！」

「はぁ⁉　あんたね、多勢に無勢って言葉知らないの⁉　っていうか言ってる事とやってる事がちぐはぐじゃない、戦うつもりならなんで背中向けてんのよ⁉」

「そりゃこんな街中で騒ぎ起こして、その辺の奴らに怪我でもさせたら面倒だろうが！　だからまずは、暴れてもいい場所を探さなきゃなんねぇんだよ！」

だがすっかり臨戦態勢のハンター達に「まずは場所を変えようぜ」なんて提案しても、了承してくれるわけもない。だから手っ取り早い手段として、ウィードは彼らを引き連れて走る事にしたのである。

一行はワァワァと騒ぎ立てながら街の中を疾走した。時にビール樽《だる》を引き倒し、時に昼寝のロバの尻尾を踏んづけ、時に商店の立て看板を飛び越えながら騒々しく。そんな賑やかなレースの末、街外れの、人気のない空き地までやって来ると。

「おーし、ここら辺でいいか？」

ウィードは足を止めてラウラを下ろし、くるりと背後を振り向いた。ハンター達と改めて対峙しようと——だが、そこで唖然《あぜん》とする。そんなに引き離したつもりはないのだが、ハンター達の姿はまだまだ遠くにあったのだ。彼らは息の上がった様子で、足をもつれさせながら、のたのたとこちらに向かって走ってくる。

「——あらやだ。ハンターって体力仕事でしょうに……あんなに身体《からだ》が重いもの？」

ラウラはあんぐりと口を開ける。ウィードも同様の感想を抱いていたが、そう言えばあのハンター一行、揃ってビール腹だったような。きっとろくに鍛えていないに違いない……が、なんにせよのんびりしてくれているなら好都合だ。

「よし、んじゃお前、今の内にどっかその辺に隠れてろ。ここに居られても邪魔くせぇ」

しっしっと手を振って言ってやると、ラウラは信じられないという顔をした。

「あんた、本気でやり合うつもりなの⁉ さっきから言ってるじゃない、五人のハンターを相手するなんて無茶だって！ あたしはあんたに怪我されたら困るんだから、ここは荷物を回収して逃げた方が……」

「って言うけどな。もし俺があいつらに負ける程度の用心棒なら、護衛にする意味ねぇだろが。賊だのなんだのは集団で襲ってくんだからよ」

「それは……っ、まぁそうかもしれないけど——」

「かもじゃねぇ、そうなんだよ。おら、いいから高みの見物しとけ！」

ウィードは半ば蹴り出すようにラウラを追いやる。その扱いにラウラは憤慨したようだったが、ウィードに譲るつもりが全くないと悟ったのか、それ以上食い下がりはしなかった。渋々という気配は見せながらも、少し離れた木の陰へと身を隠し——そこでようやく。

「ハ、ハ、追い詰めたぞ、この野郎……！」

追い付いて来たハンター達が、息を切らしてそう言った。

「もう、ハァ、逃げ疲れたのか？　偉そうな口を利いても、ハァ、所詮はその程度の、チンピラだって事だ……！」

そう嘲るような台詞《せりふ》を吐くも余りにしんどそうなので、ウィードは眉根を寄せてしまう。この程度の運動でここまで疲弊するなんて、彼らは本当にハンターとしてやっていけているのだろうか。この様子じゃいつか大怪我をするんじゃないか……と、彼らを案じてやる義理なんて無いのだが。

「おーおー、口だけは達者だなぁ。で、誰が追い詰められてるって？　どう見たって、お前らを待ってやってたんだろうが」

「な、なんだって……？　そりゃ一体どういうわけで……」

「決まってんだろ。今後お前らが俺の仕事を邪魔しようなんて思わねぇように、きっちり実力の差ぁ見せる為《ため》だよ」

ウィードがそう言い放つと、ハンター達はぽかんとした。そのまま数秒沈黙し、やがて弾《はじ》けるように笑い出す。

「だぁっはっは！　こりゃ参るぜ、チンピラは数も数えられねぇのか!?」

「いくらお前が評判のいい用心棒でも、五対一だぞ!?　相手になるわけねぇだろうが！」

「そうだそうだ、下手に怪我したくなかったら、大人しくラウラを……って」

ゲタゲタと笑い声を上げていたハンター達だが、次第に言葉を失っていった。それはウィードが、静かに拳を構えたからだ。

「は？……まさか、本気でやるつもりか!?　しかもお前……剣も抜かずに!?」

これには一同、笑っていられない程に面食らってしまったらしい。

「お前もしかして、本物の阿呆《あほう》か!?」

「うっせぇなぁ、喧嘩に剣を使うのが好きじゃねんだよ。まぁ阿呆かどうかは、やってみりゃわかんだろ」

ウィードは挑発的に顎をしゃくって言ってやる。するとこの生意気さに、ハンター達の目がギラリと光り――だがまだ息が整っていなかったのか、少しの間深い呼吸を繰り返したり蹲《うずくま》ったりそこらを歩き回ったりしてから、やっとの事で。

「――は、そんなに言うなら……お望み通りに遊んでやるよ！」

何処《どこ》か舐《な》め切った空気のままに、一斉に武器を抜いて突っ込んできた。

「おらぁ！　死ねぇ！」

言いながら先頭の男が剣を突き出す。剣先は鋭く空気を裂き、もしも当たれば骨ごと粉

砕されそうな勢いだったが――ウィードはこれを軽く躱《かわ》すと、伸びた腕を横から摑《つか》み、

「よっ」と思い切りぶん投げた。

「っ!?」

男の身体は弧を描くように宙を回り、そのまま地面に打ちつけられる。そうして白目を剝いて気絶するのを見た途端、他の連中は凍り付いた。どうやら相当驚いているらしいが――何しろぶん投げられた男はかなりの巨軀《きょく》で、対するウィードは身の丈こそ高いが、しかしどちらかと言うと細身に見える体形なのだ。

「お前っ、今何したんだ!? お前の何処にそんな力が……」

驚愕《きょうがく》の声を上げるお頭に、ウィードは首を横に振る。

「力技じゃねぇよ、今のは勢いを利用しただけ……って、そんな事もわからねぇのか？体力不足の上に体術の知識も無ぇって相当やべぇぞ。この先もハンターやってくつもりなら、もう少し頑張った方がいいんじゃねぇの？」

「……っ、何を生意気な！」

と、今のは親切心からの忠告だったのだが、相手は逆上してしまったようだ。怒りで顔を真っ赤にして、連中は再び襲い掛かって来る。

さぁ、まず一人目。そいつは棍棒《こんぼう》を振りかざし強烈な一撃を打ち下ろしてきたのだが、ウィードはそれをひらりと避けるとすかさず相手の背後に回り、背中に横蹴りを入れてや

った。自らの突進の勢いと蹴りの衝撃でそいつは吹っ飛び、正面の木に強《したた》かぶつかり倒れ伏す。が、その顛末《てんまつ》を見届ける暇もなく、次の一人がナイフを構えて向かってくる。

「調子に乗るなよ、チンピラが！」

そう言って突き掛かってくるのをしゃがんで躱すと、跳ね上がる勢いで相手の顎に思い切り頭突きをお見舞いする。「ガッ」という声と共に相手の手からナイフが落ち、ウィードはそれをキャッチすると続け様、遠くで銃を構えていた男へと投げ付けた。

ビュッと空気を切り裂いたナイフは、男の髪の数本を散らして彼方《かなた》へ落ちる。あわや顔面にナイフが突き立つところだった男は泡を吹いて倒れ込み——早くも残りはお頭一人だ。

「お、お前……お前ぇっ」

大刀を手にしたお頭は怒りを滾《たぎ》らせそう吠《ほ》えたが、向かっては来ない。一瞬の内に仲間が次々やられていき、すっかり竦《すく》んでしまったらしい。

「くそ、こんなに腕が立つなんて……それなのにこんな所まで逃げ込むなんて、お前、俺らを揶揄《からか》ってやがったのか！」

お頭は非難の声を上げるが、ウィードがじろりと睨《にら》み付《つ》けると「ヒッ」と漏らして三歩退いた。全く、威勢がいいんだか悪いんだか……

「あのなぁ。最初から言ってんだろ、別に逃げたわけじゃねぇって。……つぅかもう降参って事でいいのかよ？　まだやりてぇなら相手になるが、どうすんだ？」

ウィードは軽い口振りで問うのだが、眼光は鋭く光らせていた。相手の戦意を完全に喪失させるよう、獰猛《どうもう》に。そうして一歩近付くと、お頭の虚勢は呆気なく瓦解した。彼は悔し気な舌打ちを残すと、脱兎《だっと》の如《ごと》く逃げていく。伸びている四人の部下を置き去りに。

「あーあ、情けねぇの」

ウィードはそう悪態を吐《つ》く。用心棒とハンターはどちらも「ならず者」「不届き者」と世間から敬遠されるが、あれと一緒くたにされるのはいただけなかった。だって相手に向かいもせずに逃げ出すなんて……まぁなんにせよ、これで一件落着だ。

「……驚いた。あんたって本当に強かったのね」

ラウラも木陰から姿を現《あら》わし、倒れ伏したハンター達を避けながら近付いてくる。

「随分自信があるようだとは思ったけど……この人数を一瞬で、しかも武器も使わず倒すなんて。いくら相手が運動不足って言ってもねぇ……」

と、彼女は感心していたようだが、その視線はどうにも居心地が悪かった。手放しに褒められる事に不慣れな為、こういう時にどう反応したものかわからないのだ。よってラウラの言葉は聞き流し、ハンター達を見回してウィードは言う。

「まぁこいつ等もこれで懲りただろうな。ここまで綺麗《きれい》にやられたんじゃ、今後追い掛けてこようなんて気は起きねぇはずだ。いくら脳筋集団でも学習能力はあるだろうから――……って、そうだ、お前いいのかよ？」

そこでふと思い出して問い掛ける。

「お前、一座に何も言わずに出て来ただろ。そのせいで誘拐だのなんだのって騒がれてるみてぇじゃねぇか。旅に出んなら、まずは一言断っておいた方がいいんじゃねぇの？」

そう提案してみるのだが、ラウラはあっさりと首を振った。

「必要ないわ。暫《しばら》く留守にしたいなんて言ったら、引き留められるに決まってるもの」

「って、それでいいのかぁ？　ただ戻るのが面倒ってだけじゃねぇのかよ」

「ええ、勿論《もちろん》それもあるわ。だって折角ここまで来たのに、引き返したら流石《さすが》に勿体《もったい》ないじゃない！　それにあの一座、今のあたしの集客力に対して給料が見合ってなかったの。だから今回の事は、あたしの価値を考え直すいい機会よ」

ラウラは堂々言ってのける。その強気な態度からして、彼女は本当に一座にて、それなりの地位を築き上げているらしい。

「って、こっちの事はどうでもいいのよ。あたしやっぱり、あんたの事が気になるわ」

「は？　俺？」

問い返すと、ラウラは大きく首肯した。

「だってあんた、ただの用心棒って割には強過ぎるもの。ねぇ、一体何処で戦い方を身に付けたの？　誰か有名な師範の下で学んでたとか？」

――あぁ、また始まった……

た。あからさまに嫌な顔をしているにもかかわらず、彼女の口は止まらない。

「というかやっぱり耳飾りに詳しいのもおかしいし、女の悲鳴が苦手っていうのも普通じゃない……ああそうだ、その辺って偽名を名乗るのにも関係ある？　あんたってもしかして、物凄《ものすご》く複雑な過去を秘めてるとか？」

ラウラは矢継ぎ早に問い掛けて来る。その猛攻を、だんまりを決め込む事でやり過ごそうとしたウィードだったが、ラウラは実にしつこかった。ねぇねぇといつまでも纏《まと》わりつかれ、とうとう我慢ができなくなり――……

「あーーうるせぇ！　俺の事なんざどうだっていいだろうが！」

「っ！」

辺りに響き渡るような大声で怒鳴りつけると、ラウラはびくりと硬直した。大きな瞳が零《こぼ》れんばかりに見開かれるが、ウィードは構わず畳み掛ける。

「お前は過去を堂々と語れるくらい人生を肯定的に生きてんだろうけどな、そうじゃねぇ人間だっているんだよ！　なのに無遠慮に色々突っ込んできやがって……ウザってぇってわかんねぇのか⁉」

その声には強い苛立《いらだ》ちが込められた。この女には昨日から散々振り回されたのだ。溜《た》まりに溜まった鬱憤が、今、一気に噴出する。

「いいか、俺は質問には答えねぇ！　お喋《しゃべ》りに付き合う義理はねぇからな！　とにかく俺には護衛に十分な腕があるし、お前に危害も加えねぇ、それだけわかってりゃ十分だろうが、あぁ⁉」

そう柄悪く凄《すご》む言葉は、がらんとした空き地に反響した。ラウラは目を見開いたまま固まっている。流石に本気で怒鳴られて堪えたのか、視線が徐々に落ちていく。

——……って、ちっとばかしやり過ぎたか？

吼《ほ》えるだけ吼えると頭が冷え、ウィードは次第、まずい事をしたかもと考え始めた。もしや今ので怖がられ、用心棒解雇と言われるかもと……いや、それは非常にまずい。そうなる前に、何かフォローを入れなくては——と、思ったが。

ウィードが何か言う前に、ラウラがぐっと顔を上げた。そして彼女は、ウィードを正面から見据えると。

「ごめんなさい。今のはあたしが悪かったわ」

「……は？」

その真《ま》っ直《す》ぐな謝罪の言葉に、今度はウィードが固まった。

てっきりこの女には、自らの非を認めるという思考回路はないだろうと思っていたのだ。如何《いか》なる時でも唯我独尊、不遜な態度を通すだろうと——だが意外にも、ラウラは真摯に反省の意を示してみせた。

「そうよね、人には触れられたくない事だってあるわよね……あんたの為人《ひととなり》がわからないと不安なのは確かだけど、だからってしつこく詮索すべきじゃなかったわ。ごめんなさい。あんたの背景についてはもう聞かない。それで怒りを収めてくれる？」

「……っ」

問われても、咄嗟《とっさ》には言葉が出なかった。何しろウィードにとって、謝られるというのは褒められる事以上に不慣れなのだ。大概の人間は用心棒を下に見る為、何があろうと謝罪なんてしないのである。

ラウラだって同様に、自分を見下しているのだろうと思っていた。だからこそ驚かされる。まさかこんなにも誠実な態度を取られるなんて。

「あ、あー……まぁ、いいわそれで……」

なんとかそう言葉を返すが、無性に身体《からだ》がむず痒《がゆ》かった。

嗚呼《ああ》、やはりこの依頼主は厄介だ。

こんな旅、早く終わらせるに越した事はないだろう。

3、宵の襲撃者

何度も同じ夢を見る。

それはウィードが、まだ本当の名を名乗っていた頃の夢である。

細く高い塔の中。石壁に設けられた小窓からは強い西日が射《さ》し込んでいた。螺旋《らせん》に続く階段を一人、その日のウィードは剣を携え上っていく。

カツン、カツンと反響する長靴の音。当時は気にも留《と》めなかったこの音が、今のウィードには絶望へのカウントダウンだ。

――待て、それ以上行くんじゃない。今ここで引き返してくれ……！

張り詰める意識の中でそう祈るが、ウィードの足は止まらない。当然だ。これは過去をなぞった夢なのだから。事実に反する事は起こり得ない。

そうして階段を上り切り、辿《たど》り着《つ》いたのは小さな牢《ろう》。鉄格子の向こうには一人の罪人の姿がある。ぐしゃぐしゃに伸びた髪で顔は隠れ、纏うのは服とも呼べないような薄く傷んだボロ布だ。手足はほとんど骨と皮だけという程に痩せ細り、痛ましい事この上ない。

だが、当時の自分はそれに何も感じなかった。ただ与えられた任務を遂行せんと、なんの感慨もなく剣を抜く。

――嗚呼、駄目だ、やめてくれ。これ以上は見たくない……！

一心不乱に願っても、夢はウィードの記憶のままに容赦なく先へ進んでいく。

剣を構えるウィードを見ると、罪人は鋭い悲鳴を上げた。それを聞いた途端、ウィードの動きはピタリと止まる。その瞬間に、想定外の真実に気が付いてしまった為《ため》だ。

「っ、待って……待ってくれ！　違う、俺は――」

ウィードは態度を急変させ、怯《おび》え切った罪人へと言葉を掛ける。だがそれも虚《むな》しく、後の悲劇はいつも通りにやってきた。視界を染める一面の赤。生臭い鉄の香り。一つの命が潰《つい》えた後の空虚な静けさ……その全てが、過去の、そして今のウィードに圧《の》し掛かる。忘れない、忘れるなと、罪の重さを突き付ける。

「う……うぁ、うぁぁっ……」

押し寄せてくる自責の念に、ウィードは堪《たま》らず呻《うめ》きを上げた。余りにも辛《つら》い。余りにも苦しい。このままでは潰されてしまいそうで、必死に夢の出口を探す。早く、早く、早く現実に戻らねばと――……その時である。

ウィードはバッと顔を上げる。過去の記憶にはなかったはずの、シャン、シャランという軽やかな音を聞いたのだ。

――これは……鈴？

その音は血に染まった牢の中、唯一清浄なものだった。淀《よど》んだ世界を仄《ほの》かな光で照らすような。悪いものを浄化して、温かく包み込んでくれるような。

この夢の中に何故《なぜ》そんな音が聞こえてくるのか……いや、理由なんてどうでも良い。ウィードは反射で音に縋《すが》った。早くここから離れたくて。安心できる場所に行きたくて。この音を辿って行けば、それが叶《かな》うような気がしたのだ。

そうして音のする方へ、死に物狂いで藻掻《もが》きに藻掻き――……

「――ねぇ。あんた大丈夫？」

「っ！」

ゆさゆさと肩を揺すられ、ウィードはハッと目を覚ました。その瞬間、白い光が網膜を焼く。朝陽《あさひ》だ。

鼻腔《びこう》をくすぐるのは清涼な草木の香り。肌に触れるのは温かい毛布。小鳥達の楽し気な囀《さえず》りも聞こえてきて……そして眼《め》の前にあるのは、大きな瞳を瞬《まばた》かせるラウラの顔だ。

「さっきから随分と魘《うな》されてたわよ。大声でウンウン言うもんだから、踊りに集中できなくて困るんだけど……一体なんの夢見てたのよ？」

そう訝《いぶか》し気に問われるのだが、ウィードは言葉が返せない。夢の余韻が後を引き、うまく思考が働かないのだ。焦点の合わない目でラウラを見詰め、ただ荒い息を繰り返していると。

「……あら。もしかして結構重症？」

ラウラはそう言うとウィードから離れ、ごそごそと荷物を漁《あさ》ってから戻って来た。そうして何かをずいと突き出す。

「？　なんだよ……」

ウィードは未《いま》だぼんやりとした意識のままに尋ねてみる。と、ラウラはその何かを鼻先へと近付けた。嗅いでみろという事らしいが……これは、花の香りか？

「カミツレの花の雑香《ざっこう》よ。この前の街で買ったんだけど、気持ちを落ち着ける作用があるんですって。あんた夢見悪そうだし、暫《しばら》く貸しておいてあげるわ。枕元に置いておくと安眠効果もあるらしいから」

「は——はぁ？」

つらつらと言われた言葉で、ウィードは一気に覚醒した。ごしごしと目を擦り、ラウラの顔を探るようにじっと見詰めて。

「なんだお前……何が狙いだ？　お前が親切心働かせるって……」

「ちょっと。何よそれ失礼ね、あんたって人の厚意を素直には受け取れない病気か何かっていうか狙いって……あたしをどういう目で見てるわけ!?」

「どうってそりゃ、生意気で自分本位でやかましくて」

「あーハイハイもう結構！」

ラウラは腹を立ててしまい、「優しくして損した!」と吐き捨てながら踊りの鍛錬へと戻って行く。が、それでも雑香が回収される事はなかった。どうやらこれは本当に、魘されるウィードを心配して貸し出されたもののようで……それになんとも驚かされる。

何しろここまでの旅でラウラに抱いた印象とは、〝自分が良ければそれでいい〟というものだからだ。

何せ彼女は出会い頭、言い寄る男を容赦ない物言いで突き放し――と、これは男の方に大いに問題があったのだが――、仕事に戻ろうとするウィードを無理やり引き留め、更には半ば脅しのようにして占い爺《じじい》の下まで案内させた。その爺に対しても、賊のような振る舞いで情報を聞き出していたのだから手に負えない。

更に口を開けばべらべらとうるさいわ、人の過去を詮索するわ。とんでもない量の買い物にも付き合わされ、その荷物持ちまでさせられた。となればやはり、印象が悪くなるのは当然だ。こんなにも厄介な依頼主は他にいない――……が、そこで。

――いや、待てよ……

ウィードはふと考える。

今日で旅は四日目だが、これまでの道程を改めて反芻《はんすう》すると、ラウラが依頼主として優れている点が一つだけあったのだ。

それは彼女が旅に対し、とても気丈だという事である。

旅とは言わずもがな、心身に多大な負荷が掛かる。移動は体力を消耗するし、都合よく街に立ち寄れなければ野宿になる。屋根のないところでの安眠は難しく、身体も心も十分には回復させられない。

ラウラは芸人一座での旅には慣れているだろうが、それには大きな馬車があるし、大所帯な分安心感もあるだろう。比べてこの旅はずっと簡素で、その分負担も多いはずだ。しかしラウラは意外にも、一切不満を唱えなかった。

暑さ寒さにも弱音を吐かず、風雨にへこたれる事もない。そしてとにかく疲れ知らずだ。踊り子の鍛錬の賜物《たまもの》か、休憩するかと声を掛けても三回に二回は断られる程である。

「あたしならまだまだ余裕よ！　それより先を急ぎましょ、時間が勿体《もったい》ないじゃない！」

そう言って、むしろ楽しそうに馬を駆るのだ。

ウィードは当初、ラウラが旅の過酷さに音を上げて、野宿なんかできないだとか店でしか食事はしたくないだとか言い出すだろうと思っていた。しかし蓋を開けてみると、全くそんな事はない。初日の買い物で時間を浪費した以外は、ぐんぐんと先へ進んでいる。これは早く旅を終わらせたいウィードにとって、嬉《うれ》しい誤算に違いなかった。

そして現在、例によって三度目の声掛けにてラウラが頷《うなず》き、二人は休憩を取っている。そこは大きな湖のほとり。のんびりと釣りをする人や、ボートに乗って遊ぶ人の姿もある、実に長閑《のどか》な憩いの場だ。

二人はそれぞれの馬に湖の水を飲ませてやったが、たったそれだけの事でもラウラは随分とはしゃいでいた。

「よしよし、いい子ね黒曜石《こくようせき》！　そうよ、たくさん飲みなさい。でないとこの先へばっちゃうわよ？　そうなってもあたしじゃあんたを背負えないんだから、水分補給はしっかりね！」

彼女は自らの馬に、その黒い毛並みから黒曜石と名付けて可愛《かわい》がっている。ウィードも馬を大事にするが、ラウラはその比ではない。今も自らの休憩そっちのけでブラッシングを開始するので、

「ってお前よぉ。馬の世話より自分の身体休めといた方がいいんじゃねぇの？」

ウィードはそう言ってみるのだが、ラウラはきっぱりと首を振った。

「いいのよ、座ってるよりもこの子の世話をする方が癒《いや》されるから！　あたしこう見えて動物好きなの。でも一座ではあんまり馬に触らせてもらえなかった。万が一暴れて怪我《けが》されたら困るからって……でも今は堂々世話ができるんだもの、楽しくて仕方ないわ！」

一座での生活は奴隷時代に比べれば天国だが、自らが商品である以上窮屈さがないわけではないのだとラウラは言う。だからこそ、こうして一座を離れて旅をするのは本当に気分がいいと――と、それは大いに結構なのだが。

「つぅかお前……楽しんでんのはいいけどよ。実際のトコどうなんだ？　現状に不安ってのはねぇのかよ、急にこんな事になっちまって……」

ウィードはそう問い掛ける。それはずっと、密《ひそ》かに気になっていた事だ。

占い爺から紅吉祥《くれないきっしょう》の詳細を聞かされた時、ラウラはかなり取り乱していた。そりゃぁ突然得体の知れない不可思議なものが宿った上、それが主を持つものだなんて言われたら誰だって狼狽《ろうばい》するに決まっている。

だが、いざ旅に出てからというもの、ラウラは不安気な様子を見せなかった。故にウィードは、彼女が今どういう心境でいるのかが気に掛かっていたのだ。

「不安……そうねぇ……」

ラウラは長い髪を掻《か》き上《あ》げて、少しばかり考える。

「勿論《もちろん》、大変な事になっちゃったとは思ってるわよ？……でも」

言いながら彼女は湖を──そこに映った自分自身を覗《のぞ》き込んだ。

「正直なところ、日が経《た》つ程に実感がなくなっていくのよね。だって見た目には何も変わらないし、自覚症状もまるでない……ねぇ、あんたから見ても、特に変わったところなんてないでしょう？」

ラウラはくるりと回ってみせる。その動作、流石《さすが》は〝傾国〟と言うべきか、大いに人心を引き付けるだろう美しさではあったが……しかし、それだけだった。とてもその内側に神秘を宿しているようには思えない。

そう伝えると、ラウラは「でしょ？」と肩を竦《すく》めた。

「だから時々忘れちゃうのよ、器がどうとかって話なんて。もしかしたら身体《からだ》が光ったってのも、ただの白昼夢だったんじゃないかしら」

「あぁ？　流石にそりゃねぇだろ。俺だってあの光を見てるんだからよ」

ウィードがすかさず突っ込むと、ラウラは「あぁ、そうね……」と残念そうな顔になる。

が、すぐに気を取り直して。

「でもなんにせよ、見た目から器だって判断ができない以上、紅吉祥を狙う奴らに見付かる可能性は低いじゃない？　それに大聖様ならきっとこの力を引き受けてくださるでしょうから、今はそんなに不安ってのはないのよね」

だから心配ばかりしているよりこの旅を楽しみたいのだと、ラウラは伸びをしながら言う。その潔いまでの割り切りぶりに、ウィードは圧倒されてしまった。この状況でそんなにもどっしりと構えられる人物は、国中探してもなかなか居ないのではないだろうか……。

そう考えていたところ、ラウラが「さて！」と手を叩《たた》いた。

「もう十分休んだし、そろそろ出ましょ！　いくら不安がないって言っても、時間を無駄にはできないものね。あんまり留守を長引かせるんじゃ座長にも怒られちゃうし……先を急ぐに越した事はないわ！」

それから二人は再び馬を走らせた。大聖の居るトリロを目指し、街道を只管《ひたすら》北上する。

やはりラウラは同じ年頃の娘に比べて体力があり、行程はかなり順調だ。この先の王都を過ぎるとネバシュという山があり、そこを越えるには多少苦労するかもしれないが……だとしてもこの分ならば、想定よりも数日早く旅を終わらせられるはず。

――もしかしてこの依頼って、結構楽な部類なのか？

ウィードはそんな風に考え始める。

ラウラのお喋《しゃべ》りと生意気さにさえ目を瞑《つぶ》れば、別段大変な事は無さそうだし。得体の知れない紅吉祥についても、今のところ特に問題は起きていないし――……と、しかし。

楽観的になるのは余りにも早過ぎた。

その日の晩に、とある事件が二人を待ち受けていたのである。


「――おし、今日はここまでにすっか」

西の空が赤く染まり始めた頃、ウィードは馬の足を緩めた。街に着ける見込みがないと判断した日は、まだ視界が利く内に馬を止め、野営の準備を整えなければならないのだ。

「そうね、了解。それじゃ早速支度するわ」

ラウラは頷き馬を降りると、荷物の中から次々何かを取り出し始めた。と、それが芋やら肉やらの食材だと気付いた瞬間、ウィードは血相変えて止めに入る。

「おいおいおい待て待て待て！　お前まさか、飯の準備するつもりじゃねぇだろうな⁉」

「そうよ、悪い？」

「いや、どう考えても悪いだろ！　お前って学習能力備わってねぇの⁉　あんな失敗やらかしといて、どうしてまた飯なんか作ろうと思えんだよ⁉」

ウィードの口調はいつも以上に荒くなるが、これにはれっきとした理由があった。前回の野営にて判明した事だが、ラウラには壊滅的に料理の才能がなかったのだ。

その時ラウラは張り切って、食事の準備を任せて欲しいと宣言した。その堂々たる様子からウィードも彼女を信用し、自らは薪を拾いに行った——が、これが大きな間違いだった。野営地に戻ったウィードを待っていたのは、真っ黒になった食材の浮かぶ、泥水を煮詰めたようなスープだったのである。

聞けばラウラはその時初めて料理に挑戦したらしいが、それにしたって余りにも酷《ひど》い出来であった。食材を惜しんで二人はなんとかそのスープを飲み干したのだが、苦いような酸っぱいような、思い出すだけでも嘔吐《えず》くような味だった……

「何よ、一度の失敗くらいで！　あの時はたまたまでしょ、今度はうまくできるわよ」

ラウラはそう言うのだが、もう信用はできなかった。ウィードは食材や調理道具を彼女から素早く取り上げると。

「言っとくがここは譲らねぇぞ。お前の料理は下手すりゃ毒だ、また妙なモン食わされたら今度こそ調子崩すかもしんねぇ！　だからここは俺がやる、お前は一切手ぇ出すな！」

この牙を剝《む》くような剣幕には、流石のラウラも気圧《けお》されたらしい。ぶつぶつと文句を言いながらも大人しく近くの林へ薪拾いに行ったので、ウィードは大きく息を吐いた。いや、全く危ないところだ。ラウラについて、お喋りと生意気さにさえ目を瞑れぱと思ったが、前言撤回。料理に意欲を発揮されるのもまた厄介だ。

折角自由に振舞える機会だからとなんにでも挑戦したがるラウラだが、食材に手を出すのだけは本当に勘弁してほしかった。ウィードだって得意というわけじゃないものの、それでもあの泥水スープと比べれば格段に味の良い、何より安全な品を作れるのだ。ならばどう考えたって、こちらが調理担当となるのが妥当だろう。

そうしてウィードは細かく刻んだ食材を鍋でぐつぐつ煮込み始める。適当だが絶妙な加減で塩や香辛料を振り、更に肉でとった出汁《だし》も入れ沸き上がってきた灰汁を捨て——……と、ウィード一人の旅であればこんなに手の込んだ事はしない。わざわざ火を起こしての煮炊きなんて面倒でしかないからだ。食事は腹さえ満たせれば良いのだと、干した肉と乾いたパンで済ませるのが定番である。

だが、今度の依頼主はそれを良しとはしなかった。

「あのね、美容の為《ため》には身体を温めるのが不可欠なの！　それに野菜がないなんて健康にも良くないわ！　余程のっぴきならない状況でもない限り、一日一回は火の通った、野菜入りの食事がなきゃ絶対に嫌！」

そう力いっぱい主張する癖、本人の料理の腕は壊滅的なのだから始末が悪い。お陰でこちらに皺寄《しわよ》せが来るじゃないかと、ウィードは苦々しい思いで調理を進めた。味を見て、塩を追加し、何度か調整を繰り返し。ようやく完成に近付いてきたところで。

「――……？」

ふと、異変を感じて顔を上げた。不意に少し遠くの方で、ガサガサと激しく草木が揺れるような音がしたのだ。

――なんだ？　獣か？

そう考えたのはほんの一瞬。その直後、バタバタと騒々しい足音がこちらへ向かって来たのである。

「ウィード！　ウィード・タンブル！　出番よ出番！」

そんな逼迫《ひっぱく》した声を上げ、ラウラが全力で走って来る。何事かと思ったが、すぐに状況を理解した。ラウラのいくらか後方に、彼女を追う男の姿があったのだ。

「っ、おい伏せろ！」

指示を飛ばすとラウラは素早くしゃがみ込む。それと同時、ウィードは鍋を掻き混《ま》ぜていた木杓子を思い切り投げ付けた。

それは回転しながら宙を飛び、男の眉間に命中する。「ぎゃっ」という叫びと共に足が止まると、ウィードはすぐさま走り寄った。そうして男を引き倒すのだが、相手は木杓子の一撃も相俟《あいま》って、既に目を回していた。

「あー、びっくりした……」

ラウラは大きく息を吐いて立ち上がる。見れば彼女は泥だらけで、髪には葉っぱまで絡んでいる。どうやら林の中で男と揉《も》み合《あ》いになったらしく、隙を付いて逃げて来たという事のようだが——

「ってお前なぁ。なんで襲われた時点で呼ばなかった？　お前がこっちまで戻って来るより、俺が向かった方が早ぇじゃねぇか！」

ウィードはそう呆《あき》れ返《かえ》る。襲われたショックで声を失う者は多いが、ラウラに限ってそんな事はないだろうに。それなのに何故《なぜ》助けを呼ばなかったのか、全く理解ができないが。

「なんでって……あんたが悲鳴が駄目だからでしょ」

ラウラは当然だと言わんばかり、そんな理由を口にした。

「初めて会った時、あんた悲鳴で真っ青になったじゃない？　遠くから助けを呼んだらそれだって悲鳴みたいに聞こえるだろうし、そのせいでまた青くなったら可哀想《かわいそう》だし……何より自力で逃げられそうだったから、近くに来るまでは呼ばなくてもいいかと思って」

「……はぁぁ？」

そんなラウラの説明を聞き、腑《ふ》に落ちるどころかウィードは余計に混乱した。

つまりラウラは、自分の為に叫ばなかったと、そういう事か？　危険が迫っていたにもかかわらず？　暴漢に襲われながらも、自分の事を気遣ったと——……この、ラウラが？

「ってお前、マジで意味わかんねぇ……」

ウィードにはどうにも信じ難かった。だって彼女はもっと身勝手な女のはず。何せ出会ったその日には、「悲鳴を上げられたくなかったら言う事を聞け」と脅してまできた人物なのだ。それがどうして……と考えていたところで、うぅという呻《うめ》きが上がった。男が目を覚ましたのだ。

これに即座に頭を切り替え、ウィードは相手の喉元にぴたりと剣を突き付ける。

「よぉ、起きたかよ。んで、誰なんだテメェは？　まぁ女に襲い掛かったんだから、下衆《げす》には違いねぇよなぁ？」

ドスを利かせて言いながら、組み敷いた相手を観察する。もうかなり日が傾いてはいたものの、ウィードは夜目が利く方だ。そうして相手を確かめてみたところ——思わず眉間に皺《しわ》が寄った。それは男の容貌が、かなり珍しかった為だ。

そいつは五十代程の貧相な小男なのだが、アングレスの人間とは異なる、彫りの浅い、扁平《へんぺい》な顔立ちをしているのである。肌だってウィードとラウラの中間くらいの色合いだ。

その特徴にウィードはハッと思い至る。

――もしかしてこいつ向こうの……アズの人間か!?

アズとは、アングレスのあるエウロパの東に位置する大陸だ。二つの大陸は海によって遠く隔たっている為にまだほとんど交流がなく、そちらの人間と出会う機会は稀《まれ》である。故にウィードは面食らっていたのだが――更に驚くべき事があった。

男は剣を突き付けられているにもかかわらず、そんな事はお構いなし、ラウラへと叫んでいるのだが。

「え、何？　なんなの？」

ラウラは訳がわからないというように眉を顰《ひそ》める。それもそのはず、男が喋るのは聞き慣れない異国の言葉であるからだ。

だが、ウィードにはこの言葉が理解できる。だからこそ声を失い――そんなウィードの様子に気付くとラウラが不審気な顔をした。

「ちょっと、なんなのよ急に黙り込んで……って、もしかしてだけど、あんた今の言葉がわかるわけ!?」

これにウィードが頷《うなず》くと、ラウラは驚きを通り越し呆れたように首を振る。

「もう、あんたってホントに謎過ぎる……今の言葉って全く耳馴染《なじ》みがなかったわよ!?　そんなものがわかるって、一体どういう経歴を――っと、そうか。詮索しないって約束したわね」

ラウラは自らを戒めるようにがしがしと頭を掻《か》いて。

「で？　この男は一体なんて言ってるわけ？」

「……主にしろって」

「は？」

その眉間に深い縦皺が刻まれる。どうやらウィードの言う事がうまく呑み込めなかったようなので、もう一度、今度は詳細に伝えてやる。

「だからこいつ、主にしてくれって言ってんだよ。お前は紅吉祥の器だろうって。だから自分を主にしろって喚《わめ》いてんだ」

そう通訳してやると、ラウラの表情は一瞬で凍り付いた。


「――それで？　あんた何者なの？」

ぱちぱちと爆《は》ぜる炎の下で、ラウラは男に問い掛ける。日が落ちて視界が利かなくなった為、男を縛りあげた上で火の傍《そば》まで戻って来たのだ。

「あんたは一体何処《どこ》の誰？　それでなんだってあたしが紅吉祥の器だなんて言ってんの

よ？」

木の根方に腰掛けたラウラは、女王のような圧で問う。これをウィードが通訳すると、敵意や害意は持ち合わせていなかったのか、男は素直に口を開いた。

『俺は、アズ大陸から渡って来た人間だ。向こうの大陸では、時々不思議な能力を持った人間が生まれるんだが、俺は人間の気……オーラってのが見えるんだ』

「オーラ？」

ラウラは胡散臭《うさんくさ》いと言いた気な顔を見せたが、しかしエウロパでも占い師という常人ならざる力を持った人間がいるのを思い出したのか、男の話を呑み込んだ。

「――まぁいいわ、それで？」

『ああ。そんで今日、湖の近くであんたの事を見掛けたんだが、度肝を抜かれた。そんなに眩《まぶ》しい、真っ赤なオーラを纏《まと》ってる人間なんて見た事がねぇ。そこですぐにピンと来たんだ、こいつぁあの紅吉祥の器に違いねぇって！』

その話を訳してやると、ラウラの表情は険しくなった。まさかこんなにも簡単に、自らが器だと見破られる事があろうとは、予想もしていなかったのに違いない。

だがこうなった以上は誤魔化しても仕方がないと、彼女は大きく頷いて。

「成程ね。あんたの主張の根拠についてはわかったわ。けど、〝あの紅吉祥〟っていうのはどういう事？　この国では紅吉祥なんて全然知られてないんだけど……もしかしてアズでは有名なの？」

その問いに男は小刻みに首肯すると、紅吉祥について、アズ大陸に伝わるという話を語り出したのだが——それは酷《ひど》く衝撃的な内容だった。

曰《いわ》く、紅吉祥は前回、そして前々回と、アズ大陸が顕現の地になったという。故にアズでは詳しい伝承が残っているらしいのだが、それによると紅吉祥の実態は「吉祥」とは程遠い、忌むべき力なのだとか。

「忌むべき？　って……どうして？」

ラウラの声は低くなる。その問いを男へ訳しつつ、ウィードも話に集中する。

『あんた達も、紅吉祥が主に力を与えるモンだって事くらいは知ってるか？　その力ってのはな、要するに戦力だ。それも生半可なモンじゃない。歴史を大きく変えちまう程、強大なものなんだ』

男は言う。史実の中で稀にある、弱者が強者に打ち勝つ話——虐げられていた民衆が革命を成功させただとか、小国が大国を打ち破っただとか——、そういう大きな転換が起き得たのは、その陰に紅吉祥があったからだと。紅吉祥の力があれば、どんなに強力な軍隊でも簡単に撃破できるというのである。

『で、そんな紅吉祥が忌むべきと言われる理由はな、主の理性を奪うからだ。立派な大義を謳《うた》った者でも、民に慕われた王様でも、紅吉祥を使う内に残虐になっちまう。力に溺れ、人々を恐怖で支配して、意に沿わねぇ者を焼き払うようになるんだよ』

まるで怪談でもしているかのように、男はおどろおどろしい声を出す。

『まぁそれが紅吉祥の力なのか、主が勝手に堕《お》ちちまうのかは知らねぇが……なんたって紅吉祥の力は凄《すさ》まじ過ぎる。そんなものを手にすれば、誰しもが傲慢になって当然だ。だからその顕現には必ず悲劇が付き纏う。紅吉祥は主を惑わせ争いを引き起こす、実に禍々《まがまが》しいものなんだ！』

「――……」

ウィードはこれを淡々と訳していたが、内心ではかなりの衝撃を受けていた。

何しろウィードは紅吉祥について――それがこの世ならざる神秘だと理解し、なんとなく厄介そうだとは感じていても――、そこに秘められた力とは、せいぜい主に多少の幸運を齎《もたら》す程度だと考えていたのだ。

だって伝承というものは、大袈裟《おおげさ》に語られる割に実態が伴わないのが常である。故に「世界を掌握」という紅吉祥の謳い文句《もんく》も、全く取り合っていなかった。器たるラウラから護衛を依頼された為、結果的に紅吉祥を守る形にもなってはいるが、そいつが持つ力については大した事はないだろうと、そんなものを欲しがる奴の気が知れないと考えていたのである。

だというのに、紅吉祥の実態とは、歴史を変え得る戦力だと？　それに加え、主の理性を奪うって？　もしもそれが本当なら、相当に物騒な代物じゃないか……！

と、そんな驚きは覚えつつ、しかしウィードの中、特に危機感のようなものは生まれなかった。余りにも壮大な話の為《ため》に、正直なところ、実感が全く湧かないのだ。ラウラも同様であるらしく、聴衆の今一つ締まらない空気を感じ取ったのか、男はムッとした顔になると。

『なんだ、俺の話を疑ってるのか？　言っておくが伝承は嘘《うそ》じゃないぞ！　そうだ、この国にもシルギ国の事は伝わってるだろう？　紅吉祥の前の主は、他でもないシルギ王だ！』

「シルギ……？」

ウィードはぴくりと反応した。それはアズ大陸一の大国の名だ。

アズの歴史や地理についてもまだそれ程伝わって来てはいないのだが、しかしシルギという国はアングレスでも有名である。その国には、強く印象に残るエピソードがあるからだ。

それは二百年程前、周囲の国々から圧迫され併合されるのを待つばかりだった小国のシルギが、突如として力を付け、あっという間に他国を破り大国にのし上がったという話である。その史上稀に見る下剋上《げこくじょう》は伝説となり、エウロパにも広く伝わっているのだが
……まさかこの男、下剋上の陰に紅吉祥の存在があったと言いたいのか？

「――は、馬鹿馬鹿しい」

ウィードは口を歪《ゆが》ませて笑うと、それから改めて男にもわかる言葉で言ってやった。

『あのなぁ。もしシルギの下剋上に紅吉祥なんてモンが絡んでたら、それについてもエウロパに伝わって来てるはずだろ。俺ぁシルギに関する文献を読んだ事もあるが、紅吉祥の記載なんて見掛けなかったぞ』

『ああ、そりゃ当然だ。言った通り、シルギ王も下剋上後には力に溺れ、国民に暴虐の限りを尽くしたからな。お陰でシルギは戦の後も、王が討たれるまでずっと国が混乱してた！　その中で多くの歴史文献が焼失したから、エウロパまで詳細が伝わるわけがねえ！』

男は堂々そう宣《のたま》う。成程、その話は確かに筋が通っているが。

「……お前、今の話どう思うよ」

ウィードはラウラに振ってみる。すると彼女は肩を竦《すく》めて。

「そうね……率直に言って盛り過ぎってトコかしら。いくらなんでも現実味が無さ過ぎるわ。下剋上の歴史に大袈裟な尾鰭《おひれ》を付けた与太話としか思えない」

「だよなぁ」

ウィードもそう同意する。シルギという実例を出されたところで、それが事実だという証拠がない。この男への信頼だって無い以上、全て作り話としか思えない。

故にウィードもラウラも男に対し、白けた視線を向けるのだが、しかし男は気にせずラウラへと向き直ると。

『なぁ、とにかく頼む！　まだあんた、主を決めてないんだろう!?　なら後生だから俺を主にしてくれよ！』

その必死な様子から、通訳せずとも何を言われているのかがわかったらしい。ラウラは鋭く「絶対いや！」と打ち返す。

「あたしは主を選ぶ気なんて全くないの！　というかあんた、紅吉祥が危ないモンだって散々言っておきながら、なんだって主になりたがるのよ。余程の事情でも抱えてるわけ？」

その問い掛けに、男は仄暗《ほのぐら》い笑みを浮かべてこう告げた。

『そりゃぁ勿論《もちろん》──復讐《ふくしゅう》に使うのさ』

男はオーラを見る力を気味悪がられ、故郷で迫害されたのだという。辛《つら》く苦しい日々の中、男はアングレスへと憧れを抱く。その国はとても豊かで、奴隷の売買が禁止される程の人道的な政《まつりごと》が行われていると聞いたのだ。

きっとその国でなら、自分のような者でも居場所を得て、平穏に暮らせるに違いない──男はそう夢を見て、決死の覚悟で大海原を渡って来たが。

『なのにいざ来てみたら、ここは酷い国だった！　いい暮らしをしてんのは金持ちだけで、庶民は全く余裕が無ぇ！　その不満の捌《は》け口《ぐち》として、俺のような移民は虐げられる！　この国が豊かだって話はなんだったんだ!?　出鱈目《でたらめ》の嘘っぱちだったじゃねぇか！』

「あ、あー……」

ウィードはなんと言っていいやらと額を押さえた。

いや、確かにこの国は良い国だった。だがそれは一昔前、先王の時代の事である。先王はとても賢く人道的で、全国民が豊かに暮らせるようにという志の下で政を行っていた。男が聞いたのはその頃の話だったのだろうが、十年程前に現王が立ってから国は変わった。今のアングレスでは国民の暮らしは逼迫《ひっぱく》し、他人を思いやる余裕のある者は少ないのだ。

それを知らずに人生を懸け海を渡ったこの男に、多少なり同情を覚えるウィードだが。

『あー、因《ちな》みにだけどよ……あんた、こっちに渡ってどれくらいだ？』

『あぁ!?　七年だが、それがなんだ！』

「………………」

ウィードは閉口してしまう。七年。それだけあれば、アングレスの言葉を話せても良さそうじゃないか。しかしこの男は自国の言葉しか話さない。この国で上手《うま》くやれなかったのにはその辺りにも原因があるのではと思ったが……男は『ともかく！』と声を張った。

『俺はこの世界に復讐がしたい！　いや、これは世直しだ！　弱者を踏《ふ》み躙《にじ》る連中を引《ひ》き摺《ず》り下ろしてやるんだよ！　そして俺が、この世を統べる王になる！　俺の能力は神に選ばれた故のモノ、俺は人の上に立つべき存在なんだ！』

「――……」

口角泡を飛ばしながらの男の主張に、ウィードとラウラは無言で目を合わせると。

『な、な、何をする⁉　お前、こんな事をして許されると思ってるのか⁉』

ギャァギャァと騒ぐ男を、ウィードは「うるせぇ！」と怒鳴り付けた。今、ラウラに火の番を任せ、簀巻《すまき》にした男を積んで馬を走らせているところである。

『てめぇみてぇな危険思想持った奴にうろつかれたんじゃ、気味が悪くて仕方ねぇ！　だから二度と顔出せねぇよう、ここで退場してもらうぞ』

そうしてウィードが馬を止めたのは川辺である。これに男は竦み上がった。

『や、やめてくれ！　俺を殺して川に沈めるつもりだろ⁉　それだけは勘弁してくれ！』

もぞもぞ動いて暴れるのを問答無用で馬から下ろし、ウィードは鋭く一喝する。

『誰が殺すか人聞き悪ぃ！　てめぇには川下りしてもらうだけだっての！』

『か、川下り⁉』

『ああそうだ。つっても荒い川じゃねぇし、この先には集落もある。一日くらい大人しく流されりゃ、そこで拾ってもらえんだろ』

そう説明してやりながら、ウィードは川辺に停《と》めてある幾艘《そう》かの小舟の内、手近なものに男を投げ込む。だがその間も、男はギャァギャァと騒ぎ続ける。

『嫌だ、死ぬぅぅ！　殺されるぅぅ！』

『オイ静かにしろ！　つか殺さねーって言ってんだろ！』

ウィードはそう繰り返すのだが、男は引き攣《つ》った顔で言い返した。

『その言葉をどう信じろって言うんだよ⁉　だって、こんな酷《ひど》いの見た事ねぇ……お前、全身他人の血に塗《まみ》れてんじゃねぇか！』

「――――」

その指摘に、ウィードはぴたりと動きを止めた。

普通ならば、何を言っているのかと鼻で嗤《わら》う場面だろう。何せウィードの身体《からだ》には血なんて付いていないのだから。

だが、ウィードには男の言葉を嗤う事ができなかった。

思い当たる節があり過ぎたのだ。

『あーそうか……てめぇの〝目〟には俺がそう見えるわけかよ』

『そ、そうだ！　お前は大勢の人間の血に塗れてる！　あの女の前じゃ大人しくしてたようだが、やっぱり暴力に訴えるんだな⁉　見るからに凶悪な顔をしているもんな！』

男はその後もけたたましく喚《わめ》き散らした。ウィードを人殺しと罵って、かと思えば命乞いをして。そして最後には、神の名前まで持ち出して。

『いいか、お前の悪行は全て神が見ているぞ！　ここで俺を手に掛ければ、神によって裁きが下る！　それはもう、酷い苦しみを味わう事に——』

「ンなモン、とっくに味わってるわ」

『——へ？』

男は怪訝《けげん》な顔をしたが、ウィードは構わず小舟を川へと押し出した。小舟はボカリと音を立て、暗い川を下流へ向かってゆっくりと進み始める。

『お……おぉ？』

岸から次第に遠ざかる中、男は目を瞬《まばた》いた。まさか本当に手を下されずに済むなんて夢にも思わなかったらしい。やがてウィードが追い付く事のできないくらいに舟が進むと、大きく安堵《あんど》の息を吐き——それから我に返ったように。

『お、おいお前、覚えてろよ！　俺は紅吉祥を諦めないからな！　必ずその力を手に入れて、この世界の王になるんだ！』

しつこくもそう宣言してくるのだが、ウィードは何も答えなかった。

ただ、自らが血に塗れているという男の言葉が、何度も頭に反響していた。

「あぁ、戻ったのね」

野営地に戻ると、ラウラはスープで満たした椀《わん》を差し出してきた。

「冷めてたから温め直したわ。食べるでしょ？」

「ん、あぁ」

ウィードは椀を受け取り腰を下ろす。そうして二人は遅い夕食を開始したが、どうにも空気が重かった。いつもはラウラが何かしら喋《しゃべ》っているのだが、今はじっと黙り込み、なかなか声を発しない。

無理からぬ事である。何の信憑《しんぴょう》性も無いとは言え、先程の男の話はかなり不穏なものだった。馬鹿馬鹿しいとは思えども、何処《どこ》かで心に引っ掛かる。

――もしや紅吉祥とは、酷く危険なものなのか。

――もしや自分は相当な厄介事に巻き込まれたんじゃなかろうか。

そう思ったらいつものように振舞えなくても当然だ。

故に二人はバチバチと爆《は》ぜる火の音だけを聞きながら、沈黙の中でスープを啜《すす》っていたのだが――暫《しばら》くすると。

「……紅吉祥ってさ」

ラウラがぽつりと口を開いた。

「やっぱりあたしの中にあるみたいね。正直言うと、まだ少し疑ってたのよ。実は何かの間違いなんじゃないかって……でもさっきみたいにズバリ言い当てられちゃうと、否定するのも難しくなってくる……」

そう零《こぼ》す声は滅入《めい》っているように聞こえたが、しかし次にはいつもの調子で。

「ホンット迷惑な話よね、紅吉祥自体も、主になりたいって言い出す奴も。こっちの都合なんてまるで考えちゃいないんだから！」

そうやって憤慨する事で、ラウラは気分が沈むのを回避しているようだった。やはりこの女は逞《たくま》しい。気を落としていても仕方がないと、早々に割り切った顔になる。

それから彼女は胸の中のもやもやとしたものを押し流すように豪快に水を呷《あお》り——すっかり気分を切り替えると、「ああ、そう言えば」と話題を変えた。

「ちょっと別の話になるんだけど。あたしずっと、あんたに聞きたかった事があるのよね」

「あ？　なんだよ」

ウィードはじろりとした目を向ける。詮索しないと言った癖に、また過去を探られるのかと思ったのだ。だが、ラウラの口から飛び出てきたのは予想とは全く異なる問いであった。

「あんたはさ、紅吉祥の主になりたいとは思わないの？」

「……は？」

ウィードは間抜けに口を開ける。だってまさか、今更そんな馬鹿げた事を聞かれるなんて、少しも考えていなかったのだ。

「や、何言ってんだお前……俺は女の悲鳴が苦手だって知ってんだろ。それなのにお前の嫌がる事なんかできるもんかよ」

「ええ、それは勿論わかってるわ。けど、あたしが聞きたいのは気持ちの話よ。もしその弱点がなかったら、やっぱり主になりたいと思う？　あの男が言ったように、紅吉祥には強大な力があるかもしれない。それを自分のものにして、世界を掌握したいって？」

ラウラは大きな瞳でこちらを見詰める。何かを試すというよりは、純粋に好奇心からの問い掛けらしい。これにウィードはあっさりと首を振って。

「興味ねぇ。つぅかそういう怪しいモンを信じてんのは暇な金持ちくらいだろ。だからハンター達だって、自ら主になろうとはしなかった。それにマジで強大な力があったとしても、世界を掌握ってのに魅力がねぇ。そんな権力手に入れたって面倒だとしか思えねぇ」

「ふぅん、そう？……でもまぁあたしも同意見ね。行き過ぎた権力なんて下品だし、他人を支配するのが楽しそうだとも思わない……」

ラウラは納得したように頷《うなず》いたが、すぐに「あ」と別の問いを投げて寄越す。

「でも確かあんたって、紅吉祥の器を売って一儲《ひともう》けはしたかったのよね？　器ってかなりの大金になるって話だけど……あんたはそのお金を何に使うつもりだったの？」

「別に何も」

「は？　何それ？」

　ウィードの答えに、ラウラは目を真ん丸にした。

「何も、って……そんなわけないじゃない。莫大《ばくだい》なお金を手に入れて、何にも使わないって言うの？　いやいや、絶対嘘《うそ》でしょう！　だって普通、いい家に住みたいとか、高価なご飯が食べたいとか、美女と遊んでみたいとか――」

「ねぇ。一切ねぇ」

　ウィードはすっぱりと言い放つ。

「家も飯も女も、何一つ必要ねぇ。俺はただ、何もせず誰とも関わらずひっそり生きていきてぇだけだ。大金が欲しいのは、それを実現させる為《ため》でしかねぇ」

「えぇ、本気で言ってるの？」

　ラウラはまるで珍獣を前にしたかのような視線を寄越してきた。

「前から思ってた事だけど、あんたって本当に妙な奴よね。変に博識なところがあるし、やっぱりちょっと強過ぎるし……極め付きに欲もない!?　何よそれ!?　人間ってのは生きてる限り欲と切り離せないものじゃない、それなのに何も望みがないって!?」

「うるせぇなぁ。そういう人間だっているんだよ」

「でもそんなの、死んでるみたいだって思わない!?　欲しいものも叶《かな》えたい事もないなんて……あんたって何を目的に生きてんのよ!?」

ラウラはどうしても腑《ふ》に落ちないようだったが、そんな事を言われたってどうしようもない。ウィードにはこの生き方しかないのだから。

欲というものは、人生をより良くしたいと願うからこそ生まれるものだ。だがそんな事を願う資格はとっくの昔に失《な》くしている。

だから何も望まない。望めない。

たとえ死んでいるようだと言われても、これがウィードの人生なのだ。

「つぅか食い終わったんならもう寝ろよ……いつまでも起きてると明日に響くぞ」

話を切り上げるようにそう言うと、ラウラも渋々ながら「わかったわよ」と頷いた。どうやら彼女自身にも、今のは踏み込み過ぎていたという反省があるようだ。

ともかく、今日は疲れていた。連日野営が続いているし、移動も長い。加えて移民の男による襲撃まであったのだから。この先のまだまだ長い道程を思うと、早く身体を休めるに越した事はない……そう考えたウィードだったが。

しかし今夜はまだ眠る事が許されなかった。不意にラウラが小さな呻《うめ》きを漏らした為だ。

何事かと目をやって――ウィードは「はぁ!?」と声を上げる。

「お前……っ、それどうしたよ!?」

それまではマントの加減で見えなかったが、ラウラの二の腕の辺りには大きな擦《す》り傷ができていた。傷口の血が炎に照らされ、生々しく光っている。

「なんだよ、あの男にやられたのか？」

近寄って尋ねるも、ラウラはけろっとした様子で「違う違う」と手を振った。

「あいつから逃げる時、木にぶつかって擦り剝《む》いたのよ。けど気にする事ないわ。痕の残る怪我《けが》だったら踊り子として大問題だけど、これはそこまでじゃなさそうだから」

そう軽く言ってのける。確かにその傷は痕の残るものではないが……だからと言って痛みがないはずもない。ウィードは思わず顔を顰《しか》める。何故《なぜ》ラウラは、これを放置しておこうと思えるのだろう。暢気《のんき》に喋っている場合じゃなかっただろうに。

「お前なぁ……人に妙だなんだ言うけどよ、自分も大概だって自覚あるか？　普通、痕が残るかどうかじゃなく、痛かったら手当てするもんだろうが」

と、傷を診ようとするのだが、ラウラは腕を引っ込める。

「ああ、平気よ本当に。ほらほら、いいから早く寝ましょ」

だが腰を上げた弾みでまた傷が痛んだのだろう、小さく顔を顰めるが、それでも手当ては求めない。そんなラウラをじっと見詰め、ウィードは暫《しば》し思案する。一体自分はどうするべきかと。

ラウラ自身が不要だと言うのだから、放っておくのが正解か？　ああ、きっとそうなのだろう。求められてもいない事をわざわざしてやる必要はない。それはただのお節介というものだ。だからここは放置でいいはず。そうだろう。そうなのだろうが――

「……だぁーもう！」

ウィードは堪《たま》らず声を上げ、ラウラを再び座らせた。これにラウラは目を瞬き。

「は？　え、なに？」

「いーから、そこで少し待て！」

そう言い置くと、ウィードは荷物の中から清潔な布と水、傷に効く塗り薬を取り出して、ラウラの傍らに座り込んだ。そして有無を言わせず腕を掴《つか》み、傷の手当てを開始する。女の怪我を放置するのは、どうにも堪えられなかったのだ。

そうしてくるくると布が巻かれていく腕を、ラウラはぽかんとした顔で眺めていたが。

「こんな傷、本当にどうでもいいのに……」

やがてぽつりと呟《つぶや》いた。それは強がりでもなんでもなく、本心からの言葉のようだ。大人しく腕をウィードに預けながらも、心底不思議そうである。

その様子に、ウィードの中で一つの考えが浮かび上がる。

これまでウィードはラウラについて、己の意思を通す為なら他人の犠牲を厭《いと》わない、身勝手な女なのだと認識していた。実際これまでの彼女には、横暴とも言える振る舞いが多々あったのだ。

だが改めて思い返すと、そのほとんどが己の自由を守る為――そして自由を得る手段たる〝踊り子の自分〟を守る為の行動ではなかったか。

そんな気付きと、現在のラウラの様子。この二つを照らし合わせると、見えて来る。

もしやこの女、己が自由とそれに通ずる自分自身を守る事には必死だが、それ以外の自分の事には無頓着なんじゃないだろうか。これまでの旅で一切弱音を吐かなかったのも、体力があるからというだけではなく、自らを甘やかすという頭が無いからなのではなく
――……

「…………」

そんな答えに行き着くと、ウィードは次第、物申したいような衝動に駆られてきた。ラウラの中の、彼女自身への価値観を痛々しいと思ったのだ。無論、自分が口出しするような事ではないとわかっている。だが、それでも口を衝《つ》いて。

「……お前よぉ。もう少しばかり、自分を大事にしてやってもいいんじゃねぇの」

「？　何よいきなり……どういう意味？」

「……あぁー」

追究されると返事に困った。ウィードは考えている事を改まって言葉にするのが得意じゃないのだ。それに今は、自分でも何が言いたいのか正直うまくまとまっていない。が、こうまで踏み込んだ事を言っておいてだんまりは卑怯《ひきょう》だろうと、なんとか説明を試みる。

「だから……お前は自分の自由とか、それに関わる部分については必死こいて守ろうとし

てるけどよ。それ以外の自分自身も守ってやったらどうだって事だ。俺の知ってるような
お前の年頃の女ってのは、もっと甘ったれてるモンだったぜ。だからお前も、そういう感
じでいいんじゃねぇの」

——と、話している中で。ラウラが他の娘達と同じように振舞えないのは、生い立ちに原
因があるのだろうと思い至る。

彼女はずっと、甘える事のできない環境で生きて来たのだ。庇護《ひご》してくれる存在がいな
いから、一人で懸命に虚勢を張って、強がって。だからこそこの程度の怪我くらいではい
ちいち騒がないのだろうが……いや、その生き方を引き摺《ひず》る必要が何処《どこ》にある。

「つまりだなぁ。痕が残る残らないじゃなく痛ぇんなら手当てする、それくらいの感覚は
持っとけよって話だ。もし自分でできねぇなら人を頼りゃいいだろうが。俺だってそれを
渋ったりは——……」

ウィードはそう言い掛けて、言葉を止めた。ラウラがその大きな瞳で、じっと此方《こちら》を凝
視しているのに気付いたのだ。

もしや説教をした事が気に入らなかったのだろうか。そしてまたいつものように、勢い
よく反論を仕掛けてくるのか？　いや、それは些《いささ》か面倒だ。手当ても終わったところだし、
そうなる前にさっさと話を切り上げようか……と考えるも、ウィードが行動を起こす前に、
ラウラが静かに言葉を発する。

「ねぇ。くれぐれも勘違いしないで欲しいんだけど」

「……あ？　勘違い？」

「そう。これはね、決して変な意味じゃないの。ただ単純に、こうするのが一番わかりやすいってだけ。いい？」

一方的にそんな前置きをされるのだが、ウィードには彼女の言わんとしている事が全く読めなかった。どうやら反論しようとしているわけでは無さそうだが、この後の流れが全く読めない。眉間に皺《しわ》を刻み込み、「なんの話だ」と尋ねようとするのだが……できなかった。

頬に。

柔らかく温かいものが触れたからだ。

「っ、――はぁ⁉」

これにウィードは素っ頓狂な声を上げた。いくら女に縁のないウィードだからと、何が起きたのかくらいはわかる。だが、何故それが起きたのかはわからない。半ば硬直しながらラウラを見やると、彼女は満足そうに笑っていた。

「あたし、人にとやかく言われるのって好きじゃないけど……今の説教は悪くなかった。そんな風に下心なく、純粋にあたしを案じての助言をもらったのは初めてよ。あんたって妙だしよくわかんないし柄も悪いし謎だらけだけど、いい奴ね」

だから今のは感謝の証《あかし》だとラウラは言い、だがくれぐれも変な勘違いをしないようにと再度釘《くぎ》を刺してから、「それじゃおやすみ！」と毛布を被《かぶ》って横になった。その流れを、ウィードは硬直したまま眺めていたが――やがてもう一度。

「……はぁぁ？」

そんな間抜けな声を漏らした。

説明を受けたところで、全く意味がわからない。親愛の情でキスを贈るのはアングレスの慣習だが、しかし用心棒相手にそれをする人間がいるなんて。しかもその相手がラウラだなんて、想定外過ぎる出来事だ。

おまけにラウラはなんと言った？　確かいい奴だとか言っていたが……

――いやいや、冗談だろ。

ウィードは顔を顰めてしまう。それ程自分に不似合いな評価もそうはないと思ったのだ。

何しろ自分は、あの移民の男が見透かした通り、血に塗れた人間だ。犯した罪は数えきれず、どれ程の人間に恨まれているかもわからない。

――それなのに、いい奴だって？　この俺が？

「んなワケねぇだろ……」

ウィードは深い溜息《ためいき》と共に独《ひと》り言《ご》ち、雑な動作で薪を炎へ投げ入れた。

4、忍び寄る不穏

紅吉祥《くれないきっしょう》を譲渡する為《ため》の旅が始まって、六日目の午後。

ここはもう王都に近い、アングレスの中心部だ。石畳で整備された街道は広く、大型の馬車がすれ違える程なのだが、そこを人馬が埋め尽くしてしまっている。仰々しく隊列を組む兵士、金持ちの豪勢な馬車、荷車を連ねた隊商、旅人、芸人、ハンター一行——……ありとあらゆる者達が犇《ひしめ》き合う。

「はー……この辺りはいつ来ても、本当にすごい人ね……」

すっかり愛馬となった黒曜石《こくようせき》に跨《またが》るラウラは、行く先を見通しうんざりとした声を出した。こうも混雑した道では、これまでのように気楽に馬を走らせる事が敵《かな》わないのだ。周囲に合わせ、少しずつ前に進むより他にない。じりじりとした歩みに、どうにもストレスが溜《た》まってくる。

「……まぁでも、人が多いってのはいい事よね。賑《にぎ》やかだし、見るべきものが沢山あるし……ねぇほら、貴族の馬車の飾りを見るの、楽しくない？」

ラウラは気分を上げようと、敢《あ》えて明るく投げ掛けてくるのだが、ウィードが返す声は低い。

「全くもって興味ねぇ……」

「あらそう？　じゃぁ商人の積み荷を見るのは？　あれで都会の流行が掴めるわよ？」

「どぉーでもいい」

「……なら、異国の芸人達はどう？　ほらあそこ、珍しい動物を連れてるけど」

「あー、そーかよ……」

と、素っ気ない返しばかりを続けていると、ついにラウラが激昂《げきこう》した。

「もう、なんなのよさっきから！　なんでそんなに不機嫌なの!?　こっちまで気分が下がるじゃない！……というかそもそも、その恰好《かっこう》は何!?」

そう指摘を受けたのは、ウィードが三角に折った布を口に巻き、顔を半分隠している為である。

「あんたみたいに目付きの悪い奴がそうやってると賊みたいよ!?　もしお洒落《しゃれ》のつもりでやってるならセンス最悪、今すぐやめるのをお勧めするけど!?」

「うるっせぇな、そんなんじゃねぇわ」

ウィードは顰め面《つら》で言い返す。

「ただこの辺りには、会いたくねぇ奴がいるんだよ……」

「えっ何それ？　もしかして昔の恋人とか!?」

「それじゃ片想《かたおも》いで終わったとか？　再燃するのが怖くて近付きたくないとかそういう感じ？　それか泥沼になっちゃってるとか!?」

「全然違《ちげ》ぇ」

ラウラは勢いよく捲《まく》し立《た》てる。どうやら彼女も一般的な婦女子同様、恋愛話が好物らしい。妄想を膨らませ色々と追究してくるが、そんなものに付き合ってはいられない。ウィードはラウラの猛攻を「だぁーうるせぇ！」と一蹴する。

「とにかくだ、俺は王都には立ち入らねぇ。食料は十分足りてるし、買い出しの必要もねぇからな。ここは通過して先へ進む、いいな!?」

その断固たる宣言に、ラウラは少しばかり残念そうな顔をしたが、結局は素直に頷《うなず》いた。王都を見物したい気持ちもあるのだろうが、しかしきっと彼女の中では、少しずつ不安が膨れているのだ。

その原因は、先日移民の男から聞いた話。紅吉祥とは悲劇を齎《もたら》す代物だと……そんな事を言われれば、一刻も早く手放したいと考えるのが当然だ。

よって二人は王都へは入らずに先へ進む事を決め、黙々と馬を歩かせた。だがやはり思うようには前進できず、ラウラは周囲を観察する事で退屈を紛らせていたようなのだが。

「……でもホント、こう見てるとこの国の実情が嘘《うそ》みたいね」

やがて静かに呟いた。

「楽し気で、華やかで活気があって……田舎の方とは別世界」

「あー、まぁな……」

ウィードもこれには頷きを返す。都会と田舎は年々格差が開いているのだ。

王都近辺に住む民はそれなりの生活を送れているが、実入りの少ない地方では、王の課す税を納めるのが大きな負担となっている。その癖に何が還元されるわけでもない為に、田舎の暮らしは只管《ひたすら》厳しい。

この旅でウィード達が辿《たど》った街ではまだ人々の生活も成り立っていたのだが、国境の方はかなりの逼迫《ひっぱく》具合と聞く。もしかしたら近い将来、飢える者も出てくるのではと囁《ささや》かれている程だ。

国の根本が揺らぎ出している気配は誰もが薄々感じているが、贅沢《ぜいたく》に明け暮れる王侯貴族は全く意に介さない。自分達さえ良ければと、庶民から金を吸い上げ続ける。

「そう思うと、この華やかさも手放しでは喜べなくなるわね。なんだかちょっと、醜悪にすら思えちゃう」

ラウラが吐露する感想を、ウィードも険しい表情で聞いていたが……そこでふと、別の事に意識が取られた。

それは街道をすれ違うようにやって来る、マントを羽織った若者なのだが、どうにも足元が覚束《おぼつか》ない。ふらふらと歩いては人にぶつかり、挙句の果てに弾《はじ》き飛《と》ばされ、道の端に蹲《うずくま》って動かなくなってしまう。

――なんだ、病人か……？

ウィードは眉間に皺を寄せる。

その若者は一人旅なのか、助けに入る者はない。孤独に蹲る様はなんとも言えず気の毒だったが、しかしウィードは声を掛けるか躊躇《ためら》った。何しろ病人に関わると、それなりに足止めを食う事になる。介抱し様子を見て、必要とあれば医者にも診せなければならないからだ。

だが、ウィードの依頼主は先を急ぎたがっている。それを妨げるような行動は、雇われの身としては慎むべきかと考えて――……が、しかし。

「あら……ちょっと貴方《あなた》、大丈夫？」

ラウラは若者に気付くと同時に声を掛けた。そして即座に彼の下へ近付いて馬を降り、その傍らに屈《かが》み込む。

「可哀想《かわいそう》に、体調を崩したのね……薬は持ってる？　それか医者が必要かしら？」

てきぱきとそう尋ねるのだが、この行動と決断の迅速さにウィードは面食らってしまった。何故《なぜ》ってラウラは、自らの抱える問題こそを早々に解決したいはずだからだ。それに病人に関わる事の大変さくらい、旅慣れているならわかるだろうに……

だが彼女は迷う事無く若者の下に駆け寄った。これがなんとも意外である。だってラウラという女は、もっと自分本位な選択をする奴じゃなかったか？——いや、第一印象がそうだったというだけだろうか……？

最近じゃ彼女の印象がどうにもブレる。ラウラとは、結局どういう人物なんだか……考えつつ、ウィードも若者の下へ馬を寄せる。

「いいえ、医者に行く程のお金はなくて……でも、薬も持っていなくて……僕、この数日歩いて旅をしてたんですが、食事も余り取れなくて。さっきから酷《ひど》い眩暈《めまい》が……」

若者は焦点の合わない目でそう告げる。その顔は真っ赤に染まり、高熱を出しているのは明らかだ。これを見たラウラはウィードを振り向き、

「ねぇ、彼を馬に乗せてあげて。それで何処《どこ》か、落ち着いて休めるところまで運ぶわよ！」

力強くそう宣言した。

街道から少し離れた脇道沿いに小さな小屋を見付けると、二人は若者を運び込んだ。其処《そこ》は随分前に店仕舞いした商店らしく、カウンターや商品棚には分厚い埃《ほこり》が積もっている。

「あー……流石《さすが》にこうも埃塗れじゃ、病人を休ませるのには向かないかしら……」

ラウラは無人の小屋を見回しながら考え込むが、ウィードは「いや」と首を振った。

「どうやら前にも、ここで休んでいった奴らが居るらしいぞ。暖炉の方は綺麗《きれい》に埃が払われてる」

「あぁ、ホント！」

ラウラはホッとしたような声を出すと、早速暖炉の前に毛布を敷いた。そこに静かに寝かせてやると、若者は細い声で礼を言う。

「すみません、見ず知らずの方にご迷惑を……こんなにもご親切にしてもらって……」

若者の名はテオといった。素朴だが聡明《そうめい》そうな顔立ちの青年だ。北西の街の学校に通う学生らしいが、故郷の母親が病に倒れたという報《しら》せがあり、休学して一時帰省するところだという。

「最初は僕も馬に乗っていたんです。でも、途中で賊に奪われてしまって……。母の薬代でお金はほとんど残ってないから、新しく馬を買う事もできなくて……」

「それでずっと歩き通しか。そりゃお前、普段から鍛錬してねぇ人間には無謀だろ。身体《からだ》壊して当然だ」

ウィードはそう言うのだが、いつものような荒っぽい声は出さなかった。テオがやむにやまれずその選択をしたのだとわかるからだ。

「はい、自分でも無茶をしてると思います……でもどうしても薬を届けに行きたくて。母はもう高齢なので、この病が命取りになるかもしれないんです。けど僕は、母に楽をさせる為に勉強してきたから……それなのに今死なれてしまったら、余りにも――」

そう語る言葉は咳《せき》によって遮られた。その頬に手を当てて、ラウラは険しい顔をする。

「……熱が上がってきてるわね」

言われてみれば、先程よりもテオの呼吸は荒くなり、顔も一層紅潮していた。こんなにも衰弱するなんて、余程心身を削りながらの旅だったに違いない。その姿はどうにも哀れを誘って。

「あー……仕方ねぇなぁ。俺の薬分けてやるよ」

ウィードは溜息《ためいき》交じりに言うと、荷物の中から薬類の入った袋を取り出した。薬は決して安くはないが、高熱を出している人間を放置もできない――と、袋の中を漁《あさ》ってみて。

「……あ？」

「？　どうしたの？」

「無ぇわ。熱に効くような薬」

そこでウィードは思い出した。以前に薬の買い出しを行った際、一式揃《そろ》えたつもりでいたが、どうせ自分は熱なんか出さないだろうと、その「一式」に解熱剤の類《たぐい》は一切含めていなかったのだ。

と、これにラウラは衝撃を受けたような顔をして。

「ちょっとやだ、あんたもなの？　あたしもないわよ、解熱剤！　これまで熱なんて出した事なかったから……」

「……あー」

ウィードは思わず天を仰いだ。豪快な人間同士がパーティーを組むと、こういう抜けができるのか。

「でもなんにせよ、テオには薬が必要よね。ろくに食べられてなかったんじゃ体力も落ちてるでしょうし、そんな時に高熱が続いたら危ないし。ご家族が病気なら、一刻も早く回復して出発できた方がいいし……」

ラウラは顎に手をやってぶつぶつ言っていたのだが、やがて「よし！」と頷くと。

「って事でウィード。あんた王都まで買いに行ってよ」

「はぁ⁉ 俺⁉」

反射で抗議の声を出すと、ラウラは呆《あき》れたような顔をした。

「何よ、はぁって。テオを一人にするわけにはいかないし、かと言って女が一人で都会に行くのも危険じゃない。あたしがテオを看病して、あんたが薬を買いに行く、当然の采配だと思うけど？」

それは、確かにその通りだ。ラウラの言う事が全面的に正しいと、ウィードもわかる
……が、それはそれ。

「けど、王都はよ……」

ウィードは渋る。ラウラは恋愛の縺《もつ》れだと信じているが、ウィードにはもっと深刻な、どうしても王都に足を踏み入れたくない事情があるのだ。故になんとか回避しようと頭を捻《ひね》るが……

しかしチラと視線をやれば、テオの具合がよろしくないのは明らかだった。その頬の赤さを見るに、薬無しでどうにかなるとは思えない。

だと言うのに、テオはおずおずと声を上げ、

「あの、僕なら大丈夫です……少し休めば治りますので……」

呼吸を荒くしながらも無理やりに笑顔を作り、なんとも健気《けなげ》な事を言う。

そんな様子を見せ付けられたら。

いくら事情があろうとも。

流石に。

どうにも。

「……あー、わかった！」

葛藤の末、ウィードはついに観念した。

「どうせ王都なんてすぐそこだからな、ひとっ走り行ってきてやる！」

「え、でも……そこまでご迷惑を掛けるわけには……」

ウィードが渋った事で余計に気にしてしまったのだろう、テオは身を起こして引き止め

ようとしてくるが、一度腹を決めた以上ウィードは頑として譲らない。

「いーんだよ。俺が行きたくなかったのは……アレだ、ただ人混みが嫌いだからってだけの話だ。お前の体調と比べたら全然小せぇ問題だろ」

「で、でも」

「でもじゃねぇ。お前が今一番に考えるべきは、少しでも早く回復して母親に薬届ける事だろうが。その為《ため》なら他人くらいいくらでも利用しろ。んで、とにかくさっさと寝ろ。人を使いにやるんだから、お前はお前にできる事をきっちりやんなきゃ嘘《うそ》だろうが」

そうしてラウラから財布を預かり、手早く出発の準備を進めていると、テオはまだ申し訳なさそうにしながらも「ありがとうございます……」と小さく言って毛布を被《かぶ》った。その様子を見届けると、ウィードは自らに弾みをつけんと、大股で小屋を出発した。

◆◇◆

ウィードが小屋から出て行くと、ラウラはよし、と気合を入れた。薬が届くのを待つ間に、食事の準備をしておこうと思ったのだ。料理の腕には不安があるが、ミルク粥《がゆ》ならなんとかなる。一座で体調不良の者がいると必ず出されたメニューなので、自然と作り方を覚えたのだ。

「テオ、待ってて。今栄養のあるものを作るから」

ラウラが告げると、テオはこくりと頷《うなず》いた。いや、横になっている為に分り辛《づら》いが、今のは頭を下げたのか。

「本当にすみません、ご迷惑をお掛けして……」

「気にしなくていいわ。貴方《あなた》を襲った賊がいた分、貴方を助ける人間もいないと不公平じゃない。あたし、不公平って好きじゃないのよ」

言いながら、ラウラは早速野菜の皮を剝《む》き始める。ウィードがやるように繫《つな》がってはくれないが、それでも少しずつ、慎重にナイフを滑らせていく。

「それにあたし、自分に親がいない所為《せい》か親子の話に弱いのよ。だから貴方の親孝行したいって気持ちが報われて欲しいと思う。その為に協力するのを迷惑だなんて感じないわ」

するとテオは、少しばかり泣きそうな顔をした。それから弱々しくも笑顔を見せて。

「ありがとうございます……貴女《あなた》は優しい人なんですね。僕、〝傾国の舞姫〟は怖い人かと思ってましたが……」

「あら、貴方あたしを知ってるの？　衣装も着てないのに言い当てられるなんて、そこまで有名になったつもりはないんだけど」

「僕は一度、貴女の公演を見た事があるので。その時に周りから、〝傾国〟は男を魅了した挙句に傷付ける人だと聞きましたが……あれはきっと、間違った噂《うわさ》だったんですね」

「あ、あー……」

ラウラは曖昧な声しか返せなかった。故意に男を傷付けようと思った事はないものの、しつこい輩《やから》を追い払う為キツくなるのは事実なのだ。まぁわざわざ説明する必要もないので、ここは黙っておく事にするが……そんなラウラの微妙な態度に気付く事なく、テオは更に言葉を続ける。

「それに、さっきの男の人も。王都まで往復するのは大変でしょうに買い物を引き受けてくださって……。顔はちょっと怖かったけど、優しかった……」

「ああ、そうね。あいつって見た目に反して優しいのよ」

と、その意見にはラウラも屈託なく同意できた。だが少しばかり考えてから、胸の内で「他人にだけはね」と付け足した。

ラウラは旅を始めた頃、正直ウィードを警戒していた。彼が女を脅かせないのは確かだが、やはり素性の知れない用心棒だ。荷物を盗んで逃亡したりという可能性があるかもしれない。そこまではいかずとも、粗暴な振る舞いをされるかもと覚悟していたのである。

だが実際に旅が始まると、ウィードは意外にも紳士的——とまではいかないが、人道的な人物だった。

ラウラの奔放な振る舞いに怒りはするが、なんだかんだと付き合ってくれているし。ハンター達や移民の男に圧勝しても、悪戯《いたずら》に相手をいたぶったりもしなかった。頼んだわけでもないというのに怪我《けが》の手当てもしてくれて、渋々ながらテオの薬も買いに行く。それらの行動からわかるのは、ウィードという男がその肩書きや印象に反し、優しい人間だという事だ。

だが、ウィードは自分自身には何故《なぜ》か冷たい。

ラウラは未《いま》だ、欲がないという彼の言葉が引っ掛かっている。

だってそれでは、生きる楽しみがないじゃないか。欲しいものも叶《かな》えたい事もないなんて、そんな悲しい生き方があるだろうか？　一体どういう人生を送って来たら、そんなにも己に対して冷淡になれるのか。

――あたしには、自分を大事にしろって言った癖に……

それを自らに実践しないウィードの事がどうにも納得いかなかったが、しかし余り踏み込むと、彼はまた強い拒絶を見せるだろう。それがわかっている以上、追究は避けようと思うラウラだが。

それでも彼が何を考えて生きているのか、気になってしまうのは仕方が無かった。

◆◇◆

小屋を出てから四半刻《はんとき》程馬を走らせ、ウィードは王都へ到着した。其処《そこ》は高い城壁と深い堀に囲まれた上、出入り口は跳ね橋という、堅牢《けんろう》な造りの都である。

その内部は幾層かに分かれている。中心には王族が住まう城があり、周りを囲むように建ち並ぶのが貴族の屋敷《やしき》。その周囲には豪商の邸宅が連なって、最も外側が平民の家だ。

そして王都に入ってすぐのところに広がるのは、数多《あまた》の商店が軒を連ねる大市場である。

「さぁー見てって見てって！　うちの店は何処《どこ》よりも品質がいいからね！　買うなら当然ヴォーグの防具だ！」

「こっちには異国から取《と》り寄せた装飾品が揃ってるわよ！　今の流行《はや》りはエキゾチック！　最先端になりたいなら寄ってって！」

威勢の良い商人達の声が響き、国の内外からあらゆる商品——武具に防具、装飾品から食料、スパイス、雑貨に玩具等——が集まった市場は実に華やか。そこを多くの客が行き交って大変賑《にぎ》やかな様子だが、ウィードが浮き立つ事はない。只管《ひたすら》に視線を落とし、苛立《いらだ》たしく舌打ちする。

——くそ、まさかここに来る羽目になるなんて……

そう思いつつ、口布がズレていないかを確かめながら、馬を引き足早に薬屋を目指す。

そんな陰気な訪問者を街の人々は警戒し、何やらヒソヒソ囁《ささや》き交わしているようだが、見向きもせずに前進する。とにかく早く用事を済ませ、さっさと此処《ここ》を立ち去らねば……

そうして目に付いた薬屋に飛び込むなり、必要な品を店主へと捲《まく》し立《た》てるウィードだが、ここでひと悶着《もんちゃく》があった。

「はい、全部で銀貨五枚分ですね」

「はっ!? 銀貨五枚!?」

店主の提示した金額に、素っ頓狂な声が出る。何しろウィードが予想していた額とは、大目に見積もっても銀貨三枚だったのだ。それより二枚分も高いだと？

「おい待てよ、そりゃぼったくりが過ぎるんじゃねぇのか？」

ウィードはカウンターに身を乗り出し、恰幅《かっぷく》のいい中年店主を睨《にら》み上げる。早く買い物を済ませたいのは山々だが、それにしたってこの金額は捨て置けない。

すると店主は、怪しい風体のウィードにも怯《ひる》む事なくやり返してきた。

「いやいや、ぼったくりなモンですか！　お客さん、少し前から王都で店を経営するのに、高額な税が掛けられるようになったのを知らないんですか!?」

店主は苦虫を嚙み潰すような顔でその税について語ったのだが、これにウィードは目を剝《む》いた。

「は……マジか……？　そんなに高ぇの……？」

「ええ、そうです。だからこれくらいの値を付けないとこちらもやっていけないんですよ。この先いつ増税されるかも知れませんし……不満があるなら他所の店へ行ってもらって構いませんよ？　まぁ何処も似たり寄ったりの値段だと思いますけど！」

そう鼻を鳴らして言われてしまえば、納得せざるを得なかった。これはどうやら完全に、ウィードの認識が甘かったらしい。知らない間に王都民も、高額の税に苦しめられるようになっていたのだ。

「あーわかったよ……んじゃ、銀貨五枚な！」

ウィードはもじゃもじゃ頭を雑に掻《か》くと、渋々ながらもその額をカウンターに置き薬に替えた。まぁ薬代はラウラ持ちなのでウィードの懐が痛む事はないのだが、それにしたって想定外の金額を手放す時は苦々しい心地になるものだ。

が、ともかくこれで用事は完了。過ぎた事を気にしていないでさっさと退散するとしよう。ウィードは薬屋を後にすると、人混みの合間をするすると通り抜け、一路王都の出口を目指したのだが——不意に足を急停止させた。

視線の先、ある団体に商人達が群がって、道を塞いでいるのが見えたのだ。

「ねぇ、食事だったらウチの店に寄って行ってくださいよ！　いいお席を用意しますし、沢山サービスしますから！」

「それより武器はどうですか!?　聞いてますよ、国境での武勇伝！　激しい戦いを終えた後なら、傷んだものもあるでしょう？」

「いえいえまずは恋人への贈り物でしょう！　今の季節は綺麗《きれい》な花が多いですよ、ブーケにしてプレゼントすれば喜ばれる事間違いなし！」

そんな具合で大勢の商人が熱心に客引きを行っている。それはもう通りを封鎖するかのような状態で、擦り抜けるのは一苦労だと思われたが——ウィードが足を止めたのは全く別の理由からだ。揉《も》みくちゃにされている団体の中に、絶対に会いたくない人物の顔が見えたのである。

——マジかよ、王都は馬鹿みたいに広いってのに、なんで遭遇しちまうんだ……!?

ウィードは大きく舌打ちする。もしもそいつに見付かれば、この上なく面倒な事になるのだ。それこそハンター共の襲撃に遭うより何百倍、いや何千倍——……想像するとゾッとする。

駄目だ、絶対に見付かるわけにいかない。ウィードは大股で元来た道を戻り出す。一度何処かに身を潜め、相手が去るまでやり過ごすのだ。顔を隠しているとは言え、警戒するに越した事は……と、考えた矢先。

「おい、待て!」

「〜〜っ」

突如背後から肩を摑《つか》まれ、ウィードは額に手を当てた。その高圧的な声には嫌と言う程覚えがある。そして相手の声もまた確信に満ちている——実に忌々しい事だが、ウィードが気付いたとほぼ同時、相手もこちらに気が付いていたらしい。

「あーもう……なんで顔隠しててもわかんだよ気持ち悪ぃ! お前って俺に対して変な執

着あんじゃねぇの!?」

こうなっては仕方ないと、ウィードは思い切り顔を顰《しか》めて振り返る。と、相手も負けず劣らずの顰め面《つら》で言い返してきた。

「何を馬鹿な……お前が変装等《など》という手で何度も鍛錬を抜け出すから、こっちは背恰好だけで見分けが付くようになったのだ！　それを執着だと？　相変わらずの無礼者が！」

男は生真面目そうな眉の間に縦皺《じわ》を深く刻み込む。この国の人間は色素が薄いのが特徴だが、中でも一際肌が白く、美しい金の髪を緩く編んだその美丈夫は、青い瞳で此方《こちら》を厳しく見据えてくる。

「だがなんにせよ、ここでお前を見付けられたのは幸いだ。俺はお前を捜していたのだ」

「あーハイハイそうだろうな。けどこっちは生憎《あいにく》と捕まるわけにいかねぇんだよ」

そう言うなり、ウィードは男の手を振り払って逃げようとする。が、それは敵《かな》わなかった。ウィードが手綱を引くのに対し、馬の反応が遅れたのだ。その一瞬で、男は馬の太ももに剣先を突き付ける。

「っ、くっそ……！」

こうなるとウィードも止まらざるを得なかった。移動の多い用心棒には、馬を傷付けられるのは死活問題となる為《ため》だ。

——いや、だとしてもここは逃げるべきか……？

ウィードは考えを巡らせる。何せこの男に捕まれば、文字通りの「死活」問題に発展するのだ。馬を失うのは実に痛いが、背に腹は代えられないし——……そう逡巡《しゅんじゅん》していると、男はゆるりと首を振った。

「まぁ待て、そう警戒するな。俺は別に、お前を捕えようというわけじゃない」

「は？……マジか？」

ウィードは疑いの視線を向けるが、男は大きく頷《うなず》いた。

「ああ。俺だってお前が出て行った気持ちはわかるからな。無理に連れ戻そうとは思わない……ただ俺は、お前に聞きたい事があるだけだ」

「聞きたい事？　なんだよそりゃ」

「ここでは話せん。……だからサイード、少し時間をくれるよな？」

男はウィードの真の名を呼びそう迫る。その有無を言わせぬ圧力に、どうにも嫌な予感がした。この男がこうして圧を掛けるのは、大抵何か面倒な話が控えている時なのだ。そんなもの、できれば聞きたくないのだが……

しかし今や男の剣は、ウィードの足へと向けられていた。逃げようとすれば足を斬られて引き摺《ひず》られていく事になるだろう。その最悪の展開を思ったら——

「あーもう……仕方ねぇなぁ」

ウィードは諦めと共にそう吐いた。こうなっては従う以外に仕方がない。薬の到着を待っているテォには悪いが、この状況で男を撒《ま》くのは不可能だ。

そうして男がウィードを伴い、歩き出そうとしたところへ。

「グレアム様！　グレアム様、どちらへ⁉」

未だ商人達に揉みくちゃにされている一団が、慌てて声を掛けてきた。男はこれに朗々と言葉を返す。

「見ての通り、サイードを確保したのだ。俺は此奴《こいつ》と話してくるから、その間お前達は休憩だ」

「えっ、しかしお一人では――」

「構わん。お前達は街に金を落として来い」

その言葉に商人達が一斉にワッと沸き上がった。

「流石《さすが》はグレアム殿下、太っ腹でいらっしゃる！」

それから通りは殿下殿下の大歓声に包まれる。

その歓声の謳《うた》う通り、今、ウィードの首根っこを摑み引き摺っていく人物とは、このアングレス国の第二王子、グレアムその人なのであった。

「それにしても嘆かわしい……俺はな、お前が職を捨て城から逃亡した事自体は理解できる。父の下で働くのに嫌気が差すのは無理からぬ話だからな。だからお前を連れ戻そうという気はないが……解《げ》せないのは、お前がすっかりならず者と化した事だ！」

グレアムは厳しい顔で吐き捨てる。

「今じゃ用心棒になっただと？　この痴《し》れ者《もの》が！　折角俺が教養を叩《たた》き込んでやったというのに……元国王付き近衛兵《このえへい》としての矜持《きょうじ》はないのか!?」

「……うるっせぇなぁ」

ウィードはげんなりと息を吐く。

連行されて来た先は王都でも指折りの高級酒場だ。燭台《しょくだい》の灯《あか》りに照らされた橙《だいだい》の空間に、絵画や彫刻、数々の美術品が飾られて、運ばれてきた酒もまた大変高価な代物である。

こういった店に入るのは久々のウィードだが、しかし何を堪能《たんのう》する気にもなれやしない。

グレアムのしつこい説教が止《や》まない為だ。

グレアムの言う通り、ウィードはかつて国王を守る近衛兵であった。若くして軍に入ると忽《たちま》ち頭角を現《あら》わして、評判を聞いた国王により直々に登用されたのだ。

その前代未聞の大出世を初めはウィードも喜んだが、悪政を敷くような王に仕えるのはなかなかに堪え難いものがあった。故にウィードは数年前、城から逃亡したのである。

それ以降、名前を捨て素性を伏せ、報酬の良い仕事だけを最低限引き受けるのみとして、後は只管《ひたすら》身を隠しひっそりと生きてきた。万が一にも城の人間に見付かって連れ戻される事のないように……そんな事情を抱えている為、王の膝元である王都には絶対に近付きたくなかったのだ。

しかし結果、この様である。まんまと城の人間であるグレアムに捕まった。まぁ彼は本当にウィードを連れ戻す気はないようで、それについてはとても有難《ありがた》いのだが……だとしても、ウィードは彼には会いたくなかった。

何故《なぜ》かって、説教臭いこの男が昔から苦手なのだ。

「あのなぁ……お前が俺の教育係だったのは城に居た頃の話だろ？　今の生き方に口出しされる謂《いわ》れはねぇし、そもそも教育係だってお前が勝手にやってた事だ。俺ぁずっと迷惑で仕方なかったんだよ！」

「何を言う。なんの学もないお前が父の傍《そば》に仕えていれば、毎日懲罰を受けたはずだ。俺はそうならないように、教育を施してやったんだぞ」

「だからそんなの頼んでねぇって言ってんだ！」

ウィードはバンバンと卓を叩く。

グレアムという男は規律意識が非常に高く、それだけにチンピラ然としたウィードが目に余ったのだろう。年齢が近い事もあり自ら教育係を買って出ると、日夜ウィードに様々な事を叩き込んだ。言葉遣いから歩き方、歴史に語学に雑学に……それはもう、ありとあらゆる教養を。

と、グレアムはこの厳しく熱い性格故に権力者の不正を正す事にも熱心で、また、将としても有能な為、国民からは人気がある。だがやはりウィードには、この説教臭さが迷惑でしかない。

「つぅかお前、そんな説教する為に俺を捜してたわけじゃねぇだろ？　さっさと本題に入れっての」

早く解放されたい一心でウィードがそう促すと、グレアムも「それもそうか」と頷いた。が、すぐには話し始めず、まずはじっと耳を澄ます。周囲に潜んでいる者が居ないかを確かめているのだ。

その動作に、ウィードの嫌な予感は確信に変わる。つまりこれからグレアムがしようとしているのは、人に聞かれたら困るような、かなり込み入った話という事だ。

そして案の定、グレアムが語り出したのはとんでもない内容だった。彼はそっと声を潜めると――

「サイード。お前、紅吉祥というものを知っているな？」

――っ⁉

ウィードは危うく息を呑みそうになったのだが、なんとかギリギリ持ち堪《こた》えた。何事も、相手の意図が読めない内は、反応を示すべきではないからだ。

だが、まさかの問い掛けに思考回路は唸《うな》りを上げる。何故グレアムがその存在を知っているのか。そして何故その話を自分にするのか……疑問が次々噴出する中、とりあえずは空とぼけておこうかと考えるも、グレアムは「言っておくが」と釘を刺す。

「誤魔化しは不要だ。俺はあるハンターから聞いたのだ。紅吉祥という神秘の顕現が予言されていた事……そしてその顕現時、〝転がる草《ウィード・タンブル》〟というふざけた名の、目付きが悪く癖っ毛で、生意気だが腕の立つ若い男が居合わせた事を。そんな特徴、お前の他にないだろう」

「……あー」

ウィードは額を押さえ込む。

きっとこれは、紅吉祥を手に入れ損ねたハンター達が、その情報の転売による小金稼ぎに走ったという事だ。そして転売された中に何故か──恐らくはウィードの元雇い主たるハンター達が吹聴した為──ウィードの情報も混ざってしまい、そのままグレアムの耳まで届いてしまった、と。

ここまで確信を持たれては白を切るのは難しそうで、ウィードは自棄《やけ》になって頷いた。

「あーそうだよ、その通りだ！　その〝転がる草〟は確かに俺だわ。けど、それがなんだってんだ？　なんでそんなモンの事なんか聞くんだよ」

「知れた事。俺はその紅吉祥が欲しいのだ」

「……はぁ？」

ウィードは大きく顔を歪《ゆが》める。グレアムの言う事が俄《にわ》かには信じられなかったのだ。

何しろグレアムとは実に現実主義的で、国教たるデスティネ教すらろくに信仰していない男なのである。神に祈るより地道に治世に励む方が国の為になると豪語し、教会へも通わずに、その分の時間を鍛錬や勉強に費やすような奴だった。それが、何故？

「いや……なんでお前がそんなモン欲しがんだよ？　そんな非現実的なモン、お前とは対極の存在じゃねぇか」

と、これに対するグレアムの回答は、更にウィードを驚かせるものだった。

彼は神妙な顔で口を開く。

「俺はな、サイード。紅吉祥の力を使って、政変を起こしたいと考えているんだ」

「っ⁉　お前、この馬鹿……っ！」

ウィードは反射的に個室の入口を振り向いた。戸はきっちりと閉められており、誰かが聞き耳を立てている気配もない。それに一先《ひとま》ず安堵《あんど》するが……しかしこんな話を万が一にも聞かれたら大変だ。王子だろうとなんだろうと問答無用で首が飛ぶ。政変なんて、軽率に口にしてはならないのだ。

だがグレアムの顔を見れば、彼が軽々しくその言葉を発したのではないと伝わった。青い瞳に確固たる決意を湛《たた》え、彼は想《おも》いを語り出す。

「俺はもう長い事、父の政に憤っている。父は大義無き侵略戦争を繰り返し、それが落ち着いたかと思えば、今度は民への圧政だ。国民は重税に苦しみ倒れ掛けている……だが世継ぎとなる兄もまた父と同類の人間だ。今の政が次代まで引き継がれれば、この国は……」

グレアムは沈鬱な溜息《ためいき》を吐《つ》く。その懸念はウィードも、そして多くの国民も感じている事であった。

現国王は、民の生活を全く顧みようとしない。この悪政がいつまで続くかもわからない。将来に明るい展望が描けずに、皆の心には不安という名の暗雲が低く垂れ込めているのである。そしてそれが物価高騰や治安の悪化、悪い所では飢えとなり、少しずつ表面化し始めている。

「だが情けない事に、この悪政に歯止めを掛けるのは難しい。主要な諸侯達は特権に浸り腐り切っているからだ。そんな中で反旗を翻したとしても、いとも容易《たやす》く潰される……が、紅吉祥というものがあれば話は変わる。それがあれば、きっと政変が実現できる」

熱っぽく語るグレアムに、ウィードは「いや、なんでだよ」と突っ込んだ。

「確かに紅吉祥はなんかしらの力があるとは言われてるがよ、そこになんの信憑《しんぴょう》性があるんだよ？　ンなモン使って政変って、いくらなんでも滅茶苦茶《めちゃくちゃ》だろ？」

ウィードには全く訳がわからなかった。本気で政変を目論《もくろ》むのなら、この上なく慎重に作戦を立てなければならないはずだ。それなのに何故、この堅物のグレアムが、紅吉祥等《など》という不可思議なものに頼ろうなんて思ったのか。

「無論、俺だって初めは御伽噺《おとぎばなし》だと思ったさ。だが数百年に一度、赤い光と共に現れるという神秘の力に思い当たる事があった。かつて読んだ何かの歴史文献に僅か数行……普通ならば見落としてしまうようなものだったが、似た記載があったのを思い出したのだ」

それがグレアムはどうにも気になり、王立書庫のあらゆる文献を紐解《ひもと》いて、件《くだん》の記載に辿《たど》り着《つ》いたという。それはアズ大陸の、シルギ国について書かれたものだ。

「シルギ……」

ウィードは小さく繰り返す。その国の名はつい先日、移民の男の口からも出たものだ。そして今、グレアムも男と同様、シルギの下剋上《げこくじょう》の陰には紅吉祥があったと言うが……

ウィードはやはり信じなかった。

「はっ、そいつぁ大仰な話だがよ、その記載ってのはほんの数行だけなんだろ？　それをお前は信じんのかよ。下剋上が成功したのは怪しい力のお陰だって？」

馬鹿にするような調子で言うと、グレアムは顔を顰《しか》めた。そして懐から一枚の紙を取り出すと、広げて卓の上に置く。

「疑うのなら、これを見てみろ」

「？　なんだよ？」

ウィードは紙を覗《のぞ》き込む。そこには幾つかの国の名前と、その隣に古い年号が書き込まれていた。最初はだからなんだと思っていたが……その内に。

「――っ！　いや待てよ。まさかコレ……」

ウィードが目を見開くと、グレアムは「気付いたか」と頷《うなず》いてみせた。

「これらは各国が大戦に勝利したり、革命に成功した年の年号だ。この全てが、シルギ以前に赤い光が現れたと伝わる場所、時期に合致する。とは言えこれらについても文献の記載は僅かだったが……しかし些細《ささい》な情報でもこれだけあると、信憑性も出て来るだろう」

「ってお前……どんだけマニアックな文献読《よ》み漁《あさ》ったんだよ……」

ウィードは引いたように言ってやるが、正直かなり驚いていた。グレアムは嘘《うそ》を吐《つ》かない男だ。だからきっと、文献の記載については真実なのだ。という事は実際に――と、ウィードの考えを引き取るように、グレアムは語る。

「この調査結果から、紅吉祥は実際に歴史を動かしてきたのだろうと俺は思う。そしてその力とは、驚異的な武力のはずだ。それこそシルギのような小国を、大戦に勝利させてしまう程の……！」

グレアムの声は熱を帯びた。彼は卓上に身を乗り出す。

「俺はアングレスを立て直す為《ため》、なんとしても紅吉祥を手に入れたい。そしてその手掛かりがあるとしたら、まずは顕現時に居合わせたというお前だ。なぁサイード、お前の洞察力があれば、紅吉祥の行方についても何か摑《つか》んでいるんじゃないのか？」

それからグレアムは情報提供料として、かなりの額を提示した。その額が、強い視線が、彼が如何《いか》に真剣なのかを物語る。

「…………」

ウィードはじっと考え込んだ。提示された金額に惹《ひ》かれたのは勿論《もちろん》だったが――それよりも、グレアムの主張の方に思う所があったのだ。

彼の言う通り、今のアングレスには政変が必要かもと、ウィードも薄々考えていた。国王はどんなに民が苦しもうと顧みる事がない。この悪政が次の代まで続くとすれば、国が崩壊するのは明らかだからだ。そうなる前に、誰かが歯止めを掛けないと。

そう思ったら、ラウラをグレアムに引き渡し、政変に協力させるべきではないだろうか。もし紅吉祥というものに、本当に大いなる戦力が秘められているならば――……

だが、そんな逡巡《しゅんじゅん》はすぐに終わった。ウィードは肩を竦《すく》めると、

「あー、期待してるトコ悪いけどな。俺は何も知らねぇし顕現の光も見ちゃいねぇ。俺だって空振りしてガッカリしてるくらいなんだ」

しれっと嘘を吐《つ》いてみせるが、そこには二つの理由があった。

まず一つは頭の何処《どこ》かに、移民の男の語った話が刻まれていた事にある。紅吉祥の主となった者は、理性を失《な》くし悲劇を招くと。その話を鵜呑《うの》みにしているわけではないが、し

かしグレアムが主になるのを手助けするのは、なんとなく避けた方が良いような気がしたのだ。

そしてもう一つの理由だが。

それはこの旅の数日で、ラウラが如何に自由を渇望しているのかを知ってしまった為だ。

彼女は毎日踊りの鍛錬を積み、己を磨く。旅の疲れがあるだろうに、不安も抱えているだろうに、しかし踊り子としての価値を失うまいと必死になって。その価値を守らなければ、なんの後ろ盾もない人間は途端に搾取されるから。

だから彼女は怠らない。二度と自由を奪われないよう、努力し足掻《あが》いて、時に牙さえ剝《む》きながら、直向《ひたむ》きに泥臭く生きている。

そんな様を見せ付けられて、「主を持て」なんて言えるだろうか？

国の為に自由を諦め犠牲になれと？

少なくともウィードにはできそうもない。

「――……」

グレアムはじっと此方《こちら》を見据えていた。疑っているのだ。ウィードが嘘を吐《つ》いているのではないかと。

だがウィードもボロを出すような間抜けじゃない。ふてぶてしい目でグレアムを見返し続け――……睨《にら》み合《あ》いの末、音を上げたのはグレアムだった。彼は大きく息を吐いて「わかった」と首を振る。

「当てが外れて残念だが、お前は何も知らないのだな。それなら俺は、別のところから調べを進める事とする」

「おー、そうしろそうしろ。そんじゃ、俺ぁもう行くぞ」

ウィードは早々に腰を上げる。盃に一度も口をつけていないが、そんなものより外の空気を吸いたかった。思わぬ話に神経を使って疲れていたのだ。

が、卓上に突いた手をグレアムがぐっと摑んで引き止める。

「待て。まだ話は終わっていない」

「あぁ？　まだ何かあんのかよ」

ウィードは苛立《いらだ》たしく言うのだが、グレアムが動じる事はない。

そうして彼は、またもとんでもない事を言い出した。

「お前、俺の下に付かないか」

「……はぁ？」

ウィードはスッと目を細める。何を馬鹿なと思ったのだ。

だがグレアムは冗談を言う男ではない。どこまでも生真面目に言葉を続ける。

「話した通り、俺はこれから苦難の道を行く事になる。紅吉祥探しにしろ政変にしろ、容易な事ではないはずだ。それ故に、一人でも多く優秀な部下が欲しい。お前は素行には問題があるが、しかし兵士としての実力は——」

「って俺が頷くと思ってんなら相当の阿呆《あほう》だぜ。今更そんな面倒に関わりたいわけがねぇ」

「だが、事態は深刻なのだ」

グレアムは表情を一段と険しくした。

「国の行く末への不安もあるが……更に大変な事が迫っているのがわからないか？　考えてもみろ。俺の下に紅吉祥の情報が入ったという事は、父の耳にもそれが届く可能性が大いにあるという事だ」

「——っ！」

これにウィードは凍り付いた。瞬間で動悸《どうき》が早くなる。背中に嫌な汗が噴き出す。その反応を観察しながら、グレアムは言う。

「お前ならこの危うさがわかるだろう？　今は父も戦から手を引いてはいるが、もし紅吉祥を手に入れたら？　強力な武器を手に入れて、試し撃ちの機会を欲しないわけがない。きっと父は、これまで手を出さなかった遠方の国にも戦を仕掛けるに違いない」

「っ、そんな……」

「否定できるか？　言っておくが脅威になるのは父だけじゃないぞ。紅吉祥の噂《うわさ》が他国にまで伝われば、それを巡る国家間の熾烈《しれつ》な争いだって起こり得る。紅吉祥の存在は、必ずや争いを引き起こす……」

グレアムが示す不穏な未来は、脳に冷たく染み入った。確かに呼吸はしているのに、うまく酸素が入って来ない。不吉な想像に呑み込まれ、ウィードが言葉を失くしていると。

「……なぁサイード。お前は父の命の下、随分と罪を重ねてきたな」

グレアムは僅かばかり声を落として語り掛ける。

「中にはとても擁護できないものもあったが……その罪は、正しい行いによって償うべきなのではないか？　民を守り、この国を平和に導いてこそ、お前は赦《ゆる》しを得るんじゃないのか？」

「っ！」

その投げ掛けにウィードは瞳を大きく見開く。グレアムはここぞとばかりに畳み掛ける。

「ああそうだ、お前が培った能力は正しき事に使うべきだ。なぁ、これ以上父の横暴を許すわけにはいかないだろう。だから再び剣を取れサイード。そして俺の下で戦うのだ。俺の政変への協力こそがお前が果たすべき贖罪《しょくざい》であり、唯一の生きる道なのだ！」

放たれた言葉に、ウィードは強く揺さぶられた。

確かに自分は、数えきれない罪を犯した。暴虐な国王の手先となり、残忍な行いを重ねてきたのだ。その後悔に、今でも酷《ひど》く苛《さいな》まれ続けている。

だからこそ、赦されたいという気持ちは何より強い。

永遠に続く自責から解放されたくて堪《たま》らない。

剣を取れば、それが叶《かな》う？

グレアムの言う通り、政変に力を貸せば——……だが。

「ぐぅっ！」

突如頭をかち割られるような痛みが走り、ウィードは摑《つか》まれていた腕を反射的に振り払った。そして喘《あえ》ぐような呼吸を繰り返しつつ、宣言する。

「……俺は、戦に関わるのはもう御免だ」

するとこれに、グレアムは心外だという顔をした。

「何を言う。俺がやろうとしている事は、父の行った侵略戦争とは別物だぞ。間違いを正し、この国を平和に導く戦いだ」

「ああ、わかってる……けどどんな大義があったって、殺し合いをするのには変わりねぇだろ。俺はもう、殺しはやらねぇ。そればっかりはやりたくねぇんだ」

ウィードははっきりと拒絶の意思を示す。これにグレアムは暫《しば》し目を瞠《みは》っていたが——……やがて深い溜息《ためいき》を吐き出した。その顔からは呆《あき》れや侮蔑が見て取れる。ウィードの答えは、やるべき事に背を向ける臆病者の言として受け取られたのだ。

「ああそうか。実に遺憾な結果だが……志の無い者を部下にしても仕方がないな。それなら話はこれで終わりだ」

グレアムは突き放すようにそう言うと、別れの挨拶もないままにさっさと部屋を出て行った。高潔な第二王子は自分にも、そして他人にもとても厳しい。己が正義に賛同しない者の事は、容赦なく切り捨てていくのである。

そうして部屋に残されたウィードは、完全に一人になった途端。

「……痛ってぇーっ」

酷い頭痛に耐え兼ねて、卓の上に突っ伏すように頭を抱えた。戦に出る事を考えただけで、記憶の蓋が全開になってしまったのだ。そこから噴き出してくるのは怒号に絶叫。硝煙と生臭い血の臭い……そして何より強烈に蘇《よみがえ》るのは、怯《おび》え慄《おのの》く女の悲鳴だ。

それは脳の中で禍々《まがまが》しく反響し、酷い痛みを引き起こす。その苦しみに喘ぐ中、忘れられない過去達が津波となって押し寄せる――……

ウィードが軍に入ったのは、まだアングレスが盛んに戦を行っていた頃だ。

出世欲の強かったウィードは、戦に出る度に多くの敵を葬った。殺せば殺す程上に行けると、命乞いの言葉を無視して実に冷徹に剣を振るう。

近衛兵《このえへい》となってからは、非道な行いにも手を染めた。王はウィードに密命を下しては、気に入らない者を次々始末させたのだ。無抵抗の者や捕虜であっても容赦なく……表沙汰には決してできない鬼畜の所業の数々が、日常的に行われていたのである。

だが当時、ウィードはそんな密命の遂行になんの疑問も覚えなかった。王の命令を聞いていれば金になり、将来だって約束される。そんな事しか考えていなかった。犠牲になる奴は自業自得。一度でも王に歯向かったのが悪いのだ。だから殺されたって文句を言う資格もないと——だが、ある時。

そんなウィードの価値観を根底から覆す出来事が起きてしまう。

その日もウィードはいつものように、王から密命を受けていた。その命とは、城の塔に捕えている罪人を始末しろというものだ。

塔に入るのは初めてだったが、ウィードはなんの感慨もなく足を進めた。螺旋《らせん》に続く石階段に、カツンカツンと長靴の音を響かせながら。

そうして階段を上り切り、辿《たど》り着《つ》いたのは小さな牢《ろう》だ。そこには聞いていた通り、一人の罪人の姿があった。伸び切った髪で顔は隠れ、纏《まと》うのは服とも呼べないような薄く傷んだボロ布だ。手足はほとんど骨と皮だけという程に痩せ細っている。

その罪人は、剣を構えるウィードを見るとその瞬間に悲鳴を上げた。それはなんとも痛々しい、聞いていると精神を抉《えぐ》られるような、実に不快な叫びである。

が、それでもウィードは耳を塞ぐ事ができなかった。自衛を考える事もできないくらいに愕然《がくぜん》としていたのだ。ボロボロの見た目からは判断ができなかったが——その人物の上げた声が、どう考えても、若い女のものだったから。

王から聞かされていた話では、塔の上に捕えているのは国を脅かす恐れのある大罪人だという事だった。その人物が生きている限り、王は穏やかでいられない。だから早急に始末せよという事だったが……しかし、ウィードは狼狽《うろた》える。

だってこんな若い女が、どうして国を脅かせる？

この若い女のどこに、殺されるだけの理由がある？

考えても考えてもその答えは見付からず、やがてウィードは気付いてしまう。

もしやこれは、正当性の何も無い、ただの虐殺でしかないのでは……

――と、これは後から王の側近を吊《つ》るし上《あ》げて聞き出した話だが、そこに捕えられていたのは、かつてアングレスが攻め落とした北方の国の王女であった。アングレス王は自分より三十も若い王女を見初め、手中に収めんとしたそうだ。

だが、王女はアングレス王を強く拒んだ。当然だ。自らの国を滅ぼした人間に心を開くはずがない。

この頑《かたく》なさに王は怒り、王女を塔へと幽閉した。過酷な環境に置いていれば改心し、従順にもなるだろうと考えたのだ。

だがその後、王はすぐに他の女へと心を移した。そして王女の事等忘れてしまった。

それから数年の時が経《た》ち、王女はすっかり窶《やつ》れ果てた。かつての可憐《かれん》な花のような美しさは見る影もなく、幽鬼のような姿になった。その報告を受けた王は、ウィードに王女を始末してしまうよう命じたのだ。

この一件の後、ウィードは王へと強い不信感を抱くようになった。これまでは王とは擦り寄るべき存在だったが、もうそんな風には思えない。あの男は悪魔だ。付き従っていたら、また何をさせられるかわからない。

そして同時、ウィードは自分自身に対しても、嫌悪と不信を抱いてしまった。王女の怯え切った悲鳴により、人間が死に対しどれ程の恐怖を覚えるかを改めて思い知ったのだ。その恐怖を人に与え続けてきた自分もまた、王と同じく悪魔なのだと気が付いた。

自分は今まで、なんと罪深い事をしていたのだろう。戦場でも密命でも、数多《あまた》の命を奪ってきた。只管《ひたすら》に出世したい一心で——だがそんなもの、人の命を犠牲にしてまで叶える必要があっただろうか。自分がやってきた事は、取り返しのつかない、酷く恐ろしい事だったんじゃないか……

そんな考えに苛まれ、ウィードは城から逃亡した。それ以来、名前を捨て身を隠し、ひっそりと生きて来た。城の者に見付かれば連れ戻され、また戦だ密命だと血腥《なまぐさ》い事をやらされるのはわかっているから——

だがそうして殺しから離れても、罪の意識から逃れる事はできなかった。今、戦場に戻る事を想像しただけでこの様だ。頭が割れるように痛み、嫌な汗も酷い動悸も止まらない。

もう戦だの殺しだのは、たとえそれが大義の為《ため》でも、絶対に受け付ける事ができないのだ。

「つーか……そんなにやべぇモンなのかよ、紅吉祥ってのは……」

忌々しい思いでそう吐き出す。

ウィードはあくまでもそいつの事を、神秘的なラッキーアイテムくらいにしか考えていなかった。移民の男から聞いた話も、大袈裟《おおげさ》な伝承だとして取り合わなかった。

だが紅吉祥が秘める戦力について、グレアムは数々の歴史文献から根拠を示した。そうなると途端に信憑《しんぴょう》性が増してしまう。今までのように否定するのが難しくなってくる。

そして更にグレアムは、国王が紅吉祥に目を付けるだとか、それを巡って各国が熾烈な争いを起こすだとか、この上なく不吉な事を語ったが……

「…………」

これにウィードは考え込む。もしそんな事が起きるなら、このまま紅吉祥に関わり続けるのは危険ではないかと過ったのだ。

紅吉祥はきっと争いの種になる。近くに居れば巻き込まれるのは避けられないし、最悪の場合、ウィードは国王に見付かって連れ戻されてしまうだろう。腕の立つ便利な近衛兵を、国王はとても気に入っていたのである。

その危険を考えたら、今すぐに紅吉祥とは縁を切るべきではないだろうか。ああそうだ、また血腥い世界に放り込まれるなんて絶対に御免だ。だからここはラウラからの報酬を諦めてでも、己を守る事を最優先にして動くべき――……と、思ったが。

しかしウィードの懐には、ラウラの財布とテオへの薬が入っていた。なんにせよこれを届ける為、一度は小屋へ戻らなければ。

ウィードは大きく息を吐くと、頭痛が治まるのを待ってから腰を上げた。

そして、ふと。

――ラウラに会ったら、グレアムが紅吉祥を探してるって伝えるべきか？ それに、奴から聞いた話についても……

一瞬そう思案するが、少し迷って否と決めた。ウィード自身は万一に備え、ラウラから離れるべきだと考えてはいるものの、彼女が器だという事を他者に知られる可能性は低いのだ。それなのに余計な心配をさせる必要はないだろう。


「本当に、お二人にはなんと御礼《おれい》を言っていいか……！ お陰様で回復しました、この分ならきっと故郷まで辿り着けます！」

翌朝。小屋の外に出たテオは、ウィードとラウラに深々と頭を下げた。栄養のある食事と解熱剤を与え、一晩ゆっくり寝かせたところ、体調は大分マシになったらしい。

「そう、それなら何よりだわ。けどこの先はまだ長いでしょう？　もう少し休んだ方がいいんじゃない？」

そんなラウラの提案に、テオは首を横に振る。

「いえ、母は僕よりもしんどい想《おも》いをしているでしょうから。一刻も早く薬を届けてあげたいんです」

そう力強く言うのだが、ウィードはどうにも不安を覚えた。何せ彼の故郷までは、まだあと三日は掛かるはず。たとえ体調が万全な場合でも、なかなかに厳しい距離だ。先を急ぎたい気持ちはわかるが、もう少し療養した方が良いのでは……

だがウィードがそう発する前に、「わかったわ」とラウラが頷《うなず》く。

「確かにお母さんの事は心配でしょうね。早く薬を届けてあげるに越した事はないし、あたしにそれを引き留める権利はないわ」

と、これにウィードも出掛かっていた言葉を呑み込んだ。確かにラウラの言う通り、テオの決断に外野が口を出すべきじゃないと思ったのだ。――が、そこで。

「けど、出発の前にいいかしら」

ラウラはそう続けると、何故《なぜ》か羽織っていたマントをばさりと脱いだ。そしてシャンと鈴を鳴らすと。

「実を言うとあたしの舞はね、ご利益があるって評判なの。見る者に強運と幸福を齎《もたら》すんですって。だから、少し踊らせて？　貴方《あなた》の旅に神の御加護があるように」

「え、でも──」

いいんですか、と続けるテオを片目を瞑《つぶ》って黙らせると、ラウラは朝陽《あさひ》に照らされる中、鈴の音を強く鳴らして踊り始めた。それは普段の鍛錬で見せる舞とは別のものだ。腰を揺らしたり身体《からだ》の線を強調したりする事は一切なく、力強いステップや跳躍を主体とした、見る者に活力を与えるような振りである。

──ってコイツ、自分の舞を安売りしないって言ってた癖に……

ウィードは不審に目を細める。金になるわけでもないのに、こんなにも全力の舞を見せるなんて。そこには一体どんな狙いがあるのやら……

だが邪推したのはほんの一瞬。ラウラの真剣な眼差《まなざ》しを見れば、そこにはなんの下心もないのだとわかる。彼女は今、純粋に、テオの旅の無事を祈って舞っているのだ。

そして、その舞を見詰める内。

──ああ、そうか。

ウィードはようやく得心する。これまでは今一つ摑《つか》みきれていなかったが……いや、本当はわかっていたはずなのに、先入観が邪魔をしてなかなか認められずにいた。しかし今、やっと素直に理解する。ラウラの人物像について。

自らの自由を守る為ならば形振《なりふ》り構わない勝手な女。その印象も決して間違ってはいないだろう。が、それは彼女の一面に過ぎない。

ラウラという人物の本質は、他人への思いやりが人一倍強い事にある。

振り返ってみれば、ハンターとの対決に首を突っ込んで来たのも、悪夢に魘《うな》されていたところに雑香《ざっこう》を渡して来たのも、即座にテオを助けたのもこうして舞い踊るのも、全て彼女の思いやりによる行動だ。

彼女は誰かが危機にある時、自らの利に関係なく自然と手を差し伸べている。強気な言動のせいでわかりにくいが、彼女は利他の精神を持つ、実に清らかな人物なのだ。

——あーあ。気付きたくなかったわ、そんな事……

ウィードはもじゃもじゃ頭を掻《か》きながら溜息《ためいき》を吐《つ》く。

本当はテオを見送った後、ラウラと別れるつもりでいた。紅吉祥というものは予想以上に不穏な影を帯びている。各国との戦だとか、国王が関わってくるかもなんて聞かされたら、どう考えても離れておくのが利口だろう。

だが、ラウラの人物像をしっかりと認識したが最後、投げ出せない、と思ってしまった。

だって血腥い争いに巻き込まれれば、誰だって荒《すさ》んでしまう。心に暗い影が落ちるのは避けられない。戦の凄惨さを知るウィードにはよくよくわかるが、ラウラだって今のままではいられなくなるはずだ。

奔放で、直向《ひたむ》きで、のびやかで。時に豪胆で生意気だが、瑞々《みずみず》しい生命力と思いやりに溢《あふ》れた娘。それが戦で汚されるのは、どう考えても胸糞悪《むなくそわる》い。今のまま彼女らしく、自由な人生を生きれるよう、守ってやらねばと思うじゃないか。これが危険な選択なのは承知だが、いや、危険だからこそ自分がやらねば。彼女自身とその自由を守る為、護衛を全うしなくては。

——というか、そうだ。別にどうって事はない。

　ウィードは己に言い聞かせる。

　そんなに深刻にならずとも、事が動き出す前にラウラの目的を達成させればいいだけだ。器でさえなくなれば、彼女が争いに巻き込まれる事はないのである。だからさっさと譲渡を済ませ、自分はまた身を隠す。そうすれば何も問題はない……

　ウィードは何度も言い聞かせる。

大丈夫。問題ない。大丈夫。

　この判断は間違っていないはずだと、小刻みに震える手を強く握った。

5、ウワバミ

すえた臭いの充満する、冷たい石壁の牢《ろう》の中。

王女は髪を振り乱し、悲鳴混じりに喚《わめ》き散らす。

一体自分が何をしたというのか。こんな仕打ちを受けるような罪を一つでも犯したか？　武器も持たず国も失い、最早《もはや》なんの権威もない。それなのに如何様《いかよう》な謂《いわ》れがあって、人としての尊厳を奪われなければならないのか……

ウィードは答えられなかった。そもそも答えなんて存在しない。この幽閉はなんの大義も意味も無い、権力者の児戯に過ぎないのだから。

だが、そうと気付いたところで自分に何ができるだろう。王女を連れて逃げるのか？　――全く現実的じゃない。こんなにも危うい王女を秘密裏に連れ出すなんて不可能だ。

仮にそれができたとして、その後はどうすればいい。やせ細った彼女には然《しか》るべき治療が必要だろうが、王の捜索を逃れながら治療なんて……

そんな躊躇《ためら》いの隙を突き、王女の手が素早く伸びた。そしてまた、悲劇が起きる。視界を染める一面の赤。生臭い鉄の臭い。王女の頭部が石床を打つ、ごとりという鈍い音。

「あ……あぁ、あぁぁっ！」

堪《たま》らずに顔を覆い、呻《うめ》きを上げる。部屋はぐにゃりと大きく捻《ね》じれ、足元に現れた真っ暗な沼にずぶずぶと引き摺《ず》り込まれていく。

――夢だ、これは夢だ、現実じゃない……！

ウィードは必死にそう唱える。呑み込まれてしまう前に、早く目を覚まさなければ。早く、早く、早く――……そう一心不乱に藻掻《もが》く中で、ふと。

清浄な花の香りが鼻先を掠《かす》めた。それを認識した次の瞬間。

「――っ！」

ウィードはバチッと目を覚ます。溺れているところをぐいと水面へ引き上げられるように、意識が一気に覚醒する。

世界はまだ夜明けを迎える前だった。宿の個室の窓からは星々が見え、外もしんと静まっている。こんな時間に目を覚ますのは気分の良いものではないが、それでも悪夢から這《は》い出《だ》せた事に深い安堵《あんど》の息が漏れる。

――ああ、またコイツに助けられたか……

ウィードは枕元に置いていたカミツレの雑香《ざっこう》に視線をやった。悪夢に酷《ひど》く魘《うな》される時、この香りが度々退路を示すのだ。気を落ち着かせる効果があるという事だが、こうまで役に立とうとは。

「って、クソダセぇ……」

大の男がこんな物に頼るなんて、恰好悪いにも程がある。

だがそんな自己嫌悪はあろうとも、未《いま》だ悪夢の余韻は消えやらず。ともすれば引き戻されてしまいそうで、ウィードは藁《わら》にも縋《すが》る思いで雑香の小袋を引き寄せた。

――落ち着け。落ち着け。俺はもうあんな生き方はやめたんだ。残虐な命令をする人間ももう居ない。今の生き方を貫く限り、もう過ちは犯さない……

そう繰り返し言い聞かせる内、次第に動悸《どうき》が静まってきた。東の空が白む頃には、なんとか平常心を取り戻す。小鳥達の平和な囀《さえず》りも聞こえ出し、完全に朝を迎えると、ウィードは大きく息を吐いた。なんとか今日も夜を越えた、と。

少しすると壁の向こう、ラウラの鍛錬も始まったようだ。宿という事で控えめだが、シャン、シャランと音がする。その気配を感じると、ウィードの心は一層凪《な》いだ。何故だろう、胸に澱《よど》んだ悪いものが浄化されていくようである。

昨日ラウラはテオに対し、自分の踊りにはご利益があると言っていた。が、後から聞いた話によると、それは出鱈目《でたらめ》であるらしい。

「ああ言っておいた方が気持ちが奮い立つじゃない？　テオはまだ大変な旅を続ける事になるんだし、なら少しでも勇気付けてあげた方がいいかと思って」

ラウラはしれっと言ってのけ、その時はウィードも顔を顰《しか》めたものだったが。

しかし、彼女の舞になんらか力があるというのは、あながち嘘《うそ》ではないかもと思い始める。勿論《もちろん》それはご利益だのという大袈裟《おおげさ》なものではないだろうが、なんというか彼女の舞は、見る者に活力を与えるのだ。

心に掛かる靄《もや》を払い、光を与えてくれるような。

世界は決して悪くはないと、信じさせてくれるような。

——嗚呼《ああ》、今なら少しはマシな眠りにつけるだろうか……

そう考え、ウィードは毛布を被《かぶ》り直す。今日は出発の時間までに、できる限り体力を回復させておきたいのである。

何しろ緩やかな街道はもう終わる。

この先は馬を降り、厳しい山道を行かなければならないのだ。

ルーサー大聖の居るトリロの街へは、ネバシュという山を越えねばならない。ただでさえ山越えは大変なものだが、馬を預けた麓の村で聞いたところ、その山は整備がほとんど行われていないそうだ。ネバシュの向こうは辺境も辺境で行き来しようという者が少ない為《ため》、山道はほぼ自然のままの状態らしい。

この話を聞いたラウラは一瞬顔を引き攣《つ》らせたが、すぐに気を取り直して。

「……まぁ、そうだとしてもその山を越えない限り先には進めないものね。いいわ、行ってやろうじゃない。踊り子の体力見せてやるわよ！」

――と、気合を見せていたのだが。

しかしその意気込みは、いざ登山を始めると早々に打ち砕かれる事となった。

「もうっ、何なのよこの山は……こんなの道って言えないわよ!? 普通に立って歩く事もできないなんておかしいわ！ この山だって国の一部なんだから、まともに通れるくらいには整備したらどうなのよ、王サマってホントに無能なんだから！」

肩で大きく息をしながら、誰も聞いていないのをいい事に、ラウラはとんでもない相手へと悪態を吐《つ》く。まぁそれも無理からぬ話だろう。麓で聞いていた通りにこの山道は、以前誰かが通ったという痕跡すらもほとんどない、実に荒れ果てた道なのだ。

そこら中から木の枝が張り出して、いちいち避けなければ進めない。それだけでも一苦労だが、起伏が激しく傾斜も大きく、なのに補助となるものの設置もないので、手をついてよじ登らなければならないような箇所も多いのである。

それでもウィードは軍の訓練や戦場の偵察等で山歩きに慣れている為、軽い足取りで進む事ができるのだが、ラウラはそうはいかなかった。決して鈍くさい方でも体力の無い方でもないだろうが、大苦戦を強いられている。

「もう、信じらんない何この山……！」

これまで旅の厳しさにほとんど文句を言わずにきた彼女だが、先程から悪態が止まらない。意地でも足は止めないが、疲弊しているのは明らかだ。

「なぁおい、ここらで少し休んどくか？」

ウィードはそう提案してみる。グレアムから不穏な話を聞いた今、先を急ぎたい気持ちは大いにあるが、しかしこの様子ではラウラを急《せ》かすのも無理がある。一度休憩を取った方が良いのではと考えたが、ラウラはぶんと頭を振った。

「いい！　だってまだ四半刻《はんとき》も歩いてない……そんなにすぐ休んでたら、あっという間に日が暮れちゃう！」

そう言って蔦《つた》を摑《つか》み、目の前の急な傾斜を登らんと挑みかかるが、握力が残っていなかった。少し登ったところで手が滑り、「ぎゃんっ」という声と共に尻餅をつく。

「あーもう！　ホントに×××な山ね！」

苛立《いらだ》ちが最高潮に達したようで、ラウラは久々に酷いスラングを口にした。だがそれでも先へ進もうと再度蔦に手を掛けて、またも派手に尻餅をつく。その果敢で無謀な挑戦を暫《しば》し見守ったウィードだが……やがてがしがしと頭を掻くと。

「――おら」

「は？」

ラウラは怪訝《けげん》な声を出す。それというのも、ウィードが彼女に背を向けて屈《かが》んだ為だ。その意図が読めなかったのだろう、「え？　何？　何してるの？」と戸惑う彼女にウィードは言う。

「あのな、見りゃわかんだろうが。負ぶってやるっつってんだ」

「は!?　え、なんでよ!?」

ラウラは素っ頓狂な声を出す、が、なんでもなにも。

「だってお前、休憩すんのは嫌なんだろ。けどその調子じゃどっち道、あっつー間に日が暮れちまう。なら俺が負ぶって行くのが一番合理的じゃねぇか」

「それはまぁ、そうだけど……」

しかしラウラは頷《うなず》かなかった。人に慣れていない野生動物が餌を与えられた時のように、どうしていいかわからないといった様子だ。

やはりこの娘には人に頼るという発想がないらしい。〝踊り子としての己を守る〟という理由がないと、人の手を借りようとしないのだ。

そんなラウラを見ていると、どうにももどかしい気持ちになる。何しろウィードからすれば、ラウラは依頼主であり年下であり女なのだ。ならばこういう場面くらいは頼ったって……と、そう伝えても彼女は納得しないだろう。そこでウィードは思案して。

「……つぅかよ。こんだけキツイ山なんか登ったらお前、筋骨隆々になるんじゃねぇか？」

「――え？」

途端、ラウラの表情が強張《こわば》った。そこにウィードは畳み掛ける。

「そりゃそうだろ、さっきから全身の筋肉使いまくってんだからよ。こんなの長時間続けたら軍人ばりの鍛錬になるだろうが……筋肉でデカくなった踊り子ってのも需要あんのか？」

「――っ」

意地悪く尋ねるとラウラはザッと顔色を失《な》くし、即座に背中に収まった。

――なんだ、意外にチョロいじゃねぇか。

初めて彼女から一本取ってやった事に、ウィードは密《ひそ》かに拳を握った。

さて、それからの登山は格段に速度を増した。大人一人を背負いながらも、ウィードの足取りは乱れない。張り出した枝を潜り、岩を乗り越え、きつい斜面を駆け上がり、順調に山を登っていく。

「って、あんたどんだけ体力あんのよ……」

ラウラは感心と呆《あき》れの綯《な》い交ぜになったような声を出す。

「一体どんな修行を積んだら、この山を楽々歩けるわけ？」

するとこれに――非日常のような山の空気がそうさせるのか――、ウィードはなんとなく、答えても良いかという気になった。無論、軍だなんだという過去を明かすつもりはないが、それ以前の話なら。

「俺は、前国王の善政も届かねぇような荒《すさ》んだ街の生まれだからな。そこの住民は皆腐ってて、盗んだり盗まれたりが日常だ。そういう環境で生きてくんなら、強い方が絶対的に有利だろ。だからほんのガキの頃から只管《ひたすら》身体《からだ》を鍛えてた。体力があんのはそのせいだ」

「へぇ、成程……って事は、強さのルーツもそこってわけか。あんたもなかなか苦労したのね」

ラウラは大きく頷きながら、そんな感想を口にした。この決して軽くはない生い立ちを実にあっさり受け入れる。それはきっと、彼女もまた苦労してきたからだろう。生まれについて変に同情されもせず、また蔑まれる事もないというのは、ウィードに少しばかりの清々《すがすが》しさを齎《もたら》した。

「でも、そうか……あんまり山歩きに慣れてるから、もしかしたらあんたって山賊だったのかもって思ったんだけど。それなら過去を明かさないのも説明がつくし……ねぇ、そういう背景は秘めてないわけ？」

「はぁ？　なんだそりゃ――」

と、言い終わらない内。ウィードは唐突に口を噤《つぐ》んだ。

足を止めて辺りを見回し、周囲の音に耳を澄ます。張り詰めた空気を察したのか、ラウラも自然と声を潜める。

「どうしたのよ、急に黙って……って前にもこんな事あったわね。また何か聞こえたの？」

「……足音がする」

「足音？」

ラウラは怪訝に繰り返した。

「って、あたし達の他にも誰か山に入ってるって事？　この山を越える人はほとんどいないって話だったけど……」

「いや、これは――」

そう答え掛けた時である。その足音が物凄《ものすご》い速度で近付いてきた。そして次の瞬間、目の前の藪《やぶ》から飛び出して来たのは――一匹の大きな犬だ。

「っ！」

ウィードは即座に身構える。野犬は人を襲うからだ。しかもこの犬の体格では、嚙《か》まれたら一溜《ひとた》まりもないだろう。そうして身体を緊張させたが――しかしその犬は牙を剝《む》いたり唸《うな》りを上げたりはしなかった。ただウォンと吠《ほ》え声を上げ、ぐるぐると回ってみせる。

その様子、どうやら敵意はないらしい。

「あぁ？　なんだお前、野犬じゃねぇのか」

むくむくとした首元をよく見ると、編んだ紐《ひも》が首輪のように巻かれていた。人に飼われているのだとわかり、ウィードは全身の緊張を解く。ラウラもウィードの肩越しに身を乗り出し、

「あんた、こんなところで何してるの？　ご主人はどうしたのよ」

そう問い掛けると、犬はキュンキュンと鼻を鳴らした。

「あー……もしかして腹が減ってんのか？　そんなら飼い主に餌をもらいな。こっちにはお前にくれてやる食料なんて……って、オイ！」

ウィードは荒っぽい声を出す。犬がウィードの腰布を咥《くわ》えて引っ張ってきたせいだ。

「何してんだコラ！　こっちは遊んでる時間はねぇんだよ！」

そう言ってこちらも布を引くが、犬は全く譲らなかった。どれだけ力を込めようとも、しつこく布を引っ張り続ける。それは遊びというよりも、何かを必死に伝えんとしているように見えてきたが――……と、そこでウィードはハッとした。そしてすぐさま犬を振り切り走り出す。

「えっ、ちょっと!?」

この唐突な行動にラウラが驚きの声を上げた。

「何よいきなり！　今度は一体どうしたの!?」

「悲鳴が聞こえた……子供がいる！」

何故《なぜ》こんな所に子供が……という疑問は後回し、ウィードはそちらへ直走る。その声の様子から、何か危険が迫っているのは明らかなのだ。

と、犬がウィードの前に出た。たまに振り返りウォンと吠えては、確かな足取りで走って行く。その道案内然とした行動でピンと来た。きっと悲鳴を上げた子供がこの犬の飼い主だ。主人がなんらか危機に陥り、この犬は助けを求めてやって来たのに違いない。

そうして犬の先導に従いつつ走った先で、ウィードは子供を発見した。それは十歳程の男児で、ギャァギャァと喚《わめ》きながら木の棒を振り回しているのだが――彼が対峙《たいじ》しているのは、蛇だ。鍛え上げた男の腕程の太さの蛇が、鎌首を擡《もた》げて男児を狙っているのである。

そうと認識した瞬間、ウィードは腰の剣を抜き思い切り投げ付けた。剣は鋭く空気を裂き、蛇の胴へと突き刺さる。蛇は長い身体をびたびたと打ち付け藻掻《もが》いたが、しっかりと地面に縫い留《と》められ、やがてその場で動かなくなる。

「おい大丈夫か、怪我《けが》は！」

ウィードが駆け寄り声を掛けると、男児はふるふると首を振った。それに大きく息を吐くと、ウィードの背から降りたラウラが男児の前にしゃがみ込んだ。

「可哀想《かわいそう》に、怖い思いをしたわね。けど子供一人で山を歩くのは危ないわよ。今回は怪我がなくて良かったけど、今みたいに危険な動物に襲われる事だってあるんだから」

諭すようにそう言って、小さな頭を撫《な》でてやろうと手を伸ばしたラウラだが――その途端、呆《ほう》けていた男児の表情が切り替わった。彼はカッと顔を赤くしてラウラの手を払いのけると。

「この……っ、子供扱いするな！　俺は襲われてたわけじゃない、あの蛇を捕まえようとしてたんだ！　それをお前ら、余計な事しやがって！」

「……ほぉー？」

この生意気な言い様に、ウィードはずいと前に出た。

「なんだガキ、その口の利き方はよ。助けてもらっときながら、礼の一つも言わねぇどころか、余計な事だと？」

「そうだ！　余計だから余計だって言ったんだ、何が悪い！」

「ぁ痛でっ」

ウィードは短く悲鳴を上げる。思い切り向う脛《ずね》を蹴られたのだ。

「くっそ……お前なぁ！」

と、声を荒らげようとしたところへ。

「ノアー！　ノア、其処《そこ》に居たか！」

そんな声が割り込んだ。見ると一人の大男が木々を擦り抜け、此方《こちら》へ走って来るのだが
——これに男児は息を呑み、一目散に逃げ出した。が、大男はあっという間に追い付いて、男児の首根っこを摑《つか》まえると。

「このっ大馬鹿野郎！ また一人で村を出て……危険だって何度言ったらわかるんだ！」

「っ！」

その声は鼓膜をビリビリと震わせる程の大きさだった。ウィードもラウラも仰《の》け反《ぞ》るが、男は更に捲《まく》し立《た》てる。

「それに、見てたぞ！ 助けてくれた相手に向かって蹴り入れるとは何事だ！ そんな恩知らずな振る舞いは許さねぇぞ！」

男は厳しい調子で男児を叱ると、それから此方へと向き直った。そうして発する声は、一転しおらしいものとなる。

「なぁあんたら、息子のノアを助けてくれてありがとう。あの蛇は厄介な毒があって、噛まれたら子供はまず助からねぇんだ。親父《おやじ》として心から礼を言う……それにコイツが生意気して、悪かったなぁ」

「あー、そりゃ別にいいけどよ」

ウィードは脛《すね》を摩《さす》りながら、目を眇《すが》めて男を見やる。

「あんた、こんなトコで何してんだ？ 子供連れでこんな山を登るなんて、一体何の事情があって……」

「いや、俺らは登ってきたわけじゃねぇ。この山に住んでんだ」

「――は？ 住んでる⁉」

その返答にウィードは目を剝いてしまった。ネバシュ山に人が暮らしているなんて、聞いた事が無かったのだ。だが男は柔和に笑って頷《うなず》いて見せる。

「ああそうだ、この先に村があってよ、そこに――」

「って、村ぁ!? この山ん中に村があんのか!?」

「つっても小せぇ村だけどな。公にはしてねぇものだし存在も秘密にしてるんだが、あんたは俺ら親子の恩人だ、是非とも寄って行ってくれ！ 礼として食事と風呂を――」

「お風呂!? お風呂に入れるの!?」

これにラウラは目を輝かせて食い付いた。

「いいじゃない、連れてってもらいましょ！」

「いやお前、先を急ぎたいんじゃなかったのかよ!?」

ウィードは思わず突っ込んでしまう。ただでさえテオの看病の為《ため》に半日足止めとなったのだ。その上更に寄り道なんてと思ったのだが、ラウラは激しく首を振った。

「お風呂は別！ 絶対的にお風呂は別よ！ だって見てよ、この山のせいであたしもうドロドロなの！ お風呂に入れる機会があるなら絶対に逃せない！」

「いや、だとしても……公になってねぇような山奥の村だぞ？ どんな奴らが住んでるかわかったもんじゃねぇだろうが」

もしかしたら賊の集団という可能性だってある。ウィードはそう示唆したが、ラウラは堂々腕を組み。

「何言ってんの、そういう不測の事態に備えてあんたを雇ってるんじゃない。もし何かあったって、あんたが守ってくれるでしょ？」

と、そこへ男も口添えする。

「心配ねぇよ、俺達は賊じゃねぇから。それに恩人に無礼を働く奴もいない。そんな事すれば山の神さんに愛想尽かされちまうからな！　さぁ、それじゃ行こうや。村まで案内するからよ」

そう言うと男はノアを担いで歩き出す。ラウラもそれに意気揚々《ようよう》付いて行く。どうやら彼女は旅をする内、随分とウィードの強さに信頼を置くようになったらしい。故に村への訪問も全く警戒しておらず、それは用心棒冥利に尽きる事かもしれないが。

先を急ぎたいウィードとしては、頭の痛い展開だった。だがこうなったラウラを説得できるとも思えずに、渋々彼らの後を追った。

「うちの村はな、麓では暮らせなくなった人間が集まってるんだ。ああ、つっても犯罪者ってわけじゃねぇぞ。ほら、麓に居ると高い税が取られるだろ？　それが納められなくて行き場を失《な》くした連中が、身を隠して暮らしてんだよ」

ハンクと名乗った大男は、村へ向かう道すがらそう語る。

「この山は滅多に人が入らねぇから、こっそり住むには打って付けで……っと、そういうわけだから、村の事はくれぐれも他言しないでくれよ？」

声を潜めて言うハンクに、ウィードは大きく頷いた。

「ああ、そういう事情なら仕方ねぇ。今の税は異常だからな、払えねぇ奴が出て当然だ」

「だろぉ？　国王の奴、俺らみてぇな貧乏人は野垂れ死んでも構わねぇって思ってんだ！けど、誰が死んでやるかよ。しぶとく生き残ってやるっての！」

ハンクは力強く拳を握って宣言した。そして改めてウィード達へ視線を寄越すと。

「んで、旦那らはなんだってこんな山を登ってんだ？　もしかしてトリロの街へ行くつもりか？　あそこにゃ有名な聖人様が居るってんで、たまぁに敬虔《けいけん》なデスティネ信徒がこの山を越えて行くが……あんたらは信徒ってのには見えねぇなぁ」

「あー……ちょっと野暮用でな」

「なんだ訳アリか？　そんなら詳しくは聞かねぇよ」

ハンクはグッと親指を立てる。見た目は無骨そうな大男だが、どうやら繊細な気遣いができるらしい。

それから暫《しば》し山道を歩いて行くと、仄《ほの》かに煮炊きの匂いが漂ってきた。耳を澄ませば、多くの人の話し声や生活の音も聞こえてくる。

未《いま》だ半信半疑だったウィードだが、やがて視界が開けると、そこには確かに村があった。木造の小さな小屋が幾つも並び、共同の洗濯場や調理場が設けられ、一画には野菜の植えられた畑なんかも見て取れる。そこで老人から子供から、それなりの人数が立ち働いたり遊んだりして過ごしている。

「どうだ、なかなか立派なモンだろう？」

ハンクが誇らしそうに振り向くと、ウィードは素直に同意した。

「ああ、正直驚いたわ……山の中にこんな村があるなんて。下手な麓の集落より、ずっと住みやすそうに見える」

「だろ!? 村の皆で力合わせて作ったからな、実際結構住みやすいんだ！ さぁー旦那に嬢さん、俺の家はこっちだぜ！」

案内されたハンクの家は、他の小屋に比べ一回り大きいものだった。彼は村のまとめ役であるらしく、祝い事や寄り合いがある時には、村の皆が彼の家に集まるのだとか。

ハンクの妻のデボラは現在二人目の子を身籠っているという事で腹が大きくなっていたが、ウィード達が息子を助けたのだと聞くと即座に手料理を準備した。

「ノアったら、てっきり其処らで遊んでるものと思ってたのに、また村の外へ出てたなんて……それも蛇に狙われてたって!? 助けてくれて本当にありがとう、あんた達は大恩人だよ。大したものは出せないけど、たんと食べていっとくれ」

　そうしてまだ日も高い内から、大袈裟《おおげさ》な歓待の宴《うたげ》が始まった。横長の卓の上には温かい汁物と猪《しし》肉料理、果物等が並べられる。それらの料理にウィードは一応警戒したが、人よりずっと鼻の利く犬が大興奮で飛び付いて行くのを見てからは遠慮なくがっついた。

　宴にはハンクとデボラ、更には村の男達も加わって、実に賑《にぎ》やかな席となる。彼らは酌をしたり食べ物を取り分けたりと、客人を甲斐甲斐《かいがい》しくもてなした。子供を助けてもらったとあれば村人全員の恩人だからと——そして、同時に。

「なぁ嬢さん！　俺の畑で採れた野菜も食ってくれよ！」

「いや、俺が加工した肉が先だ！」

「待て待て、ここは俺の葡萄酒《ぶどうしゅ》から——」

　そんな具合に、男達はラウラの美しさに夢中だった。どうやらここにも〝傾国〟の評判は轟《とどろ》いていたようで、ラウラがその人だと知ると我も我もと尽くしたがる。だがそこに下心はないらしく、彼らはウィードにも熱烈に料理を勧めてきた。

「さぁさぁ、旦那も遠慮なく食ってくれ！　受けた恩は必ず返す、それがこの村の流儀なんだ！　ほら、もっと飲んで飲んで！」

　そうまで言われては断るのもなんだと、ウィードもぐいぐい酒を呷《あお》る。が、そんな中、ふとある事が気になった。先程からノアの姿が見えないのだ。

その小さな影を探して視線を巡らせていたところ、正面に座るハンクが「どうした旦那」と尋ねてきた。

「もしかして、酒が足りてねぇのかい？」

「いや、あのガキは食わねぇのかと思ってよ……もしかして無茶した罰で飯抜きか？」

その問いにハンクはぶんぶんと首を振った。

「いやいや、そういうわけじゃねぇ！　けど、いくら呼んでも来ねぇんだ。すっかりいじけちまってなぁ……」

「ああ、どやされて拗《す》ねてるわけか。つぅかあの生意気加減、早めの反抗期ってやつかよ？」

脛を蹴られた事を思い返してウィードが言うと、ハンクの表情は渋くなった。

「いやー、生意気なのは生まれつきなんだが……それに加えて、最近のアイツはちょっと複雑なんだよな。反抗してるっつぅか、男になろうとしてるっつぅか……」

「男に？　どういう事？」

ラウラが葡萄酒片手に問い掛ける。この女、先程から大量に飲んでいるが少しも酔った様子がない。どうやら相当強いようで、ハンクは彼女の盃《さかずき》に酒を足しながら話し出す。

「んやぁそれがよ……見ての通りウチにはもうじき、二人目の子供が生まれてくる。ノアは兄貴になるんだよ。アイツはそれを楽しみに待っててな、生まれんのが弟でも妹でも、自分が絶対守ってやるって意気込んでんだ」

「へぇ、いい話じゃない！」

微笑《ほほえ》ましい兄弟愛にラウラは感激するのだが、村の連中は難しい顔になる。

「そりゃ、そこで終わればいい話で済むんだがよ。今はちょっと事情があって……この山にはここんとこ、そりゃぁでっけぇウワバミが出るんだよ」

「ウワバミ？……っていうと、さっき俺が倒した奴か？」

先程串刺しにしてやった蛇、あれはかなりの大きさだった。だが男達は口々に「とんでもねぇ！」と捲し立てる。

「ウワバミっつぅのは、その辺の蛇とは比べ物になんねぇ程デカいんだ。頭部が牛の頭程もあって、長さなんてこの家ごと締め上げちまうくらいなんだよ」

「そいつはこの山の主みたいなモンでな、世の中が乱れると目を覚ますって言われてる」

「ほら、今の王様は少し前まで戦ばっかりしてただろ？　今でも国境の辺りじゃ小競り合いが絶えねぇし……そのせいかウワバミの奴、山を這《は》いまわるようになったんだ！」

男達は真剣に語るのだが、それはまた御伽噺《おとぎばなし》のような話であった。世が乱れると目を覚ます大蛇だなんて……しかし、蛇というものは嗅覚に優れていたような。風に乗り運ばれてくる大量の血の匂いに刺激され、眠りから目を覚ますというのはあるかもしれない。

「しかし、牛の頭程って……たまに巨大生物の噂《うわさ》は聞くがよ、そん中でもかなり規模のデケェ話だな」

ウィードが述べると、面々は神妙に頷《うなず》いた。

「ああ、そうだろう？　そいつは普通の蛇と違って夜行性でよ、夜な夜な動き回っては、村の家畜を丸飲みにしやがるんだ」

「それだけでも大損害だが、人間を襲ったらいよいよやべぇ。だから早いとこ退治しちまわないとって、俺達は度々そいつの巣穴を探しに出てんだ」

「で、そんな俺らを見て、ノアは使命感に駆られちまったらしいんだな。兄弟が生まれてくる前に自分がウワバミをやっつけるんだと、何度止めても一人で出てっちまうんだよ」

ハンクは困り果てた様子で額を押さえた。

「ウワバミが目覚めた影響なのか、今はその眷属《けんぞく》の蛇共も動きが活発になってるからな。そいつらを捕まえてウワバミをおびき出そうとしてるらしい。さっきはそれを邪魔されたってんで、旦那らに対して怒ったんだ。全く無茶ばっかしやがって……」

吐き出される溜息《ためいき》は重い。確かに大人達にしてみれば頭の痛い話だろう。ノアの心意気は見事だが、これは子供がしゃしゃり出ていい問題じゃない。

「まぁでも、今回でアイツも懲りたかな！　ウワバミどころか普通の蛇にも太刀打ちできなかったんだから、流石《さすが》に身の程って奴を知っただろ」

気を取り直すようにハンクが言うと、隣のデボラも同意した。

「ああ、そうでないと困るよ！　男衆が退治に出るだけでも心配なのに、これ以上心労を増やされたら堪《たま》ったもんじゃない。とにかく今日は私からも、厳しく言って聞かせるよ」

「そうだなぁ、お前から言われるのが一番効くだろうから——って、そうだ旦那よ！」

そこでハンクはハッとしたように声を上げた。

「この山を越えるって事は何処《どこ》かで野宿するつもりだったんだろうが、そりゃ止《や》めた方がいい。ウワバミが出る以上、夜は危険だ！」

「ああそうだね、夜に出歩くのは絶対駄目だ。二人共、今夜はここに泊まっていきなよ！」

デボラもまた力強く言う。これは実に有難《ありがた》い申し出だった。話を聞くに、そのウワバミはかなり厄介なようである。山の中は足場も悪いし、夜となると視界も利かない。そんな中で襲われたら一大事だ。そんな危険は絶対に避けるべき……と、ウィードが言うまでもなく、ラウラも理解していたようで。

「ええ、それじゃぁお言葉に甘えて、一晩お世話になろうかしら」

そう申し出を受け入れると、夫婦は安堵《あんど》したように頷いた。

それからデボラは風呂の準備の為《ため》に席を立ち、残った面々は一層酒を飲み進める。その内に、宴の話題は国への愚痴が中心となった。年々税は高くなり、このままでは自分達同様、居場所を失くし彷徨《さまよ》う者で溢《あふ》れ返るのではというのだ。

「ったく国王は何を考えてるんだか……国をこうまで弱らせといて、自分は贅沢三昧《ぜいたくざんまい》してんだろ？」

「国王だけじゃねぇ、取り巻きの諸侯もだ！　国民の事を養分だとしか思ってねぇ！」

「苦労して高い税を納めたところで、ちっとも還元されねぇしなぁ！」

「ええ、全くその通りね。権力者ってのはろくでもないわ！　虐げられる者の事なんて微《み》塵《じん》も考えちゃいないんだから！」

ラウラは盃をドンと置いてそう宣《のたま》う。彼女はとにかく支配する立場の者が嫌いらしく、その目はすっかり据わっていた。

「王サマってのは民を守るのが仕事でしょ、民の税で食べてんだから！　その仕事も果たさない癖に偉そうにしちゃってさぁ。そもそも人間に上も下も無いっての、あるのはそれぞれの立場の責任だけ！　そんな事もわからない王なんて、敬ってやる義理もないわ！」

語気荒く言い放つと、男達は指笛を鳴らして囃《はや》し立《た》てる。

「いいぞぉ嬢さん！　わかってんじゃねぇか！」

彼らはラウラの盃に酒を注ぎ、ラウラはそれをぐいと飲み干す。この豪快な飲みっぷりと辛辣な口振りで、今や彼女は宴会の中心だ。

そんなやいやいとした雰囲気からは一歩引いてはいたものの、しかしこの国の行く末については、ウィードにも思う所が多々あった。

果たしてあの国王は、国が崩れ掛けている事に気が付いているのだろうか。いや、気が付いていないからこそ、現状の政が次代まで引き継がれようとしているのか……これではグレアムが政変を考えるのも無理からぬ話である。そうでもしないと本当にこの国は潰れてしまう。

「——……」

と、ここでウィードは、真剣に考えてみた。

実際のところ、グレアムの政変が成功する可能性は如何程《いかほど》か。

一国の王を討つとなれば生易しい話ではないが、あらゆる状況、繋《つな》がり、戦力を鑑みて検討してみたところ——無くもない、と思われた。

ウィードはグレアムという男が苦手だが、しかし彼は国民からは信頼され人望が厚いのだ。国王の政に不満を持つ者は多いのだし、国の有力者の中にだって、グレアムと同じような考えの者が何人かは居るだろう。グレアムの人望でそれらを結集させられれば、うまくいくのではあるまいか。紅吉祥等《くれないきっしょうなど》という得体の知れない力なんかに頼らずとも——……

そう考えを巡らせていたのだが、不意に思考を中断させた。小屋の外からデボラの厳しい声が聞こえた為だ。

「お前ね、いい加減にしないか！　お前は子供なんだから、守られてるのが仕事なんだ。

それがウワバミを倒そうなんて、到底無茶な話なんだよ！」

どうやらノアを捕まえて説教しているところらしい。他の連中は酒と愚痴に夢中になって気付いていないが、ウィードはなんとなく気になって、そちらの会話を追ってしまう。

「でも、俺は兄貴になるから！　上の奴は下の奴を守るモンだって、いつも父ちゃんも言ってるだろ!?」

ノアは口を尖《とが》らせるような声で食い下がる。やはり相当に負けん気の強い性格のようだ。

だがデボラは全く取り合わない。

「そうだとしても、できる事とできない事は見分けなきゃいけないんだよ。お前にはウワバミどころか、普通の蛇を仕留める事すらできなかったろ！」

「っ、それは……」

「いいか、お前は弱いんだ。それなのに無謀を働けば、簡単に殺されちまうんだよ！　だから今後は言いつけを守って大人しく……あっ、待ちな！　話はまだ――」

と、ウィードの耳はばたばたと駆け去る足音を聞く。どうやらノアは逃げ出してしまったらしい。そりゃ正面から弱いだの無謀だのと言われたら、悔しくて居られないだろう。

だが、これは必要な事だ。ノアは些《いささ》か無茶をし過ぎる。優しく言っても聞かないならば灸《きゅう》を据えるより他にない。

まぁ今回は悔しい結果かもしれないが、その分ノアは強くなるだろうとウィードは思う。

何しろ自分がそうだった。

軍に入ったばかりの頃、貧乏人がチンピラがと散々周りに馬鹿にされ、その悔しさをバネに鍛錬を積んだ。その結果、近衛兵《このえへい》に抜擢《ばってき》されるという大出世を果たしたのだ。と、それがウィードの人生にとって良かったかと言われれば難しいが、成功した事には違いない。人は挫折を知った時こそ成長する。だからノアもこれを機に、一回り大きくなるだろう

……そう考え、盃の残りをぐいと呷《あお》ったウィードだったが。

しかし、わかっていなかった。

子供とは、大人の思惑通りには動いてくれないものなのだと。

事件が起きたのは日が落ちて間もない頃である。

村の共同風呂から出たウィードとラウラがハンクの家へと戻ろうとしていたところ、緊迫した声が聞こえてきた。

「ノア！　ノア、何処にいるの！」

それはデボラの声だった。ウィードとラウラは顔を見合わせ、即座にそちらへ走り出す。

するとデボラとハンク、村人達も外に出て、頻《しき》りにノアの名前を呼んでいる。

「デボラ！　どうした、あのガキが居ねぇのか！」

駆け寄って尋ねると、デボラは真っ青な顔で頷いた。

「ああ、そうなんだ。もう夕飯の時間なのに、何処にも姿が見えないんだよ。いつもはどんなに拗《す》ねてても、お腹《なか》が減ると帰ってくるのに……」

と、そこで一人の村人が慌てた様子で走って来た。

「おい大変だ！　倉庫の銃がなくなってる！」

「っ！」

その報告にデボラは鋭く息を呑んだ。口元を押さえる手が小刻みに震え出す。

「ノアだ……あの子が銃を持って出て行ったんだ。私が無茶だって言ったから、そんな事ないって証明しようと、ウワバミを倒しに……」

それは最悪の想像だったが、否定できる者はいなかった。状況からして、他の可能性は考えられない。きっとノアはウワバミを撃ちに行ってしまったのだ。

「っ、俺が捜しに行く！」

ハンクがそう声を上げると、男達も呼応した。

「そうだ、動ける男は総出で行くぞ！」

「急げ急げ、早くしねぇとウワバミが動き出しちまう！」

「っ、私も」

デボラも即座に進み出るが、ただでさえ身重の彼女を連れて行けるわけがなく、皆は首を横に振った。しかしデボラは引き下がらない。

「嫌だ、もしあの子に何かあったら耐えられないよ！　あの子は私があんな事を言ったせいで怒ってる、私が迎えに行ってやらなきゃ――」

「けど、いいのか？　母親や腹ん中の赤ん坊に何かあれば、アイツはいよいよ立ち直れなくなっちまうぜ」

「っ！」

ウィードが言うと、デボラはハッとしたように目を瞠《みは》った。確かにそうだと思ったのだろう、が、その瞳は揺れ続ける。

「でも……でもノアに何かあったら……」

痛々しい程に張り詰めているデボラ。その背中にラウラがそっと手を添えた。

「居ても立ってもいられない気持ちはよくわかるわ。けど、もしかしたらノアが自分で帰ってくるかも。その場合には出迎える人間も必要でしょう？　捜索は武器の扱いに慣れた男性陣に任せて、貴女《あなた》は家に居てあげた方がいいと思う」

「ああ、嬢さんの言う通りだ！　お前は家で帰りを待ってろ、ノアは無事に連れ戻す！」

ハンクが力強く請け合うとデボラもようやく頷いた。それからすぐに男達は、残った銃とランプを手にして村を出る。

この事態、ウィードだって無視はできない。すぐさま男達に続こうとしたところ――

「よし、行くわよ！」

ぐいと腕を摑《つか》まれて、大きく目をひん剝《む》いた。

「なん――っ、はぁ!? お前、捜索に加わるつもりか!?」

その問いにラウラは「当然でしょ!?」と即答する。

「人捜しするんなら少しでも目が多い方がいいじゃない！」

「って、待て待て待て！」

村の外まで連れ出されそうになり、ウィードは慌てて足を踏ん張る。

「お前な、そりゃ流石《さすが》に無茶ってもんだろ！ お前は昼の山道だってろくに歩けなかったんだ。行っても足手纏《あしでまと》いになるだけだし、マジでウワバミが出てきたら――」

「ウワバミが出て危険なのは皆同じよ！ だから一人でも多くの人間で捜しに出て、早いとこノアを見付け出す方がいいじゃない！」

ラウラは強い調子で言い放つ。どうやら断固として譲るつもりは無いらしく、その剣幕にウィードはぐっと口を噤《つぐ》む。

これまでウィードは、今のラウラがそうするように依頼主が強い意志を示す時、必ずそれを尊重してきた。自分はあくまで雇われの身、依頼主に反発しても減俸やら解雇やらといい事なんて無いからだ。だから今回もラウラの意志に従うべきかと頭を過るが――……

否。ウィードは首を横に振る。

「駄目だ。お前もデボラとここで待ってろ」

「なんでよ!?　結構体力回復したし、昼間よりは動けるわよ!?」

「だとしても、問題はそこじゃねぇ」

ウィードはもう一度首を振る。

本当はこんな事、用心棒として言いたくないが。

「お前がそんだけ強気に出んのは、俺が居りゃなんとかなると思ってるからだろ。けどもし本当にウワバミが出ちまったら……俺には護衛を全うする自信がねぇ」

「っ！」

これにラウラは目を見開く。ウィードが初めて弱気な言葉を口にした為《ため》、衝撃を受けたらしい。

だが、事実だ。

相手が人間でさえあれば、それがどんな局面だろうと、ウィードは切り抜ける自信がある。流石に百人と戦って勝利しろというのは無理があるかもしれないが、護衛対象を逃がすくらいはできるだろう。

しかし今回脅威となるのは人ではなく化け物だ。蛇はただでさえ動きが読み辛《づら》く、更に大型ともなれば危険の度合いは計り知れない。それもこんな山の中で対峙《たいじ》したら、ラウラとノア、戦えない者二人を守って切り抜けられるかわからない。

依頼主の無茶を聞けるのは、それでも護衛を全うできる時だけだ。だが今回はそうじゃない。守り切れない可能性が少しでもある以上、いくらラウラの意志だろうと従えない。

「俺だって、お前がノアを心配する気持ちはわかる。けど依頼主に怪我《けが》させたんじゃ用心棒失格だ。だからここは引いてほしい……後生だ」

いつになく真剣にそう告げると、ラウラはじっと目を瞑り。それから数秒の間の後で、もどかしさを呑み込むように、「……わかった」と呟《つぶや》いた。

「あんたがそこまで言うって事は、余程なのね……それならあたしは、ここで待ってる」

ラウラの了承を得られた事に、ウィードは大きく息を吐《つ》いた。ノアの事を考えると、押し問答をしている時間も勿体《もったい》ないのだ。と、ラウラもそれは承知だろうが、「けど」と急いで言い添える。

「約束してよ、ノアを連れて帰って来るって。あんたも酷《ひど》い怪我しないって。足手纏いが居ないんだから、そのくらいはできるでしょ？」

高圧的にそんな発破を掛けてくるが、その目には不安が滲《にじ》んでいた。いつもは豪胆なラウラだが、流石に心配になったらしい。

そんな不安を与える事が用心棒としては情けなく、「あたりめぇだろ」とウィードは強気に返したが——実のところ、もし本当に件《くだん》のウワバミが出てしまえば、どうなるかはわからないと考えていた。

日の光の失われた山の中は、ランプ無しには足元すら見えないような暗闇となっていた。たとえウワバミに遭遇せずとも、子供がこの闇の中で歩き回るのはかなり危険だ。大きな怪我をする前に、ノアを見付けてやらなければ。

「ノアー！　ノア、返事しろー！」

男達は列になって進みながら、大声で呼び続ける。しかし返事は一向にない。声が届く範囲には居ないのか、はたまたあの負けん気の強い男児の事だ、聞こえても意地を張って答えないのか……もし後者ならば厄介だ。ノアの方から位置を知らせてくれないと、捜索はかなり困難である。

「──あ。そうだ、犬は？」

ウィードはふと思い出す。昼間、ノアの危機を報《しら》せに来た大きな犬。

「あいつが居れば、匂いでノアを捜せんじゃねぇか？」

「いや、そいつもノアが連れてっちまったらしいんだ。犬にウワバミを探させようってんだろうが……」

「あぁ!? マジかよ!」

ウィードは額に手を当てた。まだほんの子供だというのに、ノアは度胸があるだけじゃなく頭まで回るのか。その資質、将来有望である事は間違いないが、現状においては困りものだ。ではいよいよ、足で捜すよりないではないか。

「ノアー! 何処《どこ》にいるんだー!」

「母ちゃんが心配してるぞー!」

男達の声は虚《むな》しく闇へと吸い込まれる。そして闇から返ってくるのは、不穏な木々の騒《ざわ》めきと夜鳥の怪しい鳴き声ばかりだ。それだけでも不安を掻《か》き立《た》てられるのだが、加えていつウワバミに遭遇するかという懸念もある。何処かでガサリと音が鳴れば、必ず誰かが竦《すく》み上《あ》がる。「ひっ」と悲鳴が上がる度、皆の弱気が膨れていく。

だがそれでもここに居るのは、厳しい山で生活している男衆だ。根性で己を奮い立たせて捜索を続行する──が。

「まずいな……どうやら近くには居ないみてぇだ」

厳しい顔でハンクが言う。

「こうなると手分けした方が良《い》いかもな。ウワバミに遭遇した場合の危険性は高まるが、やむを得ねぇ」

そうして男達はいくつかの組を形成した。ウィードはハンクがリーダーを務める組へ誘われたのだが――

「んや、俺は一人でいい」

そう宣言するとハンクは大いに驚いて、それからぶんぶんと首を振った。

「いや、それは無茶だぜ旦那！　バケモンが出る夜の山を一人で歩き回るなんて――」

「けど俺は用心棒だ。戦闘で飯食ってる人間だぜ？　それなのにお前らと固まってんじゃ勿体ねぇ、ここは少しでも手分けして効率上げるべきだろうが」

すると男達は互いに顔を見合わせたが――迷っている暇はないと思ったのか、すぐに決断し頷《うなず》いた。

「ああ……それもそうだな。じゃぁ旦那、済まねぇがよろしく頼む！　ノアが見付かったらこの花火を上げてくれ」

「おうよ」

花火の筒を受け取って請け合うと、面々は即座に散った。ウィードも一人、闇の中を歩き出すが……その歩調はそれまでより倍近くも速かった。戦では敵軍の偵察の為、宵闇に紛れて険しい山中を歩く事も多かったのだ。

更にウィードは夜目も利く為、そこまでランプを頼らずとも平地を走るような速度で移動できる。つまり他の面々と居るよりも、一人の方がずっと機動力が高いのである。まぁウワバミに遭遇した場合を考えると戦力が心許《こころもと》ないのだが、それでも今は捜索の効率こそが優先だ。

「おいノア！　お前、何処に居んだよ！」

ウィードはランプの灯《あか》りを掲げながら声を上げる。

「これ以上意地張んじゃねぇ！　母親泣かせるなんざ男のやる事じゃねぇだろが！　生まれて来る赤ん坊の悪い手本になるつもりかよ！」

そう説得のつもりで言ってみて、いや、これじゃ駄目かと思い直した。こんな言い方をすれば、あの生意気坊主は余計に意固地になるだけだ。言葉は慎重に選ばなければ……だが口の悪いウィードにはろくな台詞《せりふ》が見付からない。仕方がないので自棄《やけ》っぱちに。

「ノアー！　なんでもいいから返事しろー！」

——と、その時である。遠くから微《かす》かに犬の吠《ほ》え声が聞こえてきた。

これにウィードは弾《はじ》かれたように走り出す。木の枝を避け、岩を飛び越え——その姿を見付けたのは崖の手前だ。犬は崖の下に向けウォンウォンと頻《しき》りに吠え立てるのだが、足元に落ちているのは……銃？

「——っ、まさか」

ウィードは即座に身を乗り出し、ランプの灯りで眼下を照らす。と、案の定。

「ノア！」

そこにノアの姿があった。崖下まで落ちてはいなかったものの、三間程下方、安宿の小部屋くらいの広さの出っ張りに倒れ込んでいるのが見える。

「おい大丈夫かよ、しっかりしろ！」

ウィードは崖を滑り下りノアの下へと駆け付ける。そうして軽く頬を叩《たた》くと、伏せられていた目が薄《う》っすら開いた。

「……う」

「っ、起きたか!?」

問い掛けると、ぼんやりとしながらも頷きが返ってくる。良かった、とりあえず話ができる状態らしい。見た所大きな怪我も無さそうだし、落下のショックで気を失っていただけのようだ。

「俺……足が滑って、崖から……」

「ああ。けどでかい怪我はしてねぇよ、この出っ張りがあったお陰で命拾いしたな。……しかしお前、いくらなんでも無茶し過ぎだろ。デボラがすげぇ心配してんぞ？」

「……っ」

すると途端に、泥だらけの顔がぐにゃりと歪《ゆが》んだ。ノアはヒッヒッとしゃくりあげながら、大粒の涙を零《こぼ》し始める。

「お、俺、母ちゃんを見返したくて、ウワバミを……」

「おう、そりゃわかってるけどよ。……つぅかお前、ガキにしては根性あるわ。村からこんだけ遠くまで、暗い中歩いて来たんだもんな」

とりあえずは泣き出したノアを落ち着かせようと、そう言って頭を撫《な》でてやったが、彼の涙は止まらなかった。どんなに負けん気が強くとも、今は虚勢が張れないらしい。自らの行いを悔いての事か、涙が溢《あふ》れて止まらない。

「あー、泣くな泣くな。俺も一緒に謝ってやるからよ……」

ウィードはそう言いながら、手早く花火を打ち上げる。ノアを見付けたという報告だ。

それがしっかりと夜空に咲くのを見届けると。

「っし、んーじゃ帰るか。身体《からだ》動かすが大丈夫か？」

問い掛けるとノアは頷く。それから少しの間を置いて。

「あの……ごめんなさい」

しゃくりあげるのを堪えながらそう言うので、ウィードは思わず噴き出した。いや、笑う場面じゃないのだろうが、この生意気坊主が殊勝な態度を見せたのがなんとも可笑《おか》しかったのだ。

「別になぁ、俺に謝る事ぁねぇよ。けどこれに懲りたら、親に心配掛けんのはやめときな。デボラはお前が大事だから怒ったんだろ。そういう奴の事は、お前も大事にした方が――」

――と。

そこでウィードは唐突に言葉を切った。

背中を何か、ぞくぞくとした感覚が這《は》い上がってきた為《ため》だ。

直後、肌がぶわりと粟立《あわだ》つ。

崖の上では犬が吠え立て、風が騒めく。空気が変わる。

「？　どうしたの？」

急に固まったウィードを見詰め、訝《いぶか》し気にノアが問う。

あぁ、あんまり不安がらせちゃ酷だよな……そう思い、ウィードはただならぬプレッシャーを強引に抑え込むと、敢《あ》えて淡々と告げてやった。

「あー……っとな。お前を村まで帰すのには、ちっとばかし待たせる事になりそうだ。それとこれから、多少衝撃的な事が起きるだろうが……まぁ、お前に危険はねぇから安心してろ。俺が絶対守ってやるから」

そう言い終わるか終わらないかというところで、ノアが鋭く息を呑んだ。

二人が居る断崖の出っ張りの下方から、一抱え、いや、それ以上はあるだろう巨大な蛇の頭が、音もなくぬっと現れたのだ。

6、獅子

——ぶちゅぶちゅと。

熟した葡萄《ぶどう》が弛《ゆる》んだ口へと放られる度、実に不快な音がする。マナーのない、知性すら感じさせないその音に、グレアムは顔を顰《しか》めそうになるのを必死に抑える。

だが音を発する張本人は、息子からどう見られているか等考えもしないのだろう。華美な装飾の施された玉座にふんぞり返り、実に尊大に口を開く。

「さてグレアムよ。この度の国境の戦闘でも、お前の活躍は目覚ましかったそうじゃないか！　いや流石《さすが》は我が息子。報告が届く度、本当に鼻が高い！」

甘ったるい、下手をすれば腐敗臭とも取れるような果実の香り。それに父の口臭が合わさってなんとも胸が悪くなる。が、それをぐっと堪え、グレアムは折り目正しく頭《こうべ》を垂れる。

「勿体無《もったいな》いお言葉でございます、父上」

「はは、何をそんなに畏《かしこ》まる？　お前はどうにも真面目過ぎていかんなぁ。折角褒めているのだから、もっと喜んでもいいのだぞ？」

だった。

「……性分なもので」

グレアムはどこまでも真面目に答えるが、正直なところ喜ぶどころか舌打ちしたい気分
父の言う戦闘とは、国境を越えんとした隣国の反乱分子鎮圧の事である。だが、蜂起が起きた原因はアングレスの横暴に他ならない。高過ぎる関税を掛けてみたり、領土や物資を奪ったり……宗主国だからと父王が好き勝手する為に不満が募り、反乱が起きたのだ。それを力で抑え込めというのだから反吐《へど》が出る。そんな戦いを褒められて、何を喜べというのだろう。

が、そんなグレアムの胸の内等露知らず、父は息子の堅物加減を軽く笑って。

「まぁなんにせよ、お前の働きは見事なものだ。お前が兄のユリウスを支えてくれれば、我が国は安泰だな。アングレスは今後も大いに発展するに違いない！」

そうして上機嫌に盃《さかずき》を呷《あお》るとだらしなく弛んだ口の端からだらだらと酒が流れ出た。

この様にグレアムは呆《あき》れ果《は》てる。本当にこの父には何一つ見えていない。近くの事も遠くの事も、そしてこの国の未来の事も。

今のアングレスをどう見たら、安泰だなんて言えるのだろう。国とは戦果によって成るものではなく、民こそが作るものだろうに。その民が今、重税に苦しみ喘《あえ》いでいる。このままでは国は傾く一方だ。今すぐに政治を見直し、過剰な搾取を止めなければ――……

だが、そうと進言したところで何にもならないのはわかっていた。父王は他人の話に耳を貸した例《ため》しがない。だからこそ国はこうまで腐敗したのだ。

愚鈍の父への謁見は、グレアムの身心にいつも大きな負担を掛けた。嗚呼《ああ》、一刻も早く広間を出たい。今すぐ解放して欲しい……切にそう願うものの、今日の父王は饒舌《じょうぜつ》だ。

「時にグレアムよ……」

彼は指についた葡萄の汁を音を立てて舐《な》めてから、別の話題を投げ掛ける。

「お前、最近この国で面白い噂《うわさ》があるのを知っているか？」

「噂ですか？」

勿体ぶった聞き方に苛立《いらだ》ちを感じつつ、グレアムは問い返す。すると父王は好奇心に目を光らせ。

「ああ、そうだ。確かそれは、紅吉祥《くれないきっしょう》……と、いうものについてなんだが」

「──っ！」

瞬間、グレアムの心臓は痛い程に高鳴った。いや、件《くだん》の情報が自分の下に届いた以上、いつか父の耳にも入るだろうとは思っていたが……しかしまさか、その時がこんなにも早く来るなんて。

それはかなりの衝撃だったが、グレアムは顔には出さなかった。至って冷静に首を振り。

「いいえ、存じません」

「ほう、そうか……いや、これがなかなかに興味深い噂でな。なんでもその紅吉祥というものには、世界を掌握できるような強大な力が秘められているらしい。それがどんな力なのかはわからんが……もし、そんな物が本当にあるのなら」

――是非とも手に入れてみたいと思ってなぁ……

父王は不気味な笑みでそう宣《のたま》い、何か情報が入ったら知らせるようにと命を寄越した。

それから退出の許可が出され、ようやくグレアムは解放されたが――部屋を出ても息をつく事ができなかった。謁見の間から足早に離れ、人気のない回廊までやって来ると、項《うな》垂《だ》れるように顔を覆う。

あるのはただ、焦燥だけだ。

やはり父は、紅吉祥に関心を持った。今はまだ興味程度で済んでいるようだが、情報が集まりその真価を理解すれば、何がなんでも手に入れようとするだろう。

そして先程の様子からして、父がその力を手中に収めた暁には、予想通りまた派手な戦を始めるに違いない。あの男にとって戦とは、狩りと同程度のものなのだ。自らの力を誇示する機会。爽快な遊び。戦禍に苦しむ人々の事など顧みない。

――そんな事態になる前に、俺こそが紅吉祥を手に入れなければ……

グレアムは強く思うが、しかし紅吉祥の行方について、全く手掛かりが摑《つか》めないのが現状だった。再び文献を読《よ》み漁《あさ》ったが、新たな発見はなかったのだ。

そこでグレアムは秘密裏に、情報を求める触れ書きも出した。この世ならざる不可思議な現象を目撃したらどんな事でも知らせるようにと、国中に……だがそれも未《いま》だに成果がない。

――嗚呼、紅吉祥は何処《どこ》にあるのだ。一体どうすれば手に入る……？

焦燥に駆られる余り、グレアムはきつく歯《は》噛《が》みする。

世界を掌握する力となれば、危険な考えを持つ輩《やから》に渡すわけには絶対にいかない。その主には自分のように、高潔で勤勉で、自制心のある者こそが相応《ふさわ》しい。

――そうだ。そうとも。この世の中で、たった一人この俺だけが――……

と、そんな考えに至った時、胸の奥の奥の方で暗い炎が揺らめいた。それと同時、獲物を狙う獣のように首が落ちているのに気付き、グレアムは慌てて姿勢を正す。王族たるもの何時誰に見られても良いように、常に背筋を伸ばしているべしというのがグレアムの考えである。

だが最近、こういう事がよくあった。紅吉祥に想《おも》いを馳《は》せると、何処か胸の深いところで暗い炎が揺らめき出すのだ。

この炎を感じる時、グレアムは己が塗り潰されていくような幻覚を見た。理性だとか倫理だとか、自分を形成する根幹が失われていくような……そうして暗い沼の中に沈み込んでいくような、不穏な幻覚。それに若干の不安を覚えてもいたのだが――しかし今、思う。

覚悟を決めるというのは、そういう事なのかもしれないと。

何か大きな事を成さんとする時、人はきっと己を殺す。

迷いや甘さを打ち捨てて、代わりに鋼の意志を得る。

今感じている暗い炎は、その過程にあるものではないだろうか。これに心を委ねてこそ、どんな事でも成し遂げられる強い人間になれるのでは……

そうだ、二の足を踏んでいる猶予は最早《もはや》ない。

グレアムは自らに言い聞かせる。

自分はこの国を救う為、紅吉祥の主になる。

その為に必要ならば、理性も倫理も喜んで炎にくべてやろうと。

◆◇◆

「……っの野郎！」

ウィードは苛立ちを顕に吐き捨てる。先程から何度悪態を吐《つ》いたかわからない。子供に聞かせるのは良くないだろう汚いスラングも口を衝《つ》く。

だが、今ばかりは許して欲しい。何しろウィードは、考え得る限り最も不利な状況で戦いに臨んでいるからだ。

突如としてウワバミとの戦場となった断崖の出っ張りはのっぺりとして、どこにもノアを隠せない。故にノアを背後に庇《かば》うウィードだが、それではウワバミの攻撃を避《よ》ける事もできず、その頭が襲ってくる度に真正面から剣で防ぐより他にない、が、この攻撃がまた馬鹿みたいに重いのだ。

これを受け続けるのではとても持たない。早いところ攻撃に転じなければ……

ウィードはそう考えると、ウワバミの頭が引っ込んだ瞬間に銃を抜いた。弾が高騰しているのであまり使いたくないのだが、化け物相手に出し惜しみはしていられない。

そうして巨大な相手の眉間にドンドンと二発撃ち込んでやると、衝撃に耐えかねたのか蛇頭が大きく仰《の》け反《ぞ》った。

「はっ、ざまぁ！」

ウィードは勝ち誇った声を出す。いくら相手がデカかろうが、銃弾さえ当たればこっちのものだ。過剰に警戒していたが、存外簡単なものじゃないか。

「ねぇ、やった？　ウワバミを倒したの⁉」

恐怖の余り悲鳴さえ上げられずにいたノアなのだが、ウィードの攻撃が決まった事に期待を込めた声を出す。ウィードもそれに頷《うなず》き返すつもりだったが――

「はっ？　マジか！」

代わりに素っ頓狂な声が出た。なんと頭を仰け反らせていたウワバミが、ゆっくりと元の姿勢に戻ったのだ。いや、何故《なぜ》？　確かに弾は命中したのに、相手の眉間には少しの傷すら付いていない。

「おいおい……もしかしてコイツの皮って、亀の甲羅並に硬いのかよ⁉」

この最悪な見解に、ノアが「はぁ⁉」と声を上げた。

「そ、それじゃ勝てっこないじゃんか！　そんなのって卑怯《ひきょう》だろ⁉」

ウィードも全くの同意見だ。こんなにも身体《からだ》がデカい上、守りも強固とは卑怯である。ノアの嘆きに便乗し喚《わめ》き散らしたい気分になるが——しかしウィードが弱気になればノアがパニックになるだろう。故にここは、敢《あ》えて軽く応じてやる。

「だな、銃が効かねぇなんざ反則だわ！　けどそう悲観してんじゃねぇよ、守ってやるって言っただろ？」

「っ！　それじゃ何か、アイツを倒す方法があるの⁉」

「そいつぁ今から考える！」

「な、なんだよそれぇ！」

ノアが叫ぶのと同時、額を弾《はじ》かれ業腹のウワバミが一層の勢いで突っ込んできた。その牙をウィードは再び剣で防ぐが、衝撃は腕の筋肉がビリつく程。踏ん張った足もズズと後退させられる。ノアには余裕ぶった態度を見せたが、相当まずい状況だ。

もし腹が狙えれば銃も効くかもしれないが、ウワバミは胴体を崖下に隠している。動き回って攪乱《かくらん》すれば腹を撃つ機会も作れるか？　いや、ノアを庇っている以上、まず動き回る事が不可能だ。

だとすれば、誰ぞ応援が来るのを待つか。そう言えば先程から犬の気配が無くなっているし、もしかしたらアイツが助けを連れてくるかも……そんな考えも過ったが、しかし、駄目だ。第三者を当てにするのは不確か過ぎる。この状況で勘定に入れていいのは己だけ。肝心なのは、己一人で対処する術を見出《みいだ》す事だ。

そうして改めて集中する。このウワバミを倒すにはどうすれば良いか。

銃が効かないとなると当然剣も駄目だろう。そういう場合はまず砂でも掛けて目潰しし、隙を作りたいところだが……蛇とはそもそも視覚に頼っていなかったような。奴らが頼りにしているのは、確か――……

「っ！」

そこでウィードはハッとした。そうだ、あるじゃないか、有効な攻撃手段が！

自らの閃《ひらめ》きにすっかり勝ちを確信すると、ウィードは挑発的に顎をしゃくって。

「おぉこらデカ蛇、掛かって来いよ！　随分勝手してくれたがな、次でテメェも終わりだぞ！」

と、言葉が通じるわけもないが、相手も舐められたという事はわかったらしい。ウワバミはギシャァと大きく口を開け、物凄《ものすご》い勢いで突っ込んで来る。終わるのはお前の方だと言わんばかり――これを渾身《こんしん》の力で防ぎつつ、ウィードは一瞬の隙をつき、ウワバミの口の中へとあるものを投げ込んだ。

ウワバミはまだそれには気付かない。またも仕留め損ねたかと、苛立たし気に頭を引っ込め――そこで。

下顎がガクッと落ちた。

ウワバミはそのまま数秒静止すると、今度は頭をぶんぶんと振り始める。それはもう、尋常でない程猛烈に。

「な、なに……？　何が起きたの？　もしかして、毒でも盛ったの⁉」

ウワバミの異様な行動を見てノアが問う。ウィードはウワバミから目を離さずに首を振る。

「いーや、今のは雑香《ざっこう》だ」

「雑香？」

「ああ、乾燥させた花に香油を染み込ませたモンだ。蛇ってのは鼻が利くし、口の中にも嗅覚器官があるからな、香りの強いモンを食らえば、刺激の強さに参るだろうと思ったんだ！」

雑香を貸してくれたラウラには申し訳ないが、しかしウィードの読み通り、ウワバミは強い香りに耐え兼ねてのたうった。これまで用心深く隠していた腹さえも丸出しにして。

そこへウィードは容赦なく銃弾を撃ち込んだ。やはり鱗《うろこ》に守られていない腹は柔らかく、弾丸は軽々肉を貫く。ウワバミは忽《たちま》ち力を失って、巨大な頭は崖下へずるりと消えた。それから数瞬の間を置いて、ドンという衝撃音が響き渡る。その余韻が夜の山へと吸い込まれ、十秒、二十秒と静寂が続き――……

嗚呼《ああ》、終わったか。

ウィードは大きく息を吐く。どうやらなんとか、あの化け物を倒す事ができたらしい。

「あー……つっかれたぁ……」

ウィードは心底の言葉と共に座り込む。安堵《あんど》したら一気に力が抜けたのだ。

「マジであんなの反則だろ、どう考えてもデカ過ぎだって……ああノア、お前大丈夫だったかよ？」

肩越しに振り向くと、ノアはこくこくと頷いた。どうやら怪我《けが》もないようで、ウィードは一層ホッとする。

「なら良かった……けど悪ぃな、上に登るの待たせるわ。腕が痺《しび》れて使い物になりゃしねぇ……これが収まるまで、お前を背負っての崖登りは厳しそうだ。全くあのデカ蛇の奴、一発一発が重過ぎんだよ……」

ビリつく腕を摩《さす》りながらそう零《こぼ》すと、ノアがおずおずと口を開いた。

「あの、ごめんなさい……俺が大人の言う事聞かなかったから、こんな……」

「あーごめんはさっき聞いたからもういいわ。でもまぁ、世の中にはああいうバケモンが居るって事は肝に銘じた方がいいな。あんなモン、大人が何人掛かりで挑んだって倒せねぇぞ。俺くらい修羅場潜ってなきゃ――……あ？」

ウィードはそこで顔を顰《しか》める。ランプの灯《あか》りの端っこで、何か蠢《うごめ》いたような気がしたのだ。それが何か確かめようと視線を向け――戦慄した。

「ノア！　すぐに壁際に寄れ！」

「え？　なんで――」

問いながらノアもウィードの視線を追い、その瞬間に凍り付く。

二人が見詰める先には、蛇がいた。昼にノアを襲ったような蛇が、チラチラ舌をチラつかせ此方《こちら》を見詰めているのだが……その数、一匹や二匹ではない。十匹以上――いや、崖下から続々と這《は》い上がってくる。あっと言う間に数え切れない程になった蛇達が、鎌首を擡《もた》げウィードとノアを睨《にら》み付《つ》けているのである。

「っ、こいつらって夜は活動しないんじゃなかったのか⁉　もしかして、親玉の敵討ちに出て来たってのかよ⁉」

ウィードは即座、ノアを庇う体勢を取る。が、咄嗟《とっさ》にそうしてはみたものの、そこから彼を守り切るイメージがこれっぽっちも浮かばなかった。ウワバミとの闘いで酷《ひど》く消耗している上、相手の数が多すぎるのだ。

そうしている間にも蛇はどんどん数を増す。視界が奴らで埋まっていく。それら全てを倒す事なんてできるのか……

思考の最中、早くも先頭の一匹が襲ってきた。ウィードは剣を払いそいつを両断するのだが、やはり酷く腕が重い。一匹一匹を相手にしていたのでは、途中で体力が尽きてしまう。

何かこいつらを一掃する方法があれば良いが……考えを巡らせてはみるが、全く何も浮かばなかった。浮かぶのは鋭い牙に全身を噛《か》まれ、痛みにのたうち死んでいく自分達の姿ばかりだ。

それを回避する術があるとすれば、残った体力を振り絞って崖を登る事くらいだが、ノアを背負っては到底無理だ。登るとしたらウィード一人。ノアは見捨てて行くしかない。

「——……」

その瞬間、頭を過る。

この子供は自分にとって、縁もゆかりもないじゃないかと。

そもそも窮地に陥ったのも、ノアが聞き分けなく無茶をしたのが原因だ。ならば自業自得として見捨てたっていいんじゃないか。極限状態に陥った時、生き物が自分の命を優先するのは当然の事。だから自分だけ生き残って何が悪い——……と、そんな考えは、ウィードの思考を呑み込む前に消え去った。

だって、できるはずがない。散々人の命を奪い、罪の意識に苛《さいな》まれ続けている人間が、子供を見殺しにするなんて。たとえ一人で生還しても、更なる罪悪感に圧《お》し潰される事になる。それこそウィードには耐えられない。

ではどうする？　どうすればいい？

ノアを生かして帰す為《ため》に、自分は一体何をすべきだ？

「――っ」

一つの答えに行き着くと、ウィードは近くに落ちていた木の枝に火を点《つ》けて、蛇達の眼前へと放り投げた。動物は総じて火に弱い。蛇達も警戒し、少しばかり後退する。

が、これが何か決定的な効果を齎《もたら》すわけではない。こんなのはただの時間稼ぎだ。

そうして確保した僅かな時間でウィードは手早く上衣を脱ぐと、ノアの頭から着せかけた。だが、頭を出しはしない。とにかくノアの肌を覆うように包み込む。

「え、な、何⁉」

ノアは戸惑いの声を上げるが、その声すらも封じるように、ウィードはがばりと小さな身体を抱き込んだ。そしてノアの背中を断崖の壁にぴったりと押し付けると。

「いいか、このままじっとしてろよ。壁に背を付けたまま動くんじゃねぇ。多少の衝撃はあるだろうが、それでもお前に危険はねぇから」

「っ⁉　ちょっと待ってよ、それってあんたが――」

「俺ぁ別にいいんだよ」

ウィードは努めて軽い調子で言ってのけた。

「お前に比べりゃ、俺はもう十分生きた。ここで終わっても悔いはねぇよ。蛇達は気が済んだら引き上げるだろうし、暫《しばら》く待てばお前の犬が誰か連れて戻ってくんだろ。そうすりゃお前は家に帰れる、心配する事はねぇ」

「で、でも……」

「でも～じゃねぇよ。お前は兄貴になるんだろ？　ならここで死ぬわけにいかねぇだろが」

ノアの恐怖を和らげる為、ウィードは笑いを交えて言う。自分には全く未練はないと信じさせてやるように――が、しかし。そこでウィードは一つだけ、言い残すべき事があったと思い至った。それは自らが投げ出す事になる仕事の話だ。

「あーそうだわ……なぁノア、一つだけ頼んでいいか？　ラウラがよ、トリロの街まで行かないとなんねぇんだ。その道中、俺の代わりに護衛してやってほしいって、村の奴らに伝えてくれよ」

「……っ」

ノアの言葉は返らない。彼は今、ギリギリの精神状態なのだろう。ウワバミの脅威から脱した矢先にこんな展開があるなんて。そして自分を守る為、人が一人、命を擲《なげう》とうとしているなんて。その遺言を聞くというのは、子供が受け止めるには重過ぎる現実だ。

だがやがて腕の中、気力を振り絞るようにして小さな頭がこくこく頷《うなず》く。これにウィードはハッと笑い。

「ああ、助かる。お前本当に根性あんだな。生まれてくる赤ん坊も、お前なら立派に守ってやれる……」

そう口にしたところで、蛇達がずるりと動き出した。炎に対する警戒が解けたのだ。

きっと数秒後には、自分の身体《からだ》は無数の牙に食らい付かれているだろう。そう言えばこの蛇達は毒も持っているんだったか。それは凄惨な死に様になりそうだ。緊張の為か周囲の音も遠くなり――だが、覚悟は意外とすんなりできた。

死にたくないのは当然だが、無理に足掻《あが》こうとも思わない。

何しろ自分は多くの命を奪ってきた。それが仕事だったとは言え余りに奪い過ぎたのだ。ならばこうして終わる事に、どうして文句が言えるだろう。

蛇達はずるずると忍び寄る。いよいよだ。ウィードは歯を食い縛る。

そうして最後に考えるのは、ラウラの事だ。

彼女には悪い事をした。無事に帰れという約束も守れない。護衛も最後まで果たせない。

だがトリロの街まではもうすぐだ。村の連中ならきっと力を貸してくれるし、自分無しでもなんとかなるはず……

そう考える間にも、蛇達は着実に迫っていた。

目を閉じて、ウィードはじっとその時を待つ。

死を甘んじて受け入れようと、心を決めて。

◆◇◆

男達を見送った後、村では若干の騒ぎが起きた。ノアを心配する余り、デボラが気を失ってしまったのだ。

出産を控えた妊婦が倒れたとあっては一大事。女達は急いでデボラを家の中に運び込むと、湯を沸かしたり薬を煎じたりと忙しく立ち回る。

ラウラもその手伝いをしていたのだが、どうにも気持ちが落ち着かなかった。胸騒ぎが止まらないのだ。ノアは無事に見付かるのか、誰も怪我なく戻って来るのか……どうしても良い結末が描けない。

「ねぇちょっと。あんたもあんたで顔色が悪いよ。大丈夫かい?」

村の女に声を掛けられ、ラウラはハッとして頷き返した。いけないいけない。不安なのは誰もが同じだ。それなのに自分ばかり暗い顔をしていて良いわけがない。そうして気合を入れ直すのだが……やはりいつもの調子が出てこない。

ラウラの悪い予感というのは昔から当たるのだ。そして今、その予感が最大限に騒いでいる。良くない事が起きる気がして仕方がない。

どんどんと張り詰めていくラウラを見兼ね、女達は外に出るよう勧めてくれた。風に当たった方が落ち着くだろうし、手伝いは足りているからと。そんな風に気を遣わせてしまうのが申し訳無かったが、しかし胸騒ぎがどうにもならなくなってくると、皆に甘える事にした。

外に出ると不穏な風が吹いていた。村を囲む無数の木々がざわざわと音を立て、ラウラは思わず腕を摩る。

――ああ、嫌だな。余計に不安が駆り立てられる……

昔から待つのは苦手だ。自分がじっとしている間に、何らか凶事が忍び寄っているんじゃないかと、悪い方にばかり考えてしまうのだ。だから本当は、今からでもノアの捜索に加わりたいくらいだったが……

だがウィードははっきりと、足手纏《あしでまと》いだと言っていた。ウワバミが出た場合にラウラが居ると、ウィードにも危険が及ぶという事だ。ならば大人しく待っているより他にない。

そうしてラウラは落ち着かない気持ちのまま、村の外を見詰め続けていたのだが――やがてぽつりと灯りが見えた。それはどんどんと数を増やして近付いて来る。男達が帰って来たのだ。すぐさまラウラは女達に声を掛け、男達に駆け寄っていく。

「ノアは！？ノアは見付かったの！？」

　問いながら皆の間を見回すが、あの子供の姿はない。しかし彼らは笑顔だった。

「ノアは旦那が見付けたんだ。合図の花火が上がったから俺らは引き上げて来たんだよ」

「いやーホントに大したモンだぜ、一人で捜索に行ったってのに、あっという間にノアを見付けてくれたんだから」

「旦那もすぐにノアを連れて帰って来るよ。いや本当に良かった良かった……」

それから彼らは女達に迎えられ、一先《ひとま》ずはハンクの家へと引き上げて行く。ノアが発見されたと聞き、ラウラもそれには安堵《あんど》したが……しかし胸騒ぎは収まらなかった。いや、むしろ一層酷くなる。

だって——ウィードは一人で捜索に行った、と？

いや、なんという無茶をしているのか。そうなるにはそうなるだけの経緯があったのかもしれないが、その状況でウワバミと遭遇したらどうするつもりだ。他に戦える者もなく、たった一人でノアを庇《かば》ってウワバミと戦うなんて事になったら……ああ駄目だ、考える程に悪い予感が肥大化する。

皆はノア発見の報《しら》せがあったと安堵しきっているようだが、ラウラは二人が戻るまで安心なんてできそうもなかった。闇に沈む木々の合間を、引き続き祈るような気持ちで見詰め続け——……と、不意に何か、影が動くのが目に入った。

「っ！」

ラウラは弾《はじ》かれたように走り出す。ウィードとノアが戻ったのかと思ったのだ。

だが、期待は一瞬で打ち砕かれる。ラウラの前に飛び出して来たのは、昼間の犬だ。

「なんだ、あんたか……」

途端にがっくりと肩が落ちる。動物は好きだが、今は構ってやるだけの余裕がない。故に手を差し伸べもしなかったのだが、犬はラウラに纏《まと》わりついた。キュンキュンと鼻を鳴らし、ぐるぐると足元を回っている。

「ちょっと何？　あたし今、遊ぶ気分じゃないんだけど……」

と、そこで改めて犬を見てギョッとした。

その口に、フリントロック式の銃が咥《くわ》えられていたからだ。

「っ、あんた何を……」

物騒さに慄《おのの》くが、しかしすぐに思い出す。

確かノアは、村の銃を持ち出していたんじゃなかったか。

「え……これってノアが持ってったもの？　あんた一緒に居たって事？　っていうかあんた一人で戻って来るって……ノアに何かあったわけ!?」

ラウラの言葉が通じたのか、犬はウォンと返事を寄越すと、服の裾を噛みぐいぐいと引っ張ってきた。これは昼、ウィードにしたのと同じ仕草だ。きっと一緒に来いと言っているのだろうが――しかしラウラは狼狽《うろた》える。

「ちょっ、ちょっと待ってよ。あたしが行っても足手纏いになるだけだってば！　助けが必要なら村の誰かを……」

だが犬は聞いてはくれない。強引にラウラを村の外へと引きずり出すが、このまま連れて行かれるのは非常に困る。何せラウラはランプを持っていないのだ。灯《あか》りが無ければ足元もろくに見えやしない――と、思ったが。

「え、なんで……」

ラウラは大きな目を瞬《まばた》く。山の中にはなんの光源もないというのに、何故《なぜ》か今、ラウラの周りはほんのりと明るかったのだ。入り組んだ木々の枝も、地面にのたくった太い根っこも、ごろごろと転がる大岩も、全て辛《かろ》うじて見えるくらいに。

一体どうして――……その原因を探そうと首を巡らせ、ハッとした。自分だ。他でもないラウラ自身が、赤く淡い光を全身に纏っているのだ。

「――っ」

そうと認識した途端、急激に動悸《どうき》が早くなった。だってこんなの普通じゃない。常識では絶対に有り得ない現象だ。

では何故にそんな現象が起きているのか……考えられる理由は一つ。紅吉祥が働いたのだ。器の危機意識か何かに反応し、その力が漏れ出したとしか思えないが――これがラウラを慄かせた。

今までは神秘の力が宿っているという事について、あまり深刻にはならなかった。何せ体に異変もなく、自覚症状もまるでない。だからこそ紅吉祥の怪しげな曰《いわ》くを聞いたって、確かに気になりはしたものの、半分程は他人事《ひとごと》のようだった。

だがこうして、異様な現象が自らの身に起きてしまえば、もう無頓着ではいられない。身の内に得体の知れないものがある、その恐怖がはっきりとした輪郭を取り始め――……と、そこで犬が大きく吠《ほ》え立《た》て、ラウラは瞬時に我に返った。それから弱気を振り払うよう、ぶんぶんと頭を横に振る。

駄目だ駄目だ、今は縮こまっている場合じゃない。何よりもウィードとノアを助ける事を考えなければ。だって犬の様子からして、二人にはきっと危険が迫っているはず。

と、その犬は尚《なお》もラウラを引っ張り続けた。頭は相当良いだろうに、何故か男達の下へは向かわず、ラウラばかりを連れ出そうとする。そんな頑《かたく》なな行動を見ている内、ラウラはやがてピンと来た。

――もしかしてこの子、あたしが誰より助けになるって考えてるの？　それってあたしが、紅吉祥の器だから……？

動物の直感とは鋭いものだ。時に人間よりも的確に、世の中の真を暴き出す。その直感によって選ばれたなら、自分こそが二人の下へと向かうべき……か？

しかしラウラは躊躇《ためら》った。犬は期待をしているようだが、紅吉祥の力で何ができるかもわからないのだ。自分が行ってもなんの役にも立たないかも……とは、思ったが。

結局は、行きたいという気持ちが背中を蹴った。ウィードとノアが危機的な状況にあると思うと、これ以上じっとしているなんてできそうもない。ラウラはグッと拳を握り。

「わかった、行くわ。二人のトコまで案内して！」

そう言うなり、犬は弾丸のように飛び出した。その導きに従って、ラウラは険しい山道を進み始める。と、やはりそれには相当な苦労が伴ったが、止まる訳にはいかなかった。だって足を休めている間に、取り返しのつかない事が起きるかも。それを思うと甘えていられず、疲れた足を前へ前へと踏み出し続ける。滑っても転んでも立ち上がり、木の枝に服や肌を引っ掻《か》かれながらも前進する。

そうして辿《たど》り着《つ》いたのは崖の上だ。犬はその下を示すように、頻《しき》りにラウラに吠えたてる。

まさか二人は、この下に落ちたのか？　ラウラは青くなって崖下を覗《のぞ》き込む。そうだとしたら、彼らはもう――そんな最悪な想像が過ったが、しかし予想は外れていた。が、だからと言って安堵する事もできなかった。見下ろした先、断崖のわずかな出っ張りの上で、二人は蛇の大群に囲まれていたのである。

ウィードはノアに覆《おお》い被《かぶ》さり、蛇達に剝《む》き出《だ》しの背中を向けている。それはどう見ても、自らの命を盾にして、ノアを守る事だけに徹した姿——

「——っ」

そうと理解した瞬間、ラウラは夢中で手近にある石を掴《つか》み、蛇に向かって投げ付けた。だがそんな事は意味を為《な》さない。ラウラの腕力では投石は大した攻撃にならないのだ。続けざまに二つ目三つ目を投げてみるも、結果は同じ。蛇達は怯みもせずに、ウィードとの距離をじりじりと詰めていく。

「〜っ、ねぇ！　あんた、戦えないの!?　どうして剣を持たないのよ！」

ラウラは焦り叫んだが、ウィードには聞こえていないようだった。よく見ると、彼の背中は大きく上下を繰り返している。こうなるまでに一体何があったのか、酷《ひど》く消耗しているらしい。きっとその為《ため》に剣を振る事が敵《かな》わないのだ。

このままでは数秒後、ウィードは蛇達に食い付かれる。その先に待つのは、死だ。無数の牙を突き立てられ、毒に藻掻いて、ウィードは死ぬ。恐ろし過ぎる想像に、全身が激しく震え出す。

——駄目、駄目よそんなの……！

ラウラは眼下の光景に瞠目《どうもく》したまま頭を振った。

だって、とても耐えられない。目の前で人が殺されるのも、それをただ見ているのも。

どうにかしなきゃという焦燥に、心臓が強く蹴り付けられる。

――そうだわ、あたしがやらないと……

自然と沸き立つその考えは、本能に近しいものだった。消え掛かった命を前に、助けなければ、生かさなければと心が強く訴える。

それには自分が、この状況を変えないと。自分こそが、ウィードの為に動かないと――そんな使命感が爆発的に膨れ上がった、次の瞬間。

心臓がドンと大きく脈を打った。直後、全身を包む光が大きくなる。身体《からだ》の奥の奥の方から、何かが溢《あふ》れ出ようとする。

この未知の感覚に、ラウラは悟った。自分は今、紅吉祥の力を使おうとしているのだと。ウィードを助けたい一心で、力を解放しようとしている――

と、ここで頭を過ったのは占い師からの忠告だ。

彼は確か、紅吉祥の力を使うと閃光《せんこう》が走ると言わなかったか。その光は紅吉祥を狙う者を呼び寄せる。窮地を招きたくなかったらくれぐれも気を付けろと。それに一瞬怯《ひる》むのだが――……いや、知った事か。

ラウラはどんと心臓を叩く。今は迷っている場合じゃない。何ができるかはわからないが、状況を変えられる可能性があるとしたらこれだけなのだ。ならばやる。やるしかない。

結果不都合が起きたとして、始末は後で考える。

「――いいわ、出なさい！」

自らに発破を掛けるように言い放つと、一帯は真っ赤な光に包まれた。

◆◇◆

死を覚悟したウィードは目を瞑《つぶ》り、歯をきつく食い縛った。意識が途切れた後になってもノアを投げ出さないようにと、自らに強く言い聞かせその時を待つ――……いや、待っていたのだが。

そこで驚くべき事が起きた。突如天地を揺るがすような獣の咆哮《ほうこう》が響き、瞼《まぶた》を閉じていてもわかる程の真っ赤な閃光が走ったのだ。

ウィードは反射的に目を開ける。何が起きたのかを確かめようと――そうして視界に捉えたのはとんでもない光景だった。崖の上から一匹の大きな獣が、こちらに向かって猛然と駆け下りてくるのである。

――なんだ、獅子《しし》か!?

咄嗟《とっさ》にそう判断したが、それにしてはおかしかった。そいつは普通の獅子の倍程の体軀《たいく》があり、全身を赤く発光させ、靡《なび》く鬣《たてがみ》は炎そのものなのである。そんなものは見た事も聞いた事もなかったが……

「――……」

宵闇に壮絶な美しさで浮かび上がるその姿に、ウィードは思わず見惚《みと》れてしまった。襲われたら一溜《ひとた》まりもないのは明らかなのに、身を守る事すら考えられず、ただただ目を奪われる。

だが獅子はこちらには一瞥《いちべつ》もくれなかった。その瞳が真《ま》っ直《す》ぐに捉えているのは蛇達だ。獅子は出っ張りの上に下り立つや、大きく開けた口元から、今や数十四にも増えていた蛇の群れへと豪快な火炎を放射した。その威力は驚異的で、炎に触れた蛇達は瞬時に消し炭になってしまう。

――って、なんなんだコイツは……!?

ウィードは目の前の光景に唖然《あぜん》とした。

視界を埋め尽くしていた蛇が、見る見る駆逐されていく。忍び寄っていた死の影が、いとも容易《たやす》く焼き払われる。それが救いとなったのは確かだが……しかし訳がわからない。一体何が起きている？

蛇達は突如現れた敵に向かって次々と飛び掛かるも、その身体に触れる前に発火して地に落ちた。獅子の強さは圧倒的だ。先程のウワバミも脅威だったが、こいつは全くの別次元。こんなにも凄《すさ》まじいものがこの世に存在するなんて……と、そこへ。

「ウィード！　あんた、大丈夫!?」

突如の声にウィードは瞬時に我に返った。そして頭上を振り仰ぎ、ギョッとする。

「お前……っ、はぁ!? なんで居んだよ!?」

村で待機しているはずのラウラが何故——と信じられない思いで問うのだが、しかし同時、ラウラが現れた事によって、この事態を理解した。

世界を染めた赤い閃光。尋常ならざる炎の獅子。そして、ラウラ。これらの要素を照らし合わせれば、考えられる事は一つだ。

「つまりコイツが、紅吉祥の力ってわけかよ……」

それを肯定するかのように、崖を滑り下りて来た器の娘は神秘そのものとなっていた。全身を赤い光が包み込み、普段は暗い色の瞳も今は真っ赤に染まっている。その姿は炎の精霊と見紛《みまが》う程の美しさだ。

だがそんな己の変化に気付いているのかいないのか、口を開いた彼女はいつも通りの調子であった。

「ええ、どうやらそうみたい。ノアの犬に連れられて来てみたら、あんた死にそうなんだもの。助けなきゃって夢中になったらアレが出たのよ。ねぇ、そんな事より大丈夫なの？随分と追い詰められてたみたいだけど」

と、この事態を〝そんな事より〟で片付けていいのかと思いつつ、ウィードは大きく息を吐いて頷《うなず》いた。

「ああ、とりあえずデカい怪我《けが》はしてねぇよ。ノアも無事……って、流石《さすが》に気は失っちまったみてぇだな」

腕を緩めてノアの様子を確認すると、余りに緊張した為か白目を剝いてしまっていた。が、蛇に嚙《か》まれてはいないのだから、無事と言っていいはずだ。

「しっかし、あのままだったら俺は確実に死んでたわ……待ってるよう言っといて情けねぇが、お前のお陰で助かった。つぅかアイツ、マジで相当とんでもねぇな？」

ウィードは改めて獅子を見やる。自分を死の淵《ふち》まで追い込んでいた蛇達が、獅子の前には無力同然。既にそのほとんどが消し炭と化している。これはなんと強靱《きょうじん》な力だろうか。

そうして暫《しば》し、獅子の猛威を呆気《あっけ》に取《と》られて眺めていたが――やがてぶるりと震えが来た。遅ればせながら気が付いたのだ。この獅子は間違いなく、災厄の化身だと。

だってもし、こんな力が世に出たら？

何かの間違いでその炎が人や街に向けられたら？

きっと何もかもが一瞬で焼き尽くされ、世界は大混乱に陥るはず……

想像すると身体が強張《こわば》り、段々と息苦しくすらなってきて、ウィードはラウラを振り向くと。

「なぁアレ、そろそろ消してもいいんじゃねぇか。蛇も粗方片付いたし、これ以上暴れさせる事もねぇだろ」

「ああ、そうね。それじゃそろそろ……」

と、同意してみせたところで、彼女はアッと口を押さえた。そして見る間に真っ青になるのだが——これにウィードは目を見開く。まさか、この反応は。

「ってお前……もしかしてアイツの消し方わからねぇってんじゃねぇだろうな!?」

尋ねると間髪容《い》れず、「しょうがないでしょ!?」と返された。

「言ったじゃない、夢中になってたら出たんだって！　なんで出せたかもわかんないのに、消し方がわかる訳ないじゃない！」

ラウラは逆上気味に言うのだが、いや、しょうがないでは済まされない。あんなにも危険なものをこのまま放置するわけには——……

そう考えた時、獅子はついに最後の蛇を葬った。殲滅《せんめつ》対象がいなくなると、まだ暴れ足りないと言うように獅子は夜空へ咆哮する。それから驚くべき事に、そいつは空を駆け始めた。そして崖下に生えた木々に向け、炎を吐き掛け出すではないか。

「——っ」

忽《たちま》ち眼下が真っ赤に染まり、二人は大きく息を呑む。吹き上げる熱風が肌を焼き、辺りは明るく照らされる。焦げ臭い匂い。バチバチと爆《は》ぜる音。陽炎《かげろう》と舞い踊る無数の火の粉
——

「ってコレ絶対やべぇだろ！　おい、なんとかなんねぇのか!?」

「無茶言わないでよ、あんなものの扱い方なんて知らないってば！　なんであんなに暴れ

てるのかも見当すらつかないわよ！」

流石のラウラもこの状況に、悲鳴混じりの声を出す。つられてウィードもパニックを起こし掛けるが、そんな場合じゃないだろうと必死に平静を保ち続ける。

「ねぇどうしよう、どうしたらいい!? このままじゃ山が燃えちゃう、そうなったら村だって……」

言う内に不安が膨れたのか、ラウラの目には涙が浮かんだ。そんな彼女を煽《あお》るように、獅子は益々《ますます》暴れ回る。空中でのたうつように炎を吐き、崖に激しく体当たりする。それにラウラが叫びを上げると一層激しく――……と、この光景を見ている内にウィードはふと思い至った。

「おい、もしかしたらよ……アイツを制御すんのって、お前の集中次第じゃねぇか!?」

「……は？ あたしの？」

怪訝《けげん》そうに返すラウラに、ウィードは早口に捲《まく》し立《た》てる。

「お前がアイツを出した時、俺らの事を助けようって集中してたろ？ だからアイツはお前の意思に従ってた！ けど蛇が片付いたら集中が切れた、むしろ事の収め方がわからなくて動転した。そのせいでアイツも暴れ出したんじゃねぇのかって！」

勿論《もちろん》これはただの仮説に過ぎなかったが、しかしウィードには、ラウラが取り乱す程に獅子も暴れているように見えた。これにラウラも納得し、なんとか意識を集中しようと数秒の間黙り込むが。

「……っ、駄目、全然うまくいかない！　ていうかこの状況で集中なんて、絶対無理！」

ぶんぶんと頭を振って訴える。

確かにそれは難易度の高い要求だった。何せいつ獅子が襲ってくるか知れないし、眼下は炎で地獄絵図だ。誰だって心が乱れて当然である。

だが、このままじゃ更に大変な事になる。もし獅子が集落に向かえば、とんでもない大惨事が起きるのだ。その事態を防げるのはきっとラウラしかいない。だから無理でもなんでも集中してもらわねばならないが、それには一体どうすれば――……と、散々頭を捻《ひね》った末に、閃《ひらめ》いた。

「――そうだ。そうだわ。お前、踊れよ！」

「は？　こんな時に何言ってんの⁉」

ラウラは信じられないという顔をするが、ウィードは至って大真面目だ。

「だってお前、踊ってる時が一番集中してんだろ⁉　いいからとにかくやってみろって！」

「嫌！　無理！　そんな事したらアイツに無防備な姿晒《さら》す事になるじゃない！　もしそこに攻撃されたら――」

「させねぇわ！　その為《ため》に俺が居んだろ！」

強い調子で遮ると、ウィードは未《いま》だ痺《しび》れる腕で剣を構え、ラウラを庇《かば》うようにして獅子《しし》との間に立った。もし炎を吐かれても、この剣で断ち切らんという気概を見せて——が、当然こんなものはハッタリだ。あの猛烈な炎を食らえば、消し炭にされるとわかっている。

だがそれでも今は、虚勢を張らねばならなかった。少しでもラウラを落ち着かせる為、大丈夫だと、こんな事はなんでもないと、自らの行動で信じさせてやるのである。獅子の盾になる事が恐ろしくないはずもないが、力尽くで恐怖心を捻じ伏せる。ラウラに無茶を強いる以上、自分だって縮こまってはいられない。

それから暫《しばら》くウィードの背には、呆《あき》れとも疑いともつかないラウラの視線が突き刺さっていたのだが、やがて「あー、もうっ」と腹立ち紛れの声がして。

「わかった、やるわよ！　この状況で踊るなんて自殺行為としか思えないけど、試してみればいいんでしょ⁉」

その声はまだ恐怖に上擦っていたのだが、彼女も覚悟を決めたらしい。幾度かの深呼吸を繰り返した後、シャン、シャランと鈴の音が鳴り始める。

音は一切乱れる事なく、力強く山に響いた。背中を向けるウィードにはラウラの様子は見えないが、しかし音を聞く限り、彼女が冷静に踊っているだろう事がわかる。こちらから提案しておいてなんだが、まさかこの状況下で本当にやってのけるとは……やはりこの女には、相当な度胸があるらしい。

ラウラの舞が始まると、獅子の様子にも変化が起きた。それまでは目的無くただ暴れ回っていたようだが、不意に炎を吐く事を止《や》め、中空に静止したままじっとラウラを見詰めている。その様子、どうやら読みは当たりらしい。

「よーしよし、いい感じだ……やっぱアイツ、器の集中次第なんだわ！」

この手応えにウィードは思わず笑みを漏らす。こうなると僅かばかり余裕も生まれ、ラウラにも声を掛けてやろうと背後を振り向き――だが、言葉が出なかった。それは宵闇の中、光を放ち舞い踊るラウラの姿が、この世の物とは思えない程美しかった為である。

シャランと鈴を打ち鳴らせば、光の粒が弾《はじ》け飛ぶ。

片足でくるりと回転すれば、纏《まと》う輝きが大きくなる。

それは幻想的で、神秘的で。

現状の危機を束《つか》の間《ま》忘れてしまう程、心を奪う光景だ。

獅子もまた見惚れていたのか、暫しの間じっと舞を眺めていたが――やがて導かれるように、ラウラの下へと踏み出した。

「っ！」

いざ獅子が近付いてくると一瞬で意識を引き戻される。いつあの炎を吐かれるかと、緊張に身体《からだ》が硬くなる。

それはラウラも同様だろうが、しかし彼女は踊る事を止めなかった。踊り子としての強い矜持《きょうじ》がそうさせるのか、彼女の集中は途切れない。一心に舞を続ける事で、見事に恐怖を制している。

獅子はウィードの頭上を通り越し、ラウラの目の前に降り立った。と、即座に傍らに回り込み、ウィードは剣を構え直す。何か攻撃の兆しがあれば瞬時にラウラの盾になろうと、限界まで神経を張り詰めさせる。

だが今の獅子からは、害意は感じられなかった。先程の暴れ様は何処《どこ》へやら、今、獅子は踊るラウラを大人しく見詰めている。ラウラもその瞳をじっと見返す。そこにはなんらか、意思の疎通があるようにも見受けられる。

それからラウラはふぅわりとした動作で踊りを止めると、そっと手を差し伸べた。そして優雅に手招きすると、獅子は彼女へ歩み寄り——そして空気に溶けるように、するりと消えた。それと同時、ラウラの発していた光も眼下の炎もすぅと消え、世界は再び闇と静寂に包まれる。数秒前までの出来事なんて、全て幻であったかのように。

「——っ、あぁ——————……」

呻《うめ》きを上げたのは二人ほぼ同時であった。極限状態から解放され、力無くその場に膝をつくと震える呼吸を繰り返す。更に二人は思い思い、

「良かった、ちゃんと消えてくれた……」「あー、ついに死んだかと思ったわ……」「まさか本当に踊ってどうにかなるなんて」「しかしあの獅子はとんでもねぇ……」「山火事にな

らなくてホントに良かった……」

　そんな調子で浮かんだ事をそのままに垂れ流す。絶対にパニックを起こすまいと無理やり抑え込んでいた混乱が、今になって押し寄せる。尋常ならざるものに対峙《たいじ》した驚き、このままでは大変な事になるという焦燥、死への恐怖――その全てが時間差でやって来て、二人は暫し落ち着かぬまま、好き勝手に言葉を吐き出していたのだが……それも一段落を迎えると。

「つぅか……マジで洒落《しゃれ》にならねぇな……」

　ウィードは静かに呟《つぶや》いた。先程の獅子の暴れる様を思い返すとゾッとする。ラウラもいつになく神妙な面持ちで首肯した。

「そうね……あたしが考えてたよりずっと、紅吉祥ってとんでもないものみたい……」

　これまで移民の男から――そしてウィードはグレアムからも、紅吉祥とは驚異的な戦力を秘めているのだと聞いていた。だが何処かでは、やはり尾鰭《おひれ》の付いた伝承だろうと考えていた。――いや、そう思っていたかったというのが正しいかもしれない。そんな話が真実であって堪《たま》るかと。

　だが、その力を目の当たりにしてしまった今、もう否定する事は不可能だ。紅吉祥には歴史を変えるような力があると、認めざるを得なくなる。

「それに確か……器《あたし》が使える紅吉祥の力って、主に比べてずっと弱いって話だったわよね？　じゃぁ万が一あたしが主を定めて、そいつがこの力を好き勝手に使ったら……」

言葉の先をラウラは敢《あ》えて語らなかったが、その続きは予想がついた。それは震えが来るような、恐ろしい未来の展望だ。今目にした以上の威力で紅吉祥が行使されれば、過去に経験した事のないような壮絶な殺戮《さつりく》が、災厄が、この世界を覆い尽くすに違いない。

「こんなモン、人が使っていい力じゃねぇ……」

ウィードは低くそう吐き出す。そこにどんな大義があろうと、この力は絶対に人の世に介入させてはならないものだ。まして主は力に溺れ、必ず理性を失うという。そんな人間がこの力を扱うなんて、許していいはずがない。

「そうね……そうだわ……」

ラウラは事の重大さを受け止めるように、深く何度も首肯する。

「あたし今まで、人生の妨げになるからって理由だけで力を捨てようとしてたけど……これはもう、そういう規模で考えていい話じゃないわね。この力は確実に、大聖様に託さなきゃ。あたしなんかが持ってたんじゃ危険過ぎる……」

語る声音は静かだが、そこには確かな決意があった。彼女の中、絶対にこの力を世に出すまいという強い意志が芽生えたらしい。ウィードもそれを神妙に聞いていたが――

「――あ。つかお前、光！」

唐突に声を上げた。紅吉祥の危険性に気付いた矢先、不都合な事実を思い出したのだ。

「あの獅子が出てきた時、一帯赤く光ったよな!?　それってかなりマズいんじゃねぇのかよ、あの光の噂《うわさ》が広まれば――……」

言いながら次第に声が弱まっていく。今更ながら、自分はラウラに大変な事をさせてしまったと気付いたのだ。

ラウラだって当然、閃光《せんこう》が走れば窮地を招くとわかっていたはず。それでも彼女は、紅吉祥を行使せざるを得なかった――他ならぬウィードとノアを助ける為に。

「ってお前……こんな事して良かったのかよ……」

ウィードは顔を顰《しか》めて問い掛けるのだが、こんなにも馬鹿な問いもないだろう。誰がどう考えたって、良かったはずがないのだから。取り返しのつかない事態に罪悪感が膨れ上がるが……しかしラウラは意外にも「ああ、いいのよ」と首を振った。

「だって何もしなかったら、確実にあんた死んでたじゃない？　目の前で殺され掛けてる人間を放《ほ》っとけないし、それなら光くらい出てもいいかと思ったの。つまりあたしはあたしの好きにしただけ、あんたが気にする事じゃないわ」

そうさっぱり言ってのけるので、ウィードは目を瞠《みは》ってしまった。何故《なぜ》ラウラはそんな事が言えるのか……好きにしただけ？　いや、馬鹿な。彼女は自らに不利な選択を強いられたのだ。ウィードの力が及ばなかったせいで。ノアが無謀を働いたせいで。恨み言を言う権利は十二分にあるはずだ。

だが、ラウラは誰も責めようとはしなかった。それどころか、誰も死ななくて良かったと言って笑って見せる。

一体この人物は、どこまで潔いのだろう……

ウィードは思わず舌を巻き、唖然《あぜん》としたままラウラを見詰めていたのだが。

そこへ彼女は「っていうかね」と言葉を続けた。

「そもそも誰かがあたしの事を狙ってきても、あんたが守ればいいだけなのよ。なんたってあの獅子に対しても盾になってくれたんだもの、それくらい簡単よね？　どんな相手が来たところで、当然やっつけてくれるでしょ？」

そう挑発的に言われた事で、ハッとした。

――ああそうか、その通りだ。

ウィードは頷《うなず》く。今の自分がするべきは、謝罪でもなければ後悔でもない。そんなものはなんの役にも立ちはしない。

彼女に報いようと思うなら、そして紅吉祥を誰にも行使させまいと思うなら、この依頼を全うするより他にないのだ。

たとえこの先、どんな危険が迫ろうとも。

翌朝。空にまだ暗さの残る時間にもかかわらず、ウィードとラウラの出立には村人が総出で立ち会った。ノアを無事連れ帰った上、ウワバミまで退治したとあって、ウィードはすっかり英雄扱いとなっていたのだ。

「旦那、今回の事、本当にどう礼を言っていいのか……また山に来る事があったら寄ってくれ、目一杯歓迎させてもらうからよ！」

「本当だ、いくら感謝しても足りないよ……！　生まれて来た子が男ならウィード、女ならラウラって名付けるから！」

デボラが言うと村の者達も賛同したが、ウィードもラウラもぶんぶんと手を振った。それは流石《さすが》に重過ぎるし、ウィードに至っては適当に付けた偽名なのだ。そんなものを背負わせては赤子に対して申し訳ない。

「つぅかそこまで恩に着る事もねぇだろうが。こっちは一晩泊めてもらってる、その分の代金を支払ったとでも思っとけって」

皆の熱気を落ち着けようとウィードは言うが、ハンクは「いやいや」と首を振った。

「そりゃいくらなんでも釣り合わねぇって！　この村がどんだけ旦那に助けられたか……にしても旦那、あんた本当に強いよなぁ！　いっそ用心棒なんかやめちまって、軍にでも入ったらどうなんだ!?　旦那ならいくらでも武勲を立てられるに決まってる！」

「っ！」

と、これにウィードは硬直した。ただの軽口とはわかっていても、「軍に入れ」という言葉に、瞬間、反応が返せない。

だがその場に不自然な沈黙が落ちる前に、すかさずデボラが突っ込んだ。

「馬鹿言うんじゃないよ、軍って事は私らを処罰する立場だろ⁉　こんなお人に取り締まられたんじゃ一溜まりもないだろうが！」

「あ、あぁそうか……その場合は旦那、俺らの事は見逃してくれよ？」

その情けなさに村の皆が一斉に笑い出す。和やかな空気に包まれると、ウィードの強張《こわば》りも解けてきた。いや全く、こんな事で何をいちいち反応しているんだか……自らの繊細さに呆《あき》れつつ、いつもの調子で言ってやる。

「見逃すも何もなぁ、そもそも軍にも武勲にも興味ねぇわ。俺には用心棒が天職なんだよ、これが一番気楽だし面倒もねぇからな」

すると村の連中は「そうかもなぁ！」とまた笑う。妙な雰囲気にしてしまうのを無事回避し、ウィードは密《ひそ》かに息を吐《つ》くが――……ふと、他の連中とは異なる気配に気が付いた。

何かと思って目をやると、ラウラだ。彼女は一人笑わずに、じっとこちらを見詰めている。

意味ありげなその視線に、ウィードは眉間に皺《しわ》を寄せ、

「おい、なんだよ？」

「……いーえ、別に？」

ラウラは短く答えると、ふいとそっぽを向いてしまった。が、これは明らかにおかしな態度だ。その理由がどうにも気になり、問《と》い質《ただ》そうとしたウィードだが――

「ウィード！」

不意に低い位置から声が掛かった。ノアである。昨夜は真っ白な顔で気を失っていたのだが、一晩眠ってすっかり回復したらしい。生意気そうな目の輝きが戻っている。

「よぉーノア。調子はどうだよ」

ウィードはラウラの妙な態度をすっかり忘れ、小さな頭に手を置いた。と、子供扱いが気に食わないのかノアは煩わしそうに頭を振るが、もう悪態は吐《つ》かなかった。

「昨日は助けてくれてありがとう。最後の方、何が起きたのか俺ほとんど覚えてないけど……無事に帰って来れたって事は、ウィードが守ってくれたんだろ？」

「ん？　あー……」

ウィードはちらりとラウラを見やる。窮地を切り抜けられたのはウィードではなく、ラウラの力によるところなのだ。しかし紅吉祥について話すわけにもいかない為《ため》、曖昧に頷いておいたのだが、ノアはウィードこそが恩人だとすっかり信じ込んでいた。そして彼は手にしていたものを「はい」と差し出し。

「これ、ウィードに。昨夜の御礼《おれい》！」

それは両掌《てのひら》に載せて丁度いい大きさの麻袋であった。その中身を覗《のぞ》いてみると、大粒のキイチゴが大量に詰められている。

「……ってお前コレ、もらっちまっていいのかよ？　こんだけ集めるとなっちゃ、かなり時間が掛かったろ」

ウィードは袋の中身とノアの顔を交互に見るが、ノアは迷い無く頷いた。

「だって、受けた恩は返さないと！　そうしないと山の神さんに怒られるんだ！」

一丁前にそんな台詞《せりふ》を宣《のたま》うノアは、どうやら昨夜で随分と成長したらしい。昨日の昼間は人の脛《すね》を蹴っ飛ばしていた癖に……とは思ったが、それを茶化すのは野暮だろう。

「わーかった。んじゃ、これは有難《ありがた》くもらってくわ」

そう言って麻袋をシャツの中に仕舞い込むと、ノアは満足そうな笑みを見せた。

そうして歓声に見送られ、ウィードとラウラは村を出た。想定外に事件だらけの山越えとなったが、ここを過ぎればトリロの街までもうすぐだ。二人は勇んで足を進める。

だがその道中、どうしても口数は少なくなった。いくら気丈な振る舞いをしてみても、昨夜の出来事が二人の口を重くするのだ。

あの美しくも恐ろしい、炎の獅子《しし》。

それが今、自分達に託されている。

世界を焼き尽くす事もできるだろう脅威の力が、自分達に……

その事実の重大さを、二人は今、じわじわと実感していたのである。

◆◇◆

その日、ネバシュ山を臨む集落では一つの話題で持ち切りとなっていた。前夜に山の一画で起きた、不可思議な現象の話である。

突如として山が真っ赤に染まる程の強烈な閃光が走り、かと思ったら火事が起きた。夜空を焦がす炎を見て人々は慌てに慌てたのだが、しかしその炎はあっと言う間に収まった。雨も降っていないというのに、綺麗《きれい》さっぱり――……いや、何故？

人々はこれらの妙な現象について様々に原因を推測したが、それらしい答えを見付ける事はできなかった。だからこそ興味は尽きず、色々と意見を交わし続けていたのだが。

そんな中、誰かがふと、ある事を思い出す。

そう言えば、近頃変わった触れ書きが出回ってはいなかったか。確かそれは、不可思議な現象を目撃したら、どんな情報でも提供せよとの内容だった。そして情報提供者には、かなりの報酬が与えられるんじゃなかったか――……

――そうして情報が届くなり、グレアムは即座に腰を上げた。予定していた軍議も訓練も放り出し、数人の部下を伴い馬に乗る。だって正体不明の赤い光に不審な山火事——そんな現象、紅吉祥の仕業以外にはないはずだ。だとすれば他の何を擲《なげう》ってでも駆け付けなければ嘘《うそ》だろう。

——ああ、ようやく手に入る……！

早くも期待が膨れ上がり、胸の炎は勢いを増してグレアムの事を焚《た》き付《つ》ける。こうなるともう他の事等考えてはいられない。欲しい。欲しい。その力をなんとしても我が物にと、強い渇望に支配され——……だが、なんでその力が欲しいんだったか？

グレアムははてと考え込み、嗚呼《ああ》そうだ、この国を正す為だと思い出す。

そう、自分は国を正す。悪辣な父王を打ち倒し、真っ当な政を行うのだ。

それが成せるのは自分だけ。自分こそが王。自分こそが正義。そしてこの自分こそが。

——この世界を支配するに相応《ふさわ》しい！

グレアムは胸の炎に焼かれながら、全速力で馬を北へと走らせた。

7、吉祥の行く末

ネバシュ山を下りてから一晩を野営で明かし、翌朝より徒歩でトリロを目指し始めたウィードとラウラの二人だが、ネバシュを境に世界はすっかり一変した。

ネバシュ以南のアングレスは、田舎では自然が豊かで、また中心部では人々の活気に溢《あふ》れ、どこも何かしらの生命力に満ちていたが、此処《ここ》ではそれが感じられない。

空は寒々しい薄曇りで緑も乏しく、街道に人の姿はほとんどない。全てがぼんやりと色《いろ》褪《あ》せて、正しく辺境の地という様相だ。険しい山により孤立したこの地方はひっそりと静《せい》謐《ひつ》で、何処《どこ》か物悲しい雰囲気を漂わせている。

「なんか……言ったらなんだけど、どうにも陰気ね。歩いてると気が滅入《めい》ってくる」

ラウラは腕を摩《さす》りながらそう溢《こぼ》す。生命力の塊のような彼女は、この灰色掛かった世界の中では奇妙に浮き出して見えるようだ。

「この辺りに住む人達ってどういう気分なのかしら。あたしなら静か過ぎて辛《つら》いけど……」

「いや、むしろこの辺の奴らってのは、静かなのを好んでんだろ」

この地方にはトリロの他にも小さな街がいくつかあるが、何処も敬虔《けいけん》なデスティネ信徒で形成される。信心深い人々は、娯楽や快楽の類《たぐい》を避ける為に静かな土地を好むのだ。

アングレスの国教たるデスティネ教は、運命を司《つかさど》るデスティネ女神を信仰する宗教である。その教義とは、人は誰もが女神によって正しき道——即《すなわ》ち〝運命の道〟を定められているというものだ。運命の道には必ず試練が伴うが、その先は女神の住まう天上へ繋《つな》がっている。故に如何なる困難も真摯に受け止め、天上を真《ま》っ直《す》ぐ目指して生きるべし、と。

教え自体は非常にシンプルなものなのだが、しかし贅沢《ぜいたく》を覚えると遵守するのが難しくなる。人間は満たされた途端に堕落して、試練から逃げ回るようになる為だ。だからデスティネの敬虔な信徒達は贅沢を避け、極めて質素に暮らしている——と、そんな宗教を国教とする国の王が贅《ぜい》の限りを尽くしているのは、実に皮肉な話だが。

そうして静粛な旅路を辿《たど》る事、二日。空が茜《あかね》に染まる頃、二人は最終目的地であるトリロの街に到着した。

そこは街全体に石畳が敷かれ、建物もほとんどが石造り。灰色と白ばかりが目に入る、色味の乏しい集落だ。すれ違う人々の服装も、白や黒、濃紺が主で、一切の遊びがない。如何《いか》にも贅沢を嫌うデスティネの街といった風情である。

「さて、まずは飯にするか？　こんな街でも一応飯屋はあるみてぇだぞ」

時刻は丁度夕飯時。ナイフとフォークの看板を下げた店を親指で示すウィードだが、ラウラは首を横に振った。

「いいえ、先に教会へ行きたいわ。一刻も早く大聖様にお会いしたい」

そう告げる言葉からは、焦燥と緊張が窺《うかが》えた。

ここまでラウラは、ルーサー大聖ならば紅吉祥《くれないきっしょう》を引き受けてくれるに違いないと豪語してきた。だがそれは根拠のある話ではない。拒絶される可能性だって無くはないのだ。故に何よりもまず大聖に会い、その意思を確認したいという事らしい。

そうして二人は街の中心にある教会へと赴いたのだが、それはなんとも重厚な雰囲気の建物だった。王都の教会にはステンドグラスや天使の彫刻といった華美な飾りがあるのだが、此方《こちら》にはそういったものが見られない。シンプルで堅牢《けんろう》な石壁は、見る者を圧倒するような迫力がある。

そんな中で唯一の飾りと言えるのは、見上げる程の三角屋根に掲げられた天運球《てんうんきゅう》のモチーフだ。

それはデスティネ教の象徴であり、魂を表す球を中心として、その周りを人生を表す道が幾つも取り巻いているというものだが、その内で円を成す——即ち完全なものは一つだけ。つまりこれは、誤った道を行く事なく、唯一無二の〝運命の道〟をこそ歩むべしという教えを示しているのだ。

「……よし。じゃぁ行くわよ」

硬い表情をしたラウラは弾みを付けるように宣言すると、古めかしい両開きの木戸を押し開いた。それから短い廊下を進むと、聖堂に出る。そこは正面にデスティネ女神の像がある、円形の広間だ。椅子はなく、信者達は石床に跪《ひざまず》いて、真摯に祈りを捧《ささ》げている。

この空間にウィードは居心地の悪さを覚えた。濃密な信仰の気配というのがどうにも肌に合わないのだ。何せウィードは救いようのない人生を生きている。神にもきっと見放されたに違いない。故にこういう場とは相容《あいい》れず、どうしても落ち着かない。

「えぇと……大聖様は何処かしら」

ラウラはきょろきょろと辺りを見回す。大聖を敬愛すれどもデスティネ信徒ではない彼女もまた、この場の空気には馴染《なじ》んでいないように見えた。だがそれを気にする余裕も無いのだろう、只管《ひたすら》に視線を巡らせ大聖らしき人物を探している。

と、不意に女神像の横にある小さな戸から一人の神父が現れた。彼はラウラに視線を留《と》め、しずしずとした足取りで近付いてくる。そして彼女の前に立つと。

「どうぞ、奥の部屋へいらしてください」

「え？」

唐突な招待にラウラは戸惑いの声を漏らす。だが神父はそれ以上の説明はしなかった。自らが潜ってきた戸を示し、ただ頷《うなず》く。その態度には確固たるものがあり、どうやら人違いでラウラを促している訳ではないようだ。

ラウラは首を捻《ひね》りながらも、言われた通りに先へと進む。ウィードも適当な足取りで、後に続く。

戸の向こうは小部屋であった。簡素な木製の机と椅子が一セットあり、客人用か、壁際にも小さな椅子が幾つか並べられている。どうやら執務室のようで、その中心には一人の男性が佇《たたず》んでいるのだが。

ウィードは一瞬ぎくりとした。男性は老齢であり、薄くなった髪は白く、肌は乾いて皺《しわ》だらけ。今にも乾涸《ひから》びてしまいそうな印象だというのに、瞳の力はやたらと強く若々しい。そのアンバランスさが生き物として奇妙に見えて、なんとなく構えてしまう。

「あの、あたしを招かれたのは貴方《あなた》でしょうか？　するともしかして、貴方が……？」

ラウラが緊張気味に問い掛けると、男性は穏やかな笑みを湛《たた》えてみせた。

「突然のお声掛けで戸惑わせてしまったようですね。しかし長らく神に仕えていると、ほんの時たま、先が見える事があるのです。何やら遠方より、私を訪ねてやって来る客人があるようだと……貴女《あなた》が、その客人ですね？」

柔らかい声音で問われた途端、ラウラは弾《はじ》かれたように膝をついた。

「やはりルーサー大聖様でいらっしゃいましたか！　あたしはラウラと申します。仰《おっしゃ》る通り、大聖様にお会いする為《ため》、旅をして参りました」

その声も言葉遣いも、普段のラウラとは全く違う、実に畏《かしこ》まったものだった。当然だ。彼女にとって大聖とは、人生で最も苦しい時代、生きる希望を与えてくれた大恩人なのだ。

だが、それでもラウラはラウラだった。大いに畏まりながらも萎縮する事はなく、堂々と話を切り出す。

「大聖様。大変不躾《ぶしつけ》とは存じますが、大聖様にお願いしたい事がございます。長い話にはなりますが、お聞きいただけますでしょうか」

すると大聖は、まずはラウラに立ち上がるよう促した。それから壁際の椅子を持って来て座るようにと勧めてくる。

「本当は私が椅子を運ぶべきですが、この年齢になると余り重い物を持ち上げられず……申し訳ありません」

と、これにウィードは眉を上げた。未《いま》だ彼の持つ雰囲気には身構えてしまうものの、しかしその言葉や語り口、柔らかな物腰からして、どうやらこの人物は悪い奴では無いらしいと悟ったのだ。

実のところ、ウィードはルーサー大聖という人物に対し疑わしい気持ちを持っていた。どんな形であれ地位を得た人間は、往々にして高圧的になるものだからだ。故にこの大聖も、自分やラウラを軽んじるだろうと警戒していたのだが……予想は外れていたらしい。

それからラウラが語り出すと、机を挟んで腰を下ろした大聖は真摯に耳を傾けた。突拍子もない内容にもかかわらず、疑いや揶揄《やゆ》の色を浮かべる事なく。

故にラウラも淀《よど》む事なく話し続ける。自らが紅吉祥という神秘の器となった事。その脅威的な力を実際に目にした事。そして紅吉祥を、自らの中には留めておけないと考えている事……

「あたしは昔、奴隷でした。その頃の暮らしは余りに辛く、再び主を持つなんて耐えられません。だから紅吉祥を誰かに引き受けてもらいたい、それができるのは大聖様だと、ここまで旅して参りました。けど今、力の譲渡を望むのは自分の為だけではありません」

ラウラは椅子に座ったままに身を乗り出す。

「この恐ろしい力は、行使を考える人間には絶対に渡してはいけないものです。故に大聖様に託したいと考えます。その方があたしが器であるよりもずっと安全なはずだから……だから、無礼を承知でお願いします。どうかこの力、お引き受けいただけないでしょうか」

ラウラは真っ直ぐに大聖を見詰めて訴える。それは切実過ぎる懇願だった。あの獅子《しし》を目の当たりにし、紅吉祥の脅威を思い知ってからというもの、ラウラは器という役割について重圧を感じ続けていただろう。なんとしてもここで肩の荷を下ろしたいに違いない。

と、普通であればこんな話、到底承諾できるものではないはずだ。要は危険で厄介なものを押し付けようというのだから。少なくともウィードなら絶対に御免である。

だが大聖は、流石《さすが》はこの時代随一の聖人と謳《うた》われる人と言うべきか。微塵《みじん》も取り乱す事はなく、ただ静かに「そうですか」と相槌《あいづち》を繰り返すと。

「その紅吉祥とは、確かに危険なようですね。下手をすれば世界を滅ぼすかもしれない……そんなものを貴女のような若者に背負わせるのは余りに酷。私が引き受けるのが妥当でしょう」

「——っ、本当ですか！」

その瞬間ラウラは反射で腰を浮かせ、しかし礼節を思い出したのか、慌てた様子で座り直す。だがとても冷静では居られなかったようで、大きく安堵《あんど》の息を吐《つ》く。

「あぁ良かった……そう言っていただけて安心しました。やっと収まるべきところに収まったというか……だってこういう神秘の力は、大聖様のような御方にこそ宿るべきです。あたしみたいな普通の女が器なんかになった事が、そもそもおかしかったんです」

胸を撫《な》で下《お》ろしながらラウラは言う。その言葉にウィードも同意だ。何故《なぜ》こんな不可思議なものが、ただの娘に宿ったのか。どうせ人を器とするなら、最初から聖人に宿った方が余程しっくり来ただろうに……と、これに大聖は笑顔のままに。

「さて、それはどうでしょうか」

「——え？」

意味深な投げ掛けに、ラウラは怪訝《けげん》な顔をする。

「と、言いますと……？」

「ええ、人生に無意味な事なんて起きませんから。全ての事象には意味がある、それがデスティネの教えです。だから貴女が神秘を宿した事にも、必ず何らかの意味がある」

「意味……？」

その言葉にラウラは意表を突かれたようだ。しきりに目を瞬《まばた》くのに、大聖は穏やかに頷いて見せる。

「そのご様子ですと、この事象が何故ご自身の身に起きたのか、考えてみた事は無いようですね。まぁ無理もありません。課せられた運命に気付くのは、案外と難しいものですから……それから、貴方も」

「──は？　俺？」

完全に気を抜いていたウィードは、つい不敬な返しをしてしまった。だが仕方がない。自分に話が振られるなんて微塵も考えていなかったのだ。

そんなウィードを大聖は強い瞳でじっと見詰めて。

「貴方は自らの存在意義を見失っているようですね。若いというのに全て諦めたような顔をしている……ですが貴方の人生、そして今ここに在る事にも、必ず大きな意味がある」

そうして大聖はウィードとラウラ、二人に向けて投げ掛ける。

「信徒以外に説教をするつもりはありませんが、折角の機会です。お二人とも、自らの人生、そしてその運命について、一度じっくり考えてみては如何《いかが》でしょうか。こんなにも数奇なものに何故関わる事になったのか……そこにはきっと、女神の御意思がありますよ」

「………」

そう言われても、ウィードには全くピンと来なかった。デスティネを信仰しているわけでもないのに、運命だの女神だの知った事ではない。

それよりも、ウィードが大聖の言葉によって感じていたのは苛立《いらだ》ちだ。

──だって、意味？　この人生に意味があるだと？

全く、ここまで的外れな説教があるだろうか。だってこんな、既に終わったような人生に意味等あるはずがないだろう。思わず嘲笑が漏れそうになるのだが──それはラウラの逼迫《ひっぱく》した声に掻《か》き消された。

「あの、大聖様。それはつまり大聖様は、あたしこそが紅吉祥を持ち続けるべきとお考えという事でしょうか？　これはあたしの試練だから、やはり譲渡は考え直せと？」

すると大聖はゆっくりと首を横に振った。

「いいえ、御心配なく。紅吉祥を引き受ける事を拒もうというのではありませんから。ただ、貴女が一時でもこの力を背負ったのにはきっと何か理由がある。それに想《おも》いを馳《は》せてみるのも良いと思ったまでの事です」

大聖はラウラを落ち着かせるように言ってから、「なんにせよ」と言葉を続ける。

「その強大な力を引き受けるには、私にも準備が必要です。ですから明日、改めてここに来てください。そしてそれまでに、貴女が器となった意味について考えてみると良いでしょう。それだけで、きっと女神の御心を感じられるはずですよ」

「……わかりました」

ラウラは硬い表情で頷くと、丁重に礼を述べて部屋を辞した。

それきり黙り込んだまま教会を出て、街まで戻って来たところで、ようやく。

「――って言われてもねぇ」

詰めていた息を吐き出すようにそう言った。

「あたしが器になった意味なんて見当もつかないわ。大聖様の仰り様だと、譲渡についてやっぱりもう一度考えてみろって事なんでしょうけど……たとえ意味があったところで、この力を持ち続けるのは有り得ない。あたしには荷が重すぎるもの！」

「ああ、それでいいんじゃねぇの」

ウィードもそう頷いてやる。紅吉祥というものは、普通の人間が背負うには重すぎるのだ。器という役を担うならば、精神が成熟しきった大聖のような人物こそが適任だろう。

ともかくも重要な交渉を終えた二人は、今度こそ飯屋に行った。と、出て来た料理は実に簡素で、薄味のスープと硬いパン、干し肉といった具合である。痩せた土地で豪華な料理が出て来ない事はわかっていたが、なんとも気分を滅入らせるメニューじゃないか。

お陰で随分と口数の少ない食卓となったのだが、ラウラが喋《しゃべ》らなかったのは食事が楽しめなかったからという理由だけではないらしかった。料理をすっかり平らげたところで、彼女は「それで？」と口を開く。

「あんたはどう考えてんの？」

「あ？　何がだよ」

「だから大聖様の御言葉よ。あんた、存在意義を見失ってるとまで言われてたじゃない」

どうやらラウラは食事中、それについて思案を続けていたらしい。

「あんたも自分の運命について考えてみろって事だったけど……思う所はあったわけ？」

「……あー」

途端に苛立ちがぶり返し、ウィードは椅子の背凭《せもた》れに乱暴に身体《からだ》を預けた。

「思う所も何もねぇし、考えるつもりもねぇ。大聖が何を言いたかったのか知らねぇが、今の生き方が俺の人生の正解なんだよ」

そう素っ気なく言い捨てる。

大聖による見当違いな投げ掛けはどうにも神経を逆撫《さかな》でした。だって罪人の人生に、意味だの意義だののあるわけがない。それを考えろという投げ掛けは、ウィードにとっては酷でしかない。

そうして身体ごと横を向き、話を切り上げようとしたのだが、ラウラは黙りはしなかった。彼女は卓上に手を組んで、少しばかり考えてから。

「……実を言うと、あたしも大聖様と同意見なのよね」

「は？」

「あんたは運命……っていうか、生き方をちゃんと考えた方がいいと思う」

「……ほぉー？」

ウィードは嘲るような笑みを浮かべた。

「なんだ、お前まで俺に説教しようって？　そいつぁかなりの勘違いだな。お前はただの一時的な依頼主だろ、それなのに生き方に口出しされる筋合いねぇよ」

返す言葉は棘《とげ》を孕《はら》む。この話題、精神が毛羽立って仕方ない。こちらの事情も知らない奴らに好き勝手に物を言われるのは鬱陶しくて堪《たま》らないのだ。

だがそんな態度にもラウラは腹を立てなかった。ただじっとウィードを見詰め、深くゆっくり首肯する。

「そうね、あたしはあんたの人生に口を出せる立場じゃないわ。でも、それは承知の上で、どうしても言いたいから言わせてもらう。あたしはあんたが世捨て人みたいに生きてるのが気に食わない。だってあんたって能力もあるし……何よりいい奴なんだもの」

「……あぁ？」

これにウィードは思い切り顔を歪《ゆが》ませた。

「なんだお前、急に妙な事言いやがって……一体何が狙いだよ？」

目を鋭くして尋ねると、ラウラは呆《あき》れ顔《がお》になった。

「何よ狙いって……ホントあんたって失礼ね！　けど、別にこれは急にじゃないわよ。あたし、結構前から思ってたの。で、ウワバミやら獅子やらの事があって確信した。あんたはもっと、自分に優しくするべきだって」

「あ？　なんだそりゃ」

「だってあんた、人生投げ過ぎなんだもの。戦闘能力も頗《すこぶ》る高いし教養もある、人間性も悪くない。どんな生き方だって選べるでしょうに、なんで何も望まないのよ？　ひっそり生きたいだけなんて勿体《もったい》ない、なんの喜びもない人生なんて、死んでるのと同じじゃない！」

「――……」

ラウラの言葉は不躾《ぶしつけ》で無遠慮で、正しくお節介そのものだった。他人からこんなにも踏み込んだ事を言われたら、大概の人間が気分を害すに違いない。

だからウィードも席を立って良かったはずだ。関係ねぇだろと一蹴して、これ以上聞かなくても良かったはず――……が、その選択ができなかった。

それはラウラが純粋に、ウィードの為《ため》に話しているとわかるからだ。説教で悦に入ろうというんじゃない。自らの価値観を押し付けようというのとも違う。

真剣に、誠意をもって、彼女は言葉を紡いでいる。

その姿勢が、ウィードをその場に留まらせる。

「そりゃ、あんたが今の生き方をするのには、それなりの理由があるって察してるわ。でも何に囚《とら》われてるにしろ、影みたいに生きる必要なんてないと思う。もっと色々望んだっていいじゃない！」

ラウラは半ば身を乗り出すようにして訴える。その声には熱が、光が、生命力が宿っていた。闇の中に蹲《うずくま》った人間を、日の当たるところへと引っ張り出していくような。

「あんたの生きるべき道はきっと他にあるはずよ。あたしはそう信じてるし、そうあってほしいと思う。だってあんた、いい奴だもの。いい奴にはいい人生を送ってほしいの。だからこれからの生き方とか運命について、大聖様の言う通り、一度じっくり考えてみたら？」

「…………」

ラウラの投げ掛ける言葉に対し、ウィードは何も答えない。いや、答えられなかった。彼女の言葉を受け入れるには、引《ひ》き摺《ず》ってきたものが重すぎる。かと言って、「知った口を」と突《つ》っ撥《ぱ》ねるには、ラウラの光が強過ぎたのだ。だから、咄嗟《とっさ》に言葉が出ない。そう簡単には頭の中がまとまらない。

そうしてウィードは黙り込むが、ラウラは待つ事はしなかった。軽い調子で「じゃ、行きましょうか」と席を立つ。伝えるべき事さえ伝えられれば、相手の出す結論には拘《こだわ》らない。実に彼女らしい振る舞いだ。

それから二人は宿屋へ向かい、隣あって確保した部屋にそれぞれ入る。その瞬間に燃料が切れ、ウィードはベッドへ背中から倒れ込んだ。

なんだか酷《ひど》く疲れていた。この上なく身体が重い。ベッドマットは硬いのに、ずぶずぶと沈み込んで行くようだ。旅の終わりが見えた事で一気に疲労が出たのだろうが、加えて先程のラウラの話。あれで一層神経を削られた。

――運命について考えろ。

それはつまり、自らが正しい選択をしているかを見詰め直せという事だろう。同じ台詞《せりふ》を大聖から言われた時には嘲笑で終わらせた癖、ラウラによって問われるとどうにも無視ができなくなる。

彼女が命の恩人だから？　はたまたその人柄や生き様に、尊しと感じる部分があるからか？　なんにせよ、ラウラの言葉はウィードの中、次第に重みを増していく。

影のように生きなくていいと、彼女は言った。

もっと色々望んでいい、生きるべき道は他にあると。

それらがぐるぐると頭を回り、この上なく疲れているのにいつまでも眠気が訪れず……

「……っあー」

ウィードはやがてぐしゃぐしゃと頭を掻いて、ベッドを出た。一度夜風に当たってこようと思ったのだ。このまま悶々《もんもん》と考えているより、その方がすっきりするに違いない。

外に出ると、街はしんと静まっていた。まだそこまで遅い時間ではないのだが、酒場や賭場等《など》の娯楽がない為、人々は眠りにつくのが早いのだ。

灯篭の灯《あか》りの下、ひっそりとした気配の中をウィードは歩き、街外れにある広場に入った。その中心、デスティネ女神像を立てた噴水の縁に腰を下ろすと、澄んだ夜空をぼんやり見上げる。そして改めて、自らの生き方について考え始める。

ウィードは国の辺境の、貧しい地域の出身だ。其処《そこ》に住む連中は人生を諦め荒《すさ》んでいたが、ウィードは違った。腕っぷしが強く頭が回る事もあり、なんとか成り上がってやるという強い野心があったのだ。

そうして十六の頃、戦に明け暮れていた時代の国軍へと入隊すると、兵士の才能が開花した。そして入隊から一年と経《た》たずに近衛兵《このえへい》に抜擢《ばってき》され――その先に待っていたのが、あの忌まわしい王女殺しの密命だ。

自らの罪の重さを自覚したウィードは、城から逃げた。名前を捨てて身を隠した。影のように生きずとも良いとラウラは言ったが、やはりウィードにはそぐわない助言だろう。隠れるのを止《や》めれば王の下に連れ戻され、また殺しの日々になるのだから。

——俺だって、今の生き方がいいモンだなんて思わねぇけど……

だが二度と罪を犯さない為には影でいるより他にない。こんな人生で何を望めるわけもないが、その侘《わび》しさも受け入れる。たとえそれが、死人のようだと形容される生き方であろうとも——……と、しかし。

そこでふと、頭を過る。

そう言えば自分は、何故《なぜ》ここまで死を選ばずに来たのだろう、と。

望みのない人生を死んだように生きるなら、いっそ本当に命を断っても良かったはずだ。そうしなかったのは、死への恐怖の為だろうか？　それも当然あるだろうが……

——もしかして俺はこの人生で、まだ何かできる事が……為《な》すべき事があると感じているのか……？

そう考えた時、ウィードはある話を思い出す。

それはグレアムが語った、国王が紅吉祥を求めて動くのではという話だ。

この不吉過ぎる予言を聞いた時、ウィードは早々にラウラの依頼を終わらせようと考えた。紅吉祥から離れれば国王と関わる危険もなく、争いに巻き込まれる事もないだろうと

……だが何処《どこ》かで、それで済む話ではないのではという気もしていた。

だっていざ国王が乗り出してきたら、大聖が器だという事を必ず突き止めるだろう。神をも畏れぬあの男は、大聖が相手でも容赦なんてするはずがない。どんな手を使ってでも、自らを主と認めさせるはずだ。

国王が紅吉祥の主となれば、あの美しくも壮絶な獅子《しし》が猛威を振るう事になる。きっと誰も無関係では居られない。たとえウィードが身を隠し戦いを拒んでいようと、戦禍は否《いや》応《おう》なくやってくる……

それを思うと、隠れている場合ではないのではないか。自分のように能力ある人間こそが王を討ち、大戦を止めるべきなのでは。だとすれば、グレアムの政変に協力すべきか？　紅吉祥なんて危険なものには頼らないよう彼を説き伏せ、人の力こそを結集し、自らも前線に立って剣を振るう。それが自分の為すべき事では——……と、しかし。

「ぐっ……うぇっ」

ウィードは口元を押さえ込んだ。戦に出ると考えた途端、酷い吐き気が込み上げたのだ。

——嗚呼《ああ》、駄目だ。俺はやっぱり、戦には加担できねぇ……

改めてそう自覚する。いくら能力があったところで、この様じゃ戦場に立つ事なんて不可能だ。全く情けない話である。近衛兵だった人間が、こんなにも腑抜《ふぬ》けになるなんて。

その事実は自嘲を誘うが、しかし、それで良かったのかもと思えてきた。だって自分は間違いを犯した人間なのだ。出世欲に取り憑《つ》かれ、なんの罪の意識もなく大量の命を刈った大罪人。そういう人間はきっとまた繰り返す。今は拒絶していても、戦場に戻れば同じように手柄を立てんと躍起になり、多くの人間を斬り捨てる……

そう考えたら、やはり自分は身を隠しておくべきだと思われた。国王の事は気に掛かるが、自分が出て行くべきじゃない。何一つできない腑抜けである事を甘んじて受け入れ、今のまま、影のまま――……

と、そんな結論を導いたところで、ウィードはハッと我に返った。

思考に耽《ふけ》る余りに反応が遅れたが、先程から街が騒がしくなっていたのに気付いたのだ。夜明けには程遠いにもかかわらず、大勢の人の声がする――それもどうやら、嘆きの声が。

――なんだ？　一体何が起きた？

只《ただ》ならぬ気配を感じ、ウィードは即座に腰を上げる。そうして広場を出てみると、驚くべき事に街中の人間が其処に居た。更に彼らは泣いたり呆《ほう》けたり顔を覆ったりと、その様はどう見ても尋常じゃない。

「っ、なぁあんた、こりゃ一体なんの騒ぎだ!?」

ウィードは近くの女を捕まえて問い掛ける。すると女はすすり泣きながら答えを寄越すが、それは耳を疑うような内容だった。もしや嗚咽《おえつ》の所為《せい》で聞き損じたかと、ウィードは再度問い直す。

「おい、待てよ……俺にはあんたが、大聖が死んだって言ったように聞こえたんだが？」

そう言いながらも、いや、どうせこんなのは不謹慎な聞き間違いだと考える。故に半笑いだったウィードだが、しかし女が頷《うなず》いた事でいよいよ表情を凍らせた。

「は、嘘《うそ》だろ……」

思わずそう転がり出る。俄《にわ》かには信じ難《がた》くて——だが周囲の人間達の嘆き様を見ると、受け入れざるを得なかった。目の前の女だって、嘘を吐《つ》いているようには見受けられない。

「……で、死因は？」

なんとか話を呑み込んで尋ねると、女は震える声でこう告げる。

「それが……御遺体を運び出した兵士達は老衰だと説明されたようですが、その様子を見た者達は、御遺体から血の臭いがしていたと……だから、大聖様は何者かに殺されたのではないかと……」

「殺された⁉」

反射で大声が出てしまうが、それを省みる余裕もなかった。だってあの大聖を、誰がなんの目的で？　質素な暮らしを推奨するデスティネ教の人間を襲ったところで、金品が奪えるわけでもないだろうに……と、その疑問も大いにあるが。

その前に一つ引っ掛かった。

「——って、兵士？　あんた今、兵士が遺体を運んだって言ったか？　なんでこんな辺境に兵士なんか……」

「ええ、それが先程、グレアム殿下がいらっしゃったそうなんです。現場の処理をされる為《ため》か教会を封鎖され、誰も立ち入らないようにと……だから我々も、大聖様の為に祈りを捧《ささ》げる事もできず途方に暮れて……」

女はさめざめ泣くのだが、ウィードには慰めてやる事ができなかった。グレアムの名前が出て来た事に酷く驚かされていた為だ。何故この街にグレアムが——と、思うと同時。急速にパズルのピースが嵌《は》まっていくような感覚がした。大聖を手に掛ける下手人として、グレアムならば理由があると思ったのだ。

彼は紅吉祥の捜索を続けていた。そこへまずは、ネバシュ山の閃光《せんこう》の情報が舞い込んだのに違いない。グレアムは器を探して山に入り、例の村を発見した。そして光が発された夜、村に二人の客人が居た事、その一人がウィードである事を摑《つか》んだはずだ。

ウィードは紅吉祥の顕現時にも、今回の閃光の発現時にも居合わせた。それらから、器を所持していると推測されるのが当然だ。

ウィードがトリロの街に向かったと聞いたグレアムは、その目的に大聖が関係すると考えた。そうして彼は今夜、街に着くなり大聖の下を訪問した。ウィードについて、そして紅吉祥の器についての情報を聞き出す為——そこで二人の間にトラブルが起きたのだ。

恐らく大聖は、紅吉祥を欲するグレアムを窘《たしな》めたに違いない。だがグレアムは引かなかった。話し合いは平行線を辿《たど》り、ついにグレアムは大聖を——という筋は読めたが、それにしたって驚愕《きょうがく》だ。

グレアムは簡単に人を害するような男ではなかったはずだ。まして大聖のような、人々の救いとなる人物を手に掛けるなんて、一体何故？　紅吉祥の過ぎた力は主を惑わせるというが、もしやグレアムはそれを強く求める余り、早くも惑わされ始めている……？

と、そこで更に悪い事に思い至った。グレアムはネバシュの村で、ラウラの存在も知ったはずだ。ウィードと旅をする彼女も、紅吉祥になんらか関係があるだろうと、狙われる可能性が大いにある。

「――っ、クソッ」

ウィードは即座、宿屋に向かって走り出した。彼女に報いると決めたはずが、此処《ここ》まで来た事で油断した。宿に一人で残してくる等、なんという失態だろう。大聖すら手に掛けた今のグレアムに捕まれば、ラウラだって無事で済むはずないではないか――！

◆◇◆

「――で？　これは一体なんの真似《まね》？」

ラウラは不機嫌を隠しもせずに言い放つ。相手が一国の王子だとはわかっていても、不遜に腕を組んだまま。

「あたしの認識じゃ、今って真夜中のはずなんだけど。こんな時間になんの用事であたしは引っ立てられたのかしら。別に犯罪なんてしちゃいないはずだけど？」

ラウラは宿屋のベッドで眠っていたところを数人の兵士に押し入られ、詳細を問う事も許されないまま、この教会の聖堂へと連行された。それだけでも全くわけがわからなかったが、更に困惑させられたのは、国の式典で見た事のあるアングレスの第二王子が自分を待っていた事だ。

何故そんな人物に呼び出されるのか――だがどんな理由があるにしろ、夜中に強制連行なんて横暴過ぎる。故にラウラは敬意を示す事もせずにグレアムを睨《にら》みつけているのだが、相手は気を悪くした様子は見せなかった。部下達を聖堂の外へ下がらせてから、紳士然として口を開く。

「君、そう警戒心を剝《む》き出《だ》しにせずとも良い……と言っても無理があるか。こうも強引に連れ出してしまってはな。しかし安心してほしい。俺は君を裁こうというのではないし、危害を加えるつもりもない」

「あら、夜中に無理やり引っ立てる時点で危害に当たると思うけど？　取り締まりじゃないならなんの用よ」

ラウラは鋭い視線で問い詰めるのだが、少しずつ嫌な予感がし始めていた。面識もない人間から、こうも強引に呼び付けられる理由なんて一つしか浮かばない。

「確かに、非難されても仕方のない行いだった。だが本当に、君をどうこうする気はないのだ。俺はただ、君に主として認めて欲しいだけだからな」

「主？　なんの話よ」

やはりそれか――……瞬間、心臓が大きく跳ねたが、ラウラはしれっと空とぼけた。何故バレているのかという憤りも、主にしろという要求への焦りも、こんな人物までもが紅吉祥探しに乗り出してくるのかという驚きもあるが、顔に出す程間抜けじゃない。

するとこれに、グレアムは金の髪を揺らすように頭を振って。

「言っておくが、もう調べは付いている。先夜、ネバシュ山にて赤い光が発されたという証言があった。そこで現地に向かったところ、とある村に行き着いてな。そこの子供から、君が赤い光を放ち、炎の獅子を操った事を聞いたのだ」

「――……」

ラウラは無言で目を伏せる。

嗚呼そうか。ノアはちゃんと見ていたのだ。

本人は覚えていないと言っていたし、あの夜の事は夢現《ゆめうつつ》くらいの認識でいたのだろう。しかし急に国の連中に踏み込まれて尋問され、なんとか村を守ろうとありったけの情報を伝える中で、その夢現の記憶までも口走ってしまったのに違いない。

「あー……それじゃ仕方ないわね」

ラウラは観念し、ばさりと髪を掻《か》き上《あ》げる。

「そうね、確かにあたしが器よ。けどお生憎様《あいにくさま》、あたしは主を持つ気がないの。誰かに所有されるのなんて御免だし、この力が使われるのも反対なのよ」

そうはっきりと拒絶するが、グレアムも簡単に引くつもりはないらしい。彼はラウラの瞳を真《ま》っ直《す》ぐに見詰め返すと。

「ああ、俺も紅吉祥というものについて、簡単に扱ってはならないと理解している。だが、俺にはどうしてもその力が必要なのだ――この国を救う為に」

それからグレアムは滔々《とうとう》と語り出した。父王の悪政によってアングレスは大きく傾き、このままでは近い将来きっと崩壊するだろうと。最早《もはや》この国は政変によって立て直すより他にない。そして父王の勢力に打ち勝つ為には、なんとしても紅吉祥が必要なのだと。

「紅吉祥の力は圧倒的だ。それによって何度も歴史が変わっていると、文献によって証明されている。その力があれば必ずや政変だって成功するに違いない……そして俺は国民を解放し、この国を飢えや無用な争いのない、平和で豊かな国とするのだ！」

「――……」

そんな熱弁を聞きながら、ラウラは知らず、自らの腕を摩《さす》っていた。

何故《なぜ》だろう。彼の語る内容には賛同できるし、その心意気も素晴らしいと感じるのに。

怖い、と思う。

彼の青の瞳の奥に、仄暗《ほのぐら》い炎が揺れているように見えたのだ。

その不気味な揺らめきはラウラの不安を掻き立てた。それに……なんだろう。この聖堂に入った時から、薄《う》っすらと嫌な臭いが漂っているような。凡《おおよ》そ教会に相応《ふさわ》しくない、不穏な臭い。奥の執務室から漏れ出してくるのだろうか……？

と、ラウラの表情が強張《こわば》るのに気付きもせず、グレアムは更に捲《まく》し立てた。

「勿論《もちろん》、君が主を選ぶのに慎重になるのは理解できる。だが言った通り、俺は紅吉祥を崇高な理念の下に使うつもりだ。それに俺は、君を従者のようには扱わない。むしろ王族と同等の暮らしを与え、常に敬意をもって接すると約束しよう！」

「――っ！」

その言葉にラウラはぴくりと反応した。が、俄かには信じられず、相手の顔をじっと見据え、慎重に、一つ一つ確かめるように問い掛ける。

「ってつまり……紅吉祥の主にはなったとしても、あたしの主人としては振舞わないって事？　あたしを所有物扱いしないって、そう言ってる？」

「ああ、そうだ」

グレアムは何処《どこ》までも真摯に頷いた。

「俺に紅吉祥の力を与えてくれさえすれば、後は君の望む生活を与えよう。俺は父と違って、他者を支配する趣味はないからな。どうだ、君にも悪くはない話だろう。だからどうか、俺を主として認めて欲しい。アングレスを救う為、その大いなる力を使わせてくれ！」

グレアムの声は大きく響く。その残響を聞きながら、ラウラはじっと考え込んだ。提示された条件に、正直心が揺れたのだ。

ラウラは何よりも自由を望む。その為に必要なのは、強力な後ろ盾だ。一国の王子がそれを担ってくれるのならば、芸人一座に身を置くよりも遥《はる》かに安泰に違いない。その上、主として振舞われないなんて、そんなにも魅力的な話があるだろうか。これはまたとない人生の好機、だからすぐに飛び付いて然《しか》るべき――……とは、過ったが。

「いいえ、できない」

逡巡《しゅんじゅん》の末、ラウラははっきりとそう告げた。それから数秒、聖堂内の時が止まる。グレアムは瞬きも呼吸もせずにラウラを見詰め、

「……は？」

やっとそう声を出した。どうやらこれは彼にとって、相当に予想外の展開らしい。彼はぽかんとした顔を引き締めるように咳払《せきばら》いすると、改めて口を開く。

「……まぁそうだろう。簡単に決断できる事ではないとわかっている。だが、一体何が不満だ？　主として俺程条件の良い者はいないはず。政変さえ成功すれば、君にこの上なく良い暮らしをさせてやれるぞ？」

グレアムは身振りを大きくしてそう語るが、ラウラはもう惹《ひ》かれなかった。いくら自由で豪奢《ごうしゃ》な暮らしを約束されても関係ないと、己の心を定めたのだ。紅吉祥が如何《いか》に脅威かを考えたら、それを個人的な願望の為にどうこうしようとは思えない。

そんなラウラの頑《かたく》なさに、グレアムの顔は僅かばかり険しくなる。

「そうか……では論点を変えるとしよう。紅吉祥の存在は、早くも世間に知れ渡り始めている。武力で世界を支配しようという不届きな輩《やから》も、これを聞けば続々と捜索を始めるはずだ。事実、父は既に紅吉祥に興味を持った」

「っ、国王が……!?」

それにはラウラも息を呑んだ。国王と紅吉祥、それは考え得る限り最も不穏な取り合わせだ。

「それがどんなに危険な事か、君にも想像はつくだろう。なぁ、そういう輩を主として悲劇の元凶となるよりも、早々に俺を主とし、共に平和の礎を築く方が良いだろう。誰もが豊かに暮らせる世界を創り出す方が、余程！」

グレアムはそう訴える。その主張は尤《もっと》もで、思わず同意してしまいそうにもなるのだが――……やはりラウラは首を振った。

「……いいえ、駄目。確かにあたしも、国王よりは貴方《あなた》の方が、主として適しているとは思うけど……これはそういう問題じゃない。紅吉祥って本当に危険なのよ。いくら政変に大義があろうと、人に向けて使っていいようなものじゃない」

「しかし、相手は話の通じない悪人だ。強大な力を持った悪人には、こちらも強大な力をもって対抗するしかないだろう？」

「ええそうね、そうかもしれない。でもそれは人の力のみで決着をつけるべきよ。紅吉祥を投入すれば、過剰な殺戮《さつりく》に繋《つな》がるのは目に見えてる。それにね、紅吉祥は主の理性を奪うんですって。手を出せば貴方だって国王と同じように、悪政を敷くかもしれないわ」

そこでラウラは、移民の男から聞いた話を披露した。かつて紅吉祥の主だったシルギ王が、力に溺れて暴虐の王となった話だ。当初は信じていなかったこの話も、紅吉祥の力を目の当たりにしてからは否定もできなくなっていた。あんな力を手にすれば、人が変わるのも無理はない。

「ね？ こんな危ない力なんて、誰も行使すべきじゃないのよ。だからあたしは、紅吉祥を大聖様に譲渡するの。これはあの御方のような然るべき方にお預けして、決して表に出すべきじゃ――」

「大聖は死んだ」

「――は？」

唐突なその言葉に、ラウラはただ目を瞬《まばた》いた。

すぐには意味が呑み込めず、数秒の間を置いてから改めて問い直す。

「……なんですって？」

「言った通り、ルーサー大聖は死んだのだ。老衰で今夜息を引き取った。そしてその今際《いまわ》の際に、彼は俺に紅吉祥を託したのだ。それを正しく扱えるのは俺だけだろうと――」

グレアムは語る。自分は大聖に選ばれた、だからこそ主になるべきだと。

だが、そんなものは全く耳に入らなかった。だって、老衰？　確かに大聖は高齢だが、そんな突然……それもこのタイミングで？　とても信じられるわけがない。

そうしてラウラは、グレアムが宣《のたま》う内容とは異なる事実を確信する。その時になって気付いたのだ、先程から薄っすらと感じていた不穏な臭い……これは正しく、血の臭いだと。

つまり、大聖は殺された。斬られたのだ。

では誰がそんな事を？　決まっている。

老衰だなんて嘘《うそ》を言う、この男しか有り得ない。

きっとグレアムは、ラウラ達がトリロを目指していると聞き、その目的に大聖が関わっていると見抜いた。そして大聖の下を訪ね、自らが紅吉祥を手に入れんとしている旨を話したが、賛同が得られなかったのに違いない。

このまま大聖が器になれば、主となるのが難しい。だから殺した。ラウラが器である方が都合がいいから。大聖に比べて御し易《やす》いから。

「なんて事を……」

ラウラは声を震わせそう呟《つぶや》く。

大聖の死という現実は全身を容赦なく刺し貫いた。自分が彼を巻き込んだのだと罪悪感に打ちのめされ、ただただ喪失に胸が痛み、力の譲渡ができなくなった事に絶望し――だがこの状況に於《お》いては、諸々《もろもろ》の悲嘆よりも戦慄の方が強かった。

グレアムは人格者だと言われている。勤勉で公正な彼を敬愛する国民も多いという。そんな彼が、ルーサー大聖を手に掛けた。きっと紅吉祥を欲する余り、人が変わってしまったのだ。

紅吉祥の誘惑とは、そんなにも強いものなのか。主となっていなくても、他人の命すら簡単に奪える程？　そう考えるとゾッとするが――……それと同時。

ふと、一つの疑問が浮かび上がった。

――そう言えば、どうしてあたしは誘惑に取り憑《つ》かれずにいられるの……？

紅吉祥の持つ強い力に、ラウラ自身魅了されてもおかしくはなかったはずだ。主程ではないにしろ、その力を使えるラウラも世界を好きにできるだろうし、器という立場だって、うまく使えば人生を好転させられる。現に先程グレアムが提示した条件はとんでもない好待遇だ。王族の後ろ盾を得た上で自由気ままに暮らせるなんて。

だが、ラウラは靡《なび》かなかった。私欲の為に力を使う事も、主を持つ事も選ばなかった。

そこに理由があるとすれば――……奴隷だったという過去、か？

ラウラはその頃、地獄を見ていた。理不尽な暴力に晒《さら》され、誰にも守ってもらえずに、一日一日を耐え忍ぶように生きていた。そのせいか、人の痛みに敏感だ。誰かが辛《つら》い目に遭うと、過去を重ね合わせてしまい自分も辛くなるからだ。

もし紅吉祥が使われれば、世界はきっと悲劇に満ちる。ラウラが経験したように、多くの人が暴力によって支配される事となる。その辛過ぎる未来を想像すると、到底紅吉祥を扱う気にはならなかった。ラウラはそれを普通の事だと思っていたが……もしや紅吉祥に惑わされずその選択ができるというのは、相当に稀有《けう》な事なのか？

――もしかしてこれが、あたしが器になった理由……？

大聖は、ラウラに紅吉祥が宿った事には意味があると言っていた。その答えがこれなのか。自らの欲よりも、他人の痛みを考えられる自分だからこそ、託された？

「――……っ」

その瞬間、一つの答えが見えた気がした。

自分が器となった事に意味があるなら、それはきっと――……

「おい、聞いているのか」

「っ！」

不意にグレアムの声が険しくなり、ラウラはハッと我に返った。考えに集中する余り、彼の話を全く聞いていなかったのだ。

だが、最早《もはや》問答は無用だろう。ラウラはグレアムを睨《にら》み据えて言い放つ。

「何を聞かされたって関係ないわ。あたしには、貴方を主にするつもりなんて更々ない」

と、どこまでも譲ろうとしないラウラに、グレアムはいよいよ煩わしそうに息を吐《つ》いた。

「全く、なんて強情な……なぁ君。俺も悠長に構えてはいられないのだ。余りに意地を張られると、手荒な手段を取らなければならなくなるぞ？」

そう言われると、ラウラも流石《さすが》に強張った。彼が紅吉祥の誘惑に呑まれ、大聖まで手に掛けたとわかった今、その言葉がただの脅しで済まない事は明らかだ。

だがそれでも、ラウラは己を奮い立たせた。

「いいわ、やってみなさいよ。けどあたしが屈する前に、きっとウィードが助けに来るわ！」

その確信がどこまでもラウラを強気にさせた。自分が居ないと気が付けば、あの用心棒はきっと捜しに来てくれる。それまで耐えればいいだけだ。大丈夫、多少の暴力には慣れているし、器である自分は殺されはしないはず……と、そんなラウラに対し、グレアムは少しばかり驚いたような顔をした。

「なんだ……君は随分とサイードを信用しているんだな」

「？　サイード？」

聞き慣れない名前を問い返す。するとグレアムはこれにもまた驚いて。

「知らないのか？　君が共に旅をしてきた男の名だ」

「ウィードの？……って、なんで貴方がそんな事——」

「当然だ。奴は以前、父を守る近衛兵《このえへい》だったのだから」

「……っ！」

今度はラウラが驚かされる番であった。

ウィードは自らの過去も素性も語らない。故にラウラはその背景を色々と想像していたが——まさか、近衛兵だって？

その仕事はウィードとはかけ離れ過ぎている気がしたが、一方で腑《ふ》に落ちる部分も多かった。ウィードの尋常ではない強さも、変なところで博識なのも、近衛兵だったとすれば頷《うなず》ける……が、やはり、あのチンピラ然とした男が城勤めとは。ラウラは暫《しば》し、その違和感に戸惑っていたのだが。

「しかし君……見る目が無いにも程があるぞ。よりによってあんな男を信用するとは……」

「……は？」

グレアムが呆《あき》れたように首を振るので、ラウラは眉間に皺《しわ》を寄せた。

「何よ、なんでそんな事が言えるわけ？　あいつは信頼できる奴よ」

これにグレアムはハッと嗤う。

「信頼？　それはまた可笑《おか》しな事を……そうか、君は奴の事を何一つ知らないのだな。だからそんな事が言えるのだろうが……良い機会だから教えてやろう。君の雇った用心棒が、一体どんな人間なのか」

そうしてグレアムが披露した話とは、実に恐ろしいものだった。

ウィードが国王の密命に従い遂行した非道の数々。無抵抗にもかかわらず葬られた人々。日常のように行われていた手酷《てひど》い拷問……それだけでも慄然とするには十分だったが、極め付きは亡国の哀れな王女の話だ。国王に靡かなかったその王女は、不況を買って幽閉された。その始末を命じられたのがウィードであったと。

「いくら王の命令でも、無力な女を斬り捨てる等、普通の神経ではとてもできまい。しかしサイードは実行した。奴はそういう人間なのだ。なぁ君、そんな男が本当に信頼できると思うのか？　助けなんて期待するだけ無駄だろう」

グレアムは容赦のない口振りで言う。ウィードへの信頼を打ち砕けば、ラウラが屈すると考えているようだ。

確かに衝撃は強かった。共に旅をしてきた相手がそんなにも非道な事を行っていたなんて、俄《にわ》かには受け入れるのが難しい——が、そこに失望があるかと言えば、そうではなかった。

「そうか……成程ね……」

ラウラは静かに、そう呟く。

「あたし、今までずっとあいつの事がわからなかった。どうして過去を語らないのか、どうして影のように生きるのか……でも、やっと理解できた。あいつが捻《ひね》くれちゃってんのは、その酷い過去のせいなのね……」

女の悲鳴を苦手とするのも、なんの望みも抱かないのも、きっとそこに起因するのだ。そんなにも重い過去を抱えていれば、普通の生き方ができなくなるのも仕方がない。ようやくそれが理解でき、ラウラは只々《ただただ》、成程と思っていたのだが。

「ああ、捻くれるのも当然だろうな。犯した罪が消える事はないのだから」

ラウラの反応をどのように捉えたのか、グレアムは大きく頷きながら言う。

「奴はいざという時、何よりも己が身を守ろうとする。要はなんの矜持《きょうじ》も無い獣なのだ。自分可愛《かわい》さに政変への協力すら断って……そんな男が俺を敵に回してまで、君を助けに来るはずがない。奴は君を見捨てるぞ。所詮は残忍で狡猾《こうかつ》な、心根が卑しい男なのだから！」

「――っ」

その瞬間、ラウラは腹の中、何かが煮《に》え滾《たぎ》るような感覚に見舞われた。いや、別に気にするような事じゃない。この台詞《せりふ》はきっと、紅吉祥に惑わされたが為《ため》のもの。グレアム本来の人格から生まれたわけではないはずだ。だからまともに取り合う必要もない。無視して流せば良いだけの事——と、思うのに。

「——あんた何言ってんのよ」

「は？」

呟く声がうまく聞き取れなかったのか、グレアムは怪訝《けげん》に問い返す。それにラウラは顎を上げ、今度はハッキリと言ってやる。

「あんた、偉そうにべらべら語る割に、何も見えちゃいないわねって言ったのよ！」

「……何？」

途端、グレアムの目が鋭くなった。気分を害しただろう事は明らかだったが、それでもラウラは止まれなかった。衝動に任せて言葉を放つ。

「確かにあんたの言う通り、罪ってのは消えないわ。でもそこにウィードの本質があるように語られるのは聞き捨てならない。あいつはずっと、後悔と自責の中で藻掻《もが》いてる。だからこそ過ちを繰り返さない。二度と人を傷付けたり見捨てたりなんかしないのよ！」

「はっ、知った口を……そんな事何故《なぜ》わかる？」

「わかるわよ！　だってあいつは、他人の子供を助ける為に命を投げ出そうとまでしたんだから！　それなのに残忍だの心根が卑しいだの……そっちこそ知った口利かないでよ！」

ラウラは強い調子で言い返す。

だってラウラは、ウィードが如何《いか》にいい奴なのかを知っている。彼の優しさにこの旅で幾度となく触れてきたのだ。だからこそ、侮蔑の言葉が許せない。こんな事に拘《こだわ》っている場合じゃないのに、どうしても言わずには気が済まない。

「あのね、あたしにとって重要なのはどんな過去があるかじゃない。その過去を踏まえて、今をどう生きてるかよ！　今のウィードは、自分より人を守る事を選べるわ。それに無闇に他人を傷付ける事もない。暴力の残酷さを知ってるから！」

そう訴える内に思い至る。ウィードもまた紅吉祥の誘惑に負ける事がなかったと。それはきっと暴力に塗れた過去を悔やみ、自らを強く律しているからだ。だから紅吉祥と旅をしつつも一切惑わされなかった……その事実があるだけでも、彼の心根を証明するには十分じゃないか。

「とにかくねぇ、サイードって人の事は知らないけど、あたしの知ってるウィード・タンブルって男はね、あんたに貶《おとし》められる謂《いわ》れは一切ないの！　むしろあいつは真《ま》っ直《す》ぐに生きてるわ！　目的の為に鬼畜になったあんたなんかよりずっと——」

と、そこでパァンと音が響いた。途端、焼けるように熱を持つ頬。見なくても触れなくても、酷《ひど》く腫れ上がるだろうとわかる。

「鬼畜だと……？　この俺が……？」

グレアムは唸《うな》るように吐き出した。どうやらその言葉は彼の逆鱗《げきりん》に触れたらしい。

暗い目で睨み据えられ、流石に言い過ぎたかと悟るが、もう遅い。グレアムは怒りを顕に、ラウラの胸倉を乱暴に摑《つか》み上げる。

「そうか、大聖の事に勘付いていたとはな！　だがしかし、鬼畜とまで呼ばれる覚えはない！　崇高な理念の為に、多少の犠牲は付き物なのだ！」

ラウラを強く揺さぶって、グレアムは叫ぶ。間近に見る彼の瞳は、最早完全に暗い炎に取り込まれている。

その炎の正体にラウラは気付いた。それは、力を得たい、人より抜きん出た存在になりたいという欲望だ。口では政変だ理念だと宣《のたま》うが、今の彼の中にあるのは毒々しいまでの権力への執着なのだ。

「全く、こんなにも無礼で強情な女が器だなんて忌々しい……！　こうなってはやむを得ん。今からは、やはり手荒な手段を取らせてもらう」

「っ！」

再び振り上げられる手に、ラウラは身体《からだ》を強張《こわば》らせた。が、絶対に屈するものかと意志を固める。どんなに痛みを被《こうむ》ろうと、彼を主とは認めない。

だって紅吉祥が行使されれば、この世界は地獄と化すのだ。それは決してあってはならない。自分がその元凶になるなんて耐えられない。

だから歯を食い縛る。揺らぐまいと己に誓う。翳《かざ》された手を睨み付け、何があっても折れるまいと――……その時である。

　聖堂の外で、ギャァという声がした。それから怒号と、また悲鳴。銃声と、刃が打ち交わされる金属音。

「こんな時に……何事だ！」

　グレアムが問うのと、一人の兵士が扉を開けるのは同時だった。歳若《とし》いその兵士は酷く動転した様子で、「殿下！」と上擦った声を上げる。

「教会内に潜んでいた者が……！　今、皆が次々やられて……」

「なに、相手は何人だ!?」

「それが、たった一人――」

　そう言い終わるより先に鈍い打撃音がして、兵士は前のめりに倒れ伏した。その身体に押されるように、扉が大きく開かれる。その向こうから現れたのは――

「ウィード！」

「サイード……」

　ラウラの声が高く弾んだのと対照的に、グレアムの声は地を這《は》うように低かった。異なる名で呼ばれたその男は、偽りの名の方に反応する。

「ラウラ、悪ぃ遅くなった！　無事か――って、それ……！」

　ウィードはラウラの頬が腫れているのに気付くなり駆け寄ろうとしたのだが、しかしすぐに足を止めた。ラウラから手を放したグレアムが、彼の前に立ちはだかった為である。

「サイード……まさか本当に来るとはな。その上、俺の部下達をたった一人で蹴散らすとは、腕はなまっていないようだ」

「……そう言うお前は随分と変わっちまったみてぇだな。大聖を殺した上に女にも手を上げるたぁ、大した下衆《げす》になったじゃねぇか」

この言われ様に、グレアムは長靴の底でガンと石床を踏み鳴らした。

「俺を下衆だと……!? お前のような卑賤《ひせん》の輩《やから》が何を言う！ 不敬もそこまで行くと許されんぞ！」

そう怒鳴り、ずいと一歩前に出る。

「そもそもお前は、何故俺の邪魔をする？ 器の事も何故伏せていた！ この国を正す為には、絶対に紅吉祥が必要なのだとわからないのか！」

「ああ、わからねぇな。政変は必要かもしれねぇが、紅吉祥なんて危険物を持ち出すのには反対だ。何よりその器自身が主を持つのを望んでねぇ。だから俺はその意思を尊重する。俺ぁそいつに雇われた用心棒だからよ」

「は、何を馬鹿な……国の行く末が掛かっているのに、よくもそんな暢気《のんき》な事を！」

グレアムはそう吐き捨てると、勢いよく剣を抜いた。

「これだから志のない人間は嫌になる！ 些末《さまつ》な事に囚われて……大いなる目的の為には

手段を選んではいられないのだ！　器の意思等考慮してやる余裕はない！」

口角泡を飛ばすような勢いで吠《ほ》え掛かるグレアムを見やり、ウィードは眉間に皺《しわ》を刻んだ。言葉の内容というよりも、グレアムの様子そのものに思う所があったようだ。

「おい、お前……なんなんだよその顔は。完全に人相変わっちまってんじゃねぇか。殺しなんかする時点でおかしいのはわかってたが……紅吉祥を狙うとなると、お前でもそうなっちまうのか？」

その声は酷く残念そうである。旧知の仲であるウィードは、本来のグレアムをよく知っているのだろう。それだけに現在の豹変《ひょうへん》ぶりを見るのには辛《つら》いものがあるのだろうが、当人が己を顧みる事はない。グレアムは勢いを落とさずに言い返す。

「何を言う、俺はこの国を救う為、覚悟を決めたというだけだ！　偉大な事を為《な》さんとする時、一切の甘さは不要だろう！　だから俺は倫理を捨てた！　この国の未来の為なら、非情にだってなってやる！」

そこまで言うと、不意にグレアムは不気味に口角をつり上げた。そしてねっとりとした声を出し。

「なぁサイード、これはお前から学んだ事でもあるのだぞ？　目的の為、お前はいくらでも非道を働いてきたじゃないか。何せ罪のない哀れな王女すら、惨《むご》たらしく斬り捨てたくらいだからなぁ!?」

「っ、あんた何を——っ！」

ラウラは反射で声を荒らげた。ウィードはその件に強い後悔を抱いている。女の悲鳴が聞けなくなっている事から、重大な心の傷ができているのは明らかだ。

そんなにも繊細な部分を抉《えぐ》りに掛かるグレアムの卑劣さが許せない。だから一発殴ってでも黙らせてやろうと思ったのだが——しかし。

「ああ、そうだな」

——え？

ラウラはぴたりと動きを止めた。ぱしぱしと瞬きを繰り返しつつ、ウィードを見詰める。

彼の反応が想定と異なり、実に落ち着いていた為《ため》だ。自嘲や自責に顔を歪《ゆが》める事もなく、声を詰まらせる事すらせず、ウィードは淡々と言葉を返す。

「確かに俺は、のし上がりたいって欲に駆られて非道な行いを重ねてきた。それを否定するつもりはねぇ……だけどな、だからこそお前に言える事ってのもあるんだわ」

そう告げる声も冷静そのもの。それがラウラを戸惑わせる。

だって王女殺害の件は、ウィードにとって絶対的タブーではなかったのか。過去に触れようとした時の拒絶ぶりからしても、彼が強く囚《とら》われていたのは間違いない。

なのに何故、こんなにも平然としていられる？

一体彼に何があった？

このたった数時間の内に、何が変わったというのだろう……？

ラウラが怪訝に見詰める中、ウィードは尚《なお》も落ち着いた調子で言葉を続けた。

「つまりな、いくら目的の為だろうと、人間には踏み外しちゃなんねぇ道があるって事だ。そこだけは押さえとかねぇと、二度と戻れなくなっちまう。だからお前、ここで引いとけ。紅吉祥はお前が考えてるよりもずっと危険な代物だ。そんなモン使うべきじゃねぇ」

そうしてウィードも剣を構える。それはゆっくりとした動作だったが、もし引かないのなら容赦しないと、言外の圧を放っている。

しかし、それでもグレアムは応じなかった。むしろウィードの達観したような物言いが神経を逆撫《さかな》でしたのか、彼はわなわなと身体を震わせ。

「生意気な……お前が俺に説教だと!? 誰になんと言われようと、俺は紅吉祥の主となるのだ！ これ以上邪魔立てするなら……お前の事も斬り捨ててくれる！」

言うが早いか、グレアムは強く石床を蹴った。頭上に振りかぶった剣を思い切りウィードへと打ち下ろす、が、ウィードはこれを真正面から受け止めた。二秒程二人の力は拮抗《きっこう》し、それからウィードが剣を払う。同時に蹴りを繰り出すのをグレアムは素早く躱《かわ》し、再び踊り掛かって行く。

二人が激しく切り結ぶ様をラウラは息を詰めて見守ったが、その最中、ある事に気が付いた。ウィードは只管《ひたすら》、防御にしか剣を使っていないのだ。攻撃は全て拳か蹴りによるもので、それにグレアムは苛立《いらだ》たし気な声を出す。

「お前、何故《なぜ》剣を使わん！　それで俺に勝つつもりか？　舐《な》めた真似《まね》を！」

「うるせぇな、俺だって好きでやってんじゃねぇわ！」

ウィードは煩わしそうに言い返す。

「けど剣でお前に大怪我《けが》させたら、この国を立て直す人間がいなくなっちまうだろ！」

「っ、なんだと……？」

その言葉にグレアムの動きがぴたりと止まった。瞳が大きく見開かれ——しかしすぐに鋭く細められる。

「今の台詞《せりふ》……お前もこの国を憂えていると!?　ならばやはり邪魔をするのはおかしいだろう！　むしろ俺に協力するのが筋だろうが！」

グレアムは再びウィードに襲い掛かる。二本の剣は熾烈《しれつ》に打ち合い、弾いてもすぐに次の一合が交わされる。高い金属音が断続的に響く中、ウィードは語気荒く怒鳴り返す。

「筋も何もねぇ、俺はもう戦はしねぇ！　つかお前、今の状態でどうして紅吉祥の制御なんかできんだよ!?　すっかり理性失《な》くしちまってんじゃねぇか！」

「馬鹿な、俺は大義の為に動いているだけだ！　お前もわかっているのだろう、国を正す事の必要性が！　その為には何をしてでも——」

「それがもうおかしいって言ってんだ！　お前は紅吉祥に拘り過ぎて、色々見えなくなってんだよ！　大義を謳《うた》えば何しても許されるなんて事はねぇし、人智《じんち》を超えるようなモンを戦に使っていいわけねぇ！　それがどんだけ危険かって、少し考えりゃわかんだろ!?」

ウィードはそう言ってグレアムの剣を強く弾いた。衝撃でグレアムが数歩退くと、そこへ言葉の追い打ちを掛ける。

「お前が本気で国を正そうと思うんなら、目先の事だけに囚われてんじゃねぇよ！　怪しい力に頼るんじゃなく、真っ向から人の力を集めてみせろ！　お前はこの国で唯一、それができる人間だろうが！」

「――っ」

ウィードの声は聖堂内にこだました。その余韻の残る中、グレアムの瞳が大きく揺れる。ウィードの言葉が効いたのか、そこに燃え盛っていた炎の勢いが弱くなる。

――もしかしたら、グレアムは正気に戻るかも……！

ラウラはそんな期待を寄せた。紅吉祥への執着を捨て、本来の彼に戻ってくれれば、この場はきっと収まるはずだと――だが、それも束《つか》の間《ま》。

事態はうまくは運ばなかった。和らぎ掛けた空気を再び張り詰めさせるような、一発の銃声が響いたのだ。

引き金を引いたのは、ウィードが倒した若い兵士。彼が意識を取り戻し、ウィードへ発砲したのである。

「──っ」

ウィードの身体《からだ》はガクリと傾《かし》ぐ。が、彼は同時に銃を抜き、間髪容《い》れずに撃ち返した。ガォンという銃声と共に、兵士の銃が彼方《かなた》まで弾き飛ぶ。兵士は「ヒッ」と声を上げ、慌てて外へと退散していく。

「ウィード！」

ラウラは青くなって叫んだが、ウィードは軽く頭を振り。

「馬鹿、ンな声出すなっての。少し足に掠《かす》っただけ──」

と、言い終わらない内に行動を起こす者がいた。グレアムだ。

一瞬正気に戻り掛けていたグレアムだが、ウィードが弱った事により瞳の炎を再燃させた。彼は今こそ好機と捉え、ウィードへと肉迫する。

ウィードの下衣の腿《もも》の辺りは大量の血で染まっていた。掠っただけだと言っていたが、それでもかなりの怪我のはず。こんな状態で斬り掛かられたら──……ラウラは最悪の予想に呼吸を止めるが、しかし実際に起きた事は違っていた。

グレアムはウィードの身体へ鋼を叩《たた》き込む事はせず、まずは彼の持つ剣を大きく払う。片脚を怪我していてはこの衝撃に耐え切れず、ウィードの剣は手から離れて飛んで行く。

カランカランという音が響く中、次いでグレアムはウィードから銃を奪い、その銃口を彼の頭へ突き付けた。が、発砲はしない。突き付けるだけ。この行動にラウラは悟る──

嗚呼《ああ》、狙いは自分かと。

「さて、紅吉祥の器よ。これがどういう状況かわかるだろう。この男は足を撃たれた上、今やもう丸腰だ。此奴《こいつ》を助けたいと思うなら、俺を主と認めるのだ！」

案の定、グレアムは此方《こちら》へと投げ掛けて来た。既に勝利を確信したのか、その顔には余裕の笑みすら浮かんでいる。

だがどんな状況に追い詰められようと、ラウラの返事は決まっていた。誰がそんな事するものか、と。

紅吉祥により齎《もたら》される悲劇を思えば、如何《いか》なる手段で脅されようと屈するわけにはいかないのだ。自分には力を抑える責務がある。今のラウラは確かにそれを感じている。だから拒絶以外の答え等は有り得ない。あってはいけない。その結果ウィードが犠牲になろうとも――……だが。

「――……」

喉が詰まる。どうしても、声が出ない。

言うべき言葉が音にならず、ただ唇を引き結ぶしかできずにいると、ウィードの不審気な声が飛んできた。

「おい……お前、何黙ってんだ？　言っとくがこんな交渉に乗る事ねぇぞ！　こうなったのは俺の油断が原因だし、紅吉祥と天秤《てんびん》に掛けてまで助けてくれなんて望まねぇ！　つぅかあの獅子《しし》が使われんのに比べたら、俺の事なんかどうだって——」

言葉はガォンという銃声に遮られ、ラウラはビクリと身を竦《すく》めた。銃弾はウィードの耳を掠めていた。新たにピッと鮮血が散る。

「黙っていろサイード。選択するのは彼女自身だ」

「あぁ!? この状況で黙れるかよ！ つぅかグレアム、今のお前が主になったら恐怖政治しか始まらねぇぞ。なぁ、いい加減目覚ませよ、この国を本気で良くしてぇんなら人の力で——」

「お前の説教なんて必要ない！」

グレアムはウィードの頬を思い切り殴り付けた。大きくバランスを崩したウィードは石床に膝を付く。その額へと銃口を構え直し、グレアムは再度ラウラへ言い放つ。

「見ろ、君が強情を続ける程に此奴が傷付く事になる！ 次は眉間に穴が開くぞ、それが嫌なら今すぐに、俺を主と認めるんだ！」

「ハッ、そいつがそんな脅しに屈するかよ……なぁラウラ、お前は豪胆な奴だろうが。今のコイツが主になるのに比べたら、俺の命くらいどうでもいいってわかんだろ？」

「………………」

そう、わかる。ウィードの言う事は尤《もっと》もだ。

今のグレアムは完全に取り憑《つ》かれている。欲に呑まれて理性を失くし、殺しすら厭《いと》わない獣へと成り下がっている。その上で紅吉祥を手に入れたらどうなるか……かつての主達同様、恐怖で人を支配するのは明らかだ。

だから、頷《うなず》いてはいけない。彼を主にしては駄目だ。

わかっている。

わかっているのに。

「――……っ」

どうしても決断できずにいると、ウィードもいよいよ焦ったような声になる。

「おい、マジでどうしたんだよ……まさか本気で迷ってんのか!? 馬鹿野郎、俺の事は気にしなくていいんだよ！ 俺は元々軍人だ、目的の為に死ぬ事もあるって散々叩き込まれてる！ それに俺は、大勢殺してきた大罪人だ、だから気にせず――」

「うるっさいわね！」

堪《たま》らずにラウラは叫んだ。その声は甲高く引《ひ》き攣《つ》れて、自分でも驚かされる。だが事実、それ程までに動揺していた。その動揺のまま、口走る。

「何が気にせずよ、馬鹿じゃないの!? 別にあんたの為に躊躇《ちゅうちょ》してるわけじゃないわよ！」

「はぁ!? じゃぁなんで――」

「あたしが嫌なの！ あんたを死なせんのが、あんたを犠牲にする決断が、自分でも意味わかんないけど世界を終わらせんのと同じくらいに、堪らなく嫌なのよ！」

そう声にした後で、ああそうかと気が付いた。

いつの間にかラウラの中には、ウィードという人物への情が、親愛が、思い入れが生まれていたのだ。世界の行く末と天秤に掛けても、見事に拮抗する程に。

それは何がきっかけなのか。これまで守ってくれたから？　怪我の手当てをしてくれたから？　紅吉祥の獅子の脅威を二人で切り抜けたからなのか？……恐らくどれも正解だが、きっとそれだけでもないのだろう。

この旅はラウラにとって、良くも悪くも濃密だった。その時を共に過ごしたウィードという存在が――口も態度も悪い癖に、意外にも面倒見が良く繊細なこの男が、ラウラは思いの外、とても気に入ってしまっていたのだ。

「……って、マジで何言ってんだ……？」

ウィードの目は真ん丸になっていた。ラウラからこんな台詞が吐かれるなんて余程意外だったのか、ぱかっと開いた口からはそれきり何も言葉が出ない。数秒、聖堂はしんと静まり返るが――沈黙を破ったのはグレアムだ。彼はやれやれと首を振り。

「全く、とんだ茶番を見せられたものだな……だが君、賢明な判断だぞ」

「？　何がよ」

ラウラは改めてグレアムを睨《にら》む。すると彼は鼻を鳴らし「わからないか？」と告げた。

「つまりサイードを犠牲にしたところで、次に痛めつけられるのは君自身という事だ。君は苦痛に耐えかねて、俺を主とするだろう。それならば今決断を下し、サイードと君自身を守る方が良くはないか？　この状況に陥った以上、他の結末はないのだから」

「――！」

これにラウラとウィードは瞠目《どうもく》した。緊迫の余りに考えが及んでいなかったが、確かにグレアムの言う通りだと気付いたのだ。たとえウィードを犠牲にしても、紅吉祥を守り切れるわけではない。この状況になった時点で、どの道こちらに勝ち目はない。

「……っ」

ラウラはぐっと拳を握る。悔しいが万事休すだ。きっと自分は遅かれ早かれ、グレアムを主にせざるを得なくなる。ならば無意味な抵抗はやめ、せめてウィードが傷付く前に決断するのが良いのでは……

そんな考えも浮かんでくるが、しかし酷《ひど》く怖かった。世界を業火に焼く未来が、怖くて怖くて堪らない。

どうしよう。どうすればいいのだろう。

ラウラは思考を巡らせる。こうなったら紅吉祥でグレアムを――一瞬そう過るのだが、いや、悪手だ。こんな所で獅子に炎を吐かれたら、自分達だって巻き込まれる。何か他に、現状を変える手立てはないか。何か、何か、何か――……と、そこで。

「っし、わかった」

　唐突にウィードが口を開いた。

　そして彼は、絶体絶命の状況にもかかわらず、極めて軽くこう続ける。

「そんじゃ、俺を主にしたらいいわ」

「——っ!?」

　それは聞き間違いかと思う程、余りにも突拍子もない提案だった。驚きが大き過ぎて、ラウラは咄嗟《とっさ》に何も言えない。ラウラだけじゃない、グレアムも大きく目を見開き——次いで顔を真っ赤にして吠《ほ》え立《た》てた。

「何を言う、この期に及んで——っ、お前は紅吉祥が主を持つのに反対していただろうが！」

「あぁ、今でもそりゃ変わんねぇよ。人間がこんな力を持つべきじゃねぇ……けどこの局面、他にやりようねぇだろうが。なぁラウラ、今選べる手段としちゃ、これが一番良くねぇか？　既に理性を失《な》くしちまってる奴よりは、俺の方がマシな主になれそうだろ」

「え、待ってよ、何言って——……」

　ラウラは大いに狼狽《ろうばい》していた。この展開は全く想定していなかったのだ。

　だが、戸惑う頭を精一杯回転させて考えると、確かにこの状況を打開するには、ウィードを主にしてしまうのが最も良いと思えてきた。

少なくともウィードは現時点で、紅吉祥を行使しようとは考えていない。それに彼は他者を傷付ける事に対し、強く己を律している。そうだ、ウィードを主にすれば、悲劇も起きずに済むのでは……

と、そんな結論に傾き掛けて、ラウラはいや、と踏み留まった。これはそんなに楽観視していい話ではないはずだ。紅吉祥は人の欲を否応《いやおう》なく増幅させる。ウィードだって、これまで平気だったからと、主になっても惑わされない保証はない。

過去の罪に苦しんでいる人間に、更なる罪を背負わせる事になってしまったら――……

そうラウラが躊躇《ためら》っていると。

「ラウラ。俺を信じろ」

ウィードが静かにそう告げた。これにハッとして目をやれば、ウィードはゆっくりと繰り返す。

「俺を、信じろ。お前、前に言ってただろ。自分の事を信用しろって言える奴が一番信じられるって。だから心配する事はねぇ。安心して俺を主にすりゃぁいい」

「――……」

その真《ま》っ直《す》ぐな視線を見詰め返し、ラウラはじっと考えた。逡巡《しゅんじゅん》し、検討し。言葉の意味をしかと受け止め――……やがて、こくりと首肯する。

「――わかった。あんたを信じるわ」

「っ！　そんな事、させると思うか！」

グレアムは激昂《げきこう》し、怒りに任せて引き金を引こうとした。だがそれよりも早く、鼓膜をビリビリ震わすような咆哮《ほうこう》が轟《とどろ》く。衝撃で建物が左右に揺れ、三人は大きくよろめく。

「なんだ⁉　何が起きた！」

言いながらグレアムは顔を上げ──凍り付いた。ラウラのすぐ傍らに、獅子《しし》の姿があったからだ。この世のものとは思えない、炎の鬣《たてがみ》を揺らめかせる巨大な獅子が、瞬きの間に顕現していたのである。

──っ、キッツい……！

ラウラはぐしゃぐしゃに顔を歪《ゆが》める。

心臓が痛い。酸素がうまく吸い込めない。

獅子を顕現させる事も、暴走させずに留め置く事も、凄《すさ》まじく身心を消耗した。何しろラウラはこの獅子の恐ろしさを知っている。一瞬でも気を抜けば、恐怖に呑まれてしまいそうだ。そうなれば獅子はきっと、教会ごと破壊する勢いで暴れ出すに違いない。

故に、絶対失敗できない。ラウラはありったけ集中する。負けるものかと、臆するものかと、限界まで精神力を振り絞り──そして。

「──行け」

そう短く命じると、獅子はウィードの下へ駆け寄った。それから自らの主を守るように、グレアムへと低く威嚇の唸《うな》りを上げる。

炎の化身が如《ごと》き神秘の獅子に睨まれれば、グレアムも恐怖したらしい。すっかり顔が強《こわ》張《ば》って——いや、それは恐怖によるところだけではないようだ。

「これが、この獅子が、紅吉祥の力の正体……？　つまり本当に、サイードが主となったという事か……？　俺はこの偉大な力を、手に入れ損ねたという事なのか⁉」

グレアムは絶望に大きく喘《あえ》ぐ。その手から銃が落ちるが拾いもせずに、茫然《ぼうぜん》と獅子を見詰めて立ち尽くす。

「何故《なぜ》、何故だ……！　俺が手にするはずだったのに……俺が国を正す為《ため》の力だったはずなのに……！」

「だから何度も言ってんだろうが、これはそんなに都合のいいモンじゃねぇんだって……」

足の怪我《けが》が辛《つら》くなってきたのか、ウィードはか細い声でそう告げた。

「お前の志は立派だがよ、政変はやっぱり人間に許された方法だけで達成すべきだ。こんな人智《じんち》を超えた力、人の世に関わらしちゃなんねぇよ」

「な、何を偉そうに……！　お前だってその主となった以上、何を仕出かすかわからないだろう！」

グレアムの激しい糾弾に、ウィードは軽く肩を竦める。

「ああ、そうだな。俺はそんなにできた人間じゃねぇからよ……」

そして撃たれた足を庇《かば》うように、よろめきながら立ち上がる。

「こんな力持ってたら、その内何か、とんでもねぇ非道をやらかしちまうかもしんねぇわ」

「っ、それがわかっているなら何故――」

「ああ、だからな」

そう言うが早いか。

ウィードは素早く行動した。グレアムから瞬時に剣を奪い取り、ニッと笑うと。

「俺ぁ、ここでもう降りるわ」

そう告げた次の瞬間――彼は自らの腹を横一閃《いっせん》に切り裂いた。

鮮やかな赤が宙に散り、ラウラの悲鳴がこだまする。

ウィードの身体《からだ》は力を失い、そのまま俯《うつぶ》せに倒れ伏す。

「――――」

この展開に、グレアムはただ絶句した。時が止まったかのように、ウィードを見下ろし立ち尽くす。それから数秒を数えてもウィードが少しも動かない為、ようやく「サイード？」と問い掛ける。当然声は返らない。

「なに……奴は何を……一体どうしてこんな事……」

混乱しきって漏らす言葉に、ラウラは「何言ってんのよ！」と鋭く吼《ほ》えた。

「ウィードは今、命を懸《か》けて紅吉祥をこの時代から葬ったの！　紅吉祥は主が死ぬと消えるから……嗚呼《ああ》、ウィードは最初からこれを狙って……そうとわかってたら主になんてしなかったのに！」

声は次第、嗚咽《おえつ》の波に呑み込まれた。ラウラはウィードに駆け寄って膝をつき、なんとか彼を繋《つな》ぎ止《と》めようと試みる。が、そうした所で手遅れだ。その証拠に獅子は今、霞《かすみ》のように消えてしまった。ラウラは再び叫びを上げ、ウィードの名前を呼び続ける。反応は返らない。彼はもう動かない。

――と、そんな中、急速に変化していくものがあった。それはグレアムの顔付きである。欲に駆られた修羅の顔から、段々と人間らしい表情を取り戻していく。紅吉祥が手に入らなくなったとわかり、心が解放され始めたのだ。

彼は動かなくなった旧知の仲間を見下ろして、酷く傷付いた顔を見せた。そしてそっと、その指先を伸ばすのだが――

「触らないで！」

ラウラが瞬時にそれを拒んだ。

「あんたがウィードに触らないで！　この悲劇を作り出した張本人が今更何よ、その汚れた手で触れるのは、あたしが絶対許さない！」

「――……」

この激昂にグレアムは素直に手を引いた。ラウラの脅しが効いた訳ではないだろう。罪の意識がそうさせたのだ。

彼は数分前とは別人のような顔で、辛そうに目を伏せた。吐き出す溜息《ためいき》は深く、そして小さく震えている。

「そうか……これは俺が招いた結果なのか……。確かに俺は理性を失っていたようだ。紅吉祥の主になるという事以外、何も考えられなかった。もしも望みを叶《かな》えていれば、俺もまた独裁者となっていたに違いない……」

グレアムは悄然《しょうぜん》とした様子で呟《つぶや》くが、その声は気の毒に思える程に細かった。ある意味では彼も被害者なのだろう。紅吉祥なんてものさえ知らなければ、彼はこんな愚かな事は仕出かさなかったはずなのだ。

グレアムは伏したウィードに「悪かった」と告げ、それからラウラに向き直ると。

「……君にも、済まなかった」

小さく述べて、静かにこの場を後にした。足音が徐々に小さくなると、ラウラは即座に立ち上がり、扉を閉めて閂《かんぬき》を掛ける。万が一にもグレアムが戻ってくる事のないように。

やがて複数の馬蹄《ばてい》が遠ざかっていく音が聞こえ、それもすっかり消えてしまうと、聖堂は静けさに包まれた。外界と切り離された、完全なる静寂。

その中で、ラウラは深く息を吐《つ》く。喪《うしな》われた友を悼む、悲しみの溜息——……と、いうわけではない。

ラウラはつかつかとウィードの下へ歩み寄ると。

「……ほら、いい加減起きなさい。アイツらもう行ったわよ」

するとうつ伏せの死体が呻《うめ》きを上げ、ごろりと仰向けに転がった。そしてラウラ同様に、長く大きく息を吐く。

「あー……俺も散々修羅場は潜ってきたけどよ、ここまでヒヤヒヤしたのは初めてだわ。まさかこんな古典的な作戦が上手《うま》く行くたぁ……つかお前やり過ぎだろ。グレアムの奴、あそこまで責められちゃ立ち直れなくなんじゃねぇの」

「そこは仕方ないじゃない、甘い香りがしてたんだから！　気付かれたらまずいと思ってあたしも必死だったのよ」

「あー、そりゃ俺もやべぇとは思ったが……ホンットよく騙《だま》し通せたもんだよな」

そう言って、ウィードは懐から麻袋を取り出した。それはネバシュ山の村でノアにもらった、キイチゴの詰まった袋である。

今、その袋は血のように赤い果汁を滴らせていた。つまりウィードは己の腹を裂いて等いなかったのだ。切ったのは衣服とその下にあったこの袋。血のように見えたのは、なんとも鮮やかなキイチゴの果汁だったというわけだ。

「つぅかこりゃ、俺の策をお前が正しく汲《く》み取《と》ったからこその結果だな。かなりの賭けではあったんだが……マジでよくわかったな？」

「あたしだってあんなやり取り、今の今まで忘れてたわよ。けど、あんな言い方されたらね……」

と、そのやり取りとは、旅が始まって間もない頃に何気なく交わされたものである。

——自分から信用しろって押し付けて来る奴は、一番信じちゃいけないのよ。

——あーその通りだ！　その有難《ありがた》い教訓はこの先の旅でも絶対忘れねぇでいろよ！

だがウィードは先程、このやり取りとは全く逆の事を言った。〝自分の事を信用しろと言える奴が一番信じられるだろ〟と。ここにラウラは違和感を覚え、正しい会話を思い出した。それを元に、ウィードの策を汲み取った。

要するに彼は、「信じろ」と言う自分の言葉を鵜呑《うの》みにするなと——即《すなわ》ち自分を主にはするなと言っていたのだ。故にラウラがした事といえば、ただ獅子をウィードの下へと進ませた上、絶命の演技に合わせて消したというだけである。

だが、グレアムはまんまと騙された。ウィードが主になったのだと、そしてその死によって、紅吉祥が消失したと信じ込んだ。実の所その神秘は、今も主を持たないままにラウラの中にあるというのに……

それから二人は、危機的な状況を切り抜けた安堵《あんど》を暫《しば》し噛《か》み締《し》めていたのだが、喜んでばかりもいられなかった。やがてウィードは身体を起こすと。

「しかし、大聖の事は残念だったな」

「……ええ」

ラウラは短く相槌《あいづち》を打つ。窮地を脱する事はできたが、取り返しのつかない事も起きてしまった。大聖の死。それはラウラにとって、世界を照らす大きな光が消えたかのような喪失だ。その悲しさ、やりきれなさはどうしたって拭えない。

「それにこうなっちまった以上、紅吉祥の譲渡だってできねぇしな。……なぁ、他にも譲渡できる相手が居るか探してみるか？　そんなモン抱えて生きてくんじゃ、どう考えても厳しいだろ」

ウィードは気遣うような調子で言う。嗚呼そうか。悲しみに暮れる間もなく、今後の身の振り方を定めなければいけないのだ。現実の容赦の無さに打ちのめされつつ、ラウラはじっと考え込む。

確かに紅吉祥を抱えたまま生きていくのはとても無理だ。いつ暴走するかもわからないし、またこの力を狙う者が現れないとも限らない。ならばウィードの言う通り、新たに力の譲渡先を探すのも手——だが。

「――いいえ」

ラウラははっきりそう告げた。

「あたし、今回の事でよくわかった。紅吉祥の誘惑って、思った以上に強いんだって。人格者のグレアムですら、主にもなってないのにあんなに堕落したんだから……それを思うと、たとえ大聖様のような人が居たとしても、誘惑に勝てるかわからない」

「あー……まぁそうかもしんねぇけど、じゃぁ」

どうすんだよと言い掛けるウィードを、ラウラは首を振って制する。まだ話には続きがあるのだ。

「でもね、あたしは大丈夫なの。この力を留《とど》めておいても、あたしは誘惑されないのよ。そこには何か、意味があるって思わない？」

「意味……？」

ウィードはよくわからないという顔をした。ラウラが言わんとしている事が、全く想像できないのだろう。まぁ無理もない。ラウラ自身、この考えに至ったのはついさっきなのだから。故に、自分でも確かめるようゆっくりと、考えながら言葉を紡ぐ。

「大聖様は、あたしが器になった事に意味があるって仰《おっしゃ》った。もし本当にそんなものがあるとしたら、それってまず大前提、あたしが惑わされないからだと思うのよ。で、そういう人間が器になった意味があるなら……」

ラウラはスッと息を吸ってから言い放つ。

「それってきっと、葬れって事だと思うのよね」

「……は？　葬る？」

ウィードは怪訝《けげん》に問い返した。それから数瞬の間を置いて。

「――って、紅吉祥をか⁉」

そんな素っ頓狂な声を出した。

「つまりお前が言ってんのは、誰かに託すわけでもなく……それに主が死ぬ事で力が消えるって筋書きでもなく」

「そう、完全消滅。こんな危険な力なんて、未来永劫《えいごう》現れる事のないように消しちゃうの」

ラウラはパッと手を広げて言ってのけた。

「だってこんなの百害あって一利無しでしょ。力自体も危険だし、もし紅吉祥が消えてないって事が漏れれば、それを巡って争いも起きちゃうし……だからもう、消すしかない。あたしが器になった事に女神の意志があるんなら、この選択ができるからとしか思えないでしょ？」

「いや、そこは知らねぇけど……でも、そんな事どうやって……」

ウィードは未《いま》だ驚きの抜けない顔で言うのだが、ラウラは「さぁ？」と肩を竦《すく》めた。

「現状は皆目見当が付かないわ。でもアズ大陸になら何か手掛かりがあると思う。向こうには色々と伝承が残ってるみたいだし……だからね」

そこまで言うとラウラは一度言葉を切って、ウィードの前に膝を突いた。そして目線を合わせ、瞳を逸《そ》らさず、極めて真摯に言い放つ——あんたも一緒に来て欲しい、と。

◆◇◆

「あんたは護衛も通訳もできるし、何より簡単には紅吉祥に惑わされたりしないでしょ？　そんな人材他にいない、あんたしか頼れないの。だから協力してほしい。紅吉祥を消し去るまで、あたしに力を貸してほしい」

そんなラウラの要求を、ウィードは唖然《あぜん》としたまま聞いていた。

だって、紅吉祥を葬る？

その為《ため》にアズへ渡る？

どちらもウィードには思いも寄らなかった事である。

これをグレアムに誘拐されているという極限の状況下で閃《ひらめ》いたというのだから、本当にこの女、どこまで精神が強いのだろう。驚きと感心が綯交《ないま》ぜになり、思わずハッと笑いが漏れる。

「あー……お前ってやっぱとんでもねぇな。まさかそんな突拍子もねぇ事言い出すとは……存在するかもわからねぇ方法を探す為に、大陸まで渡ろうって？」

「ええそうよ。だって紅吉祥って謎だらけなんだから、方法が無いとも限らないじゃない。探してみる価値はあるはずよ？」

「いや、それにしたってなぁ……つうかお前、グレアムから俺の過去も聞いたんだろ？　俺がどんだけの人間殺してきたかって……それ知った上でまだ雇おうって、どんだけ神経太ぇんだよ」

そう皮肉っぽく言ってみるも、ラウラは全く動じなかった。むしろ堂々と胸を張り。

「そりゃぁ確かに、あんたの過去には驚いたわ。けど誰かの強力な支配の下に置かれてたら、良心を見失う事もあるじゃない。それに今のあんたはその頃とは違うってわかるし、そもそも王女の件だって好きでやったんじゃないんだから――」

と、ラウラは唐突に口を噤《つぐ》んだ。この話題には触れるべきじゃないと気付いたようだ。

だがウィードは、口を滑らせたラウラに対し悪態を吐《つ》いたりはしなかった。ただ、彼女の顔をじっと見詰め。その視線をふいと逸らしてから。

「……殺してねぇ」

極めて静かに呟いた。

「あの王女は、俺が殺したわけじゃねぇんだ。責任逃れみてぇだから誰にも言ってなかったが……実際には自害だった。俺が落とした剣を拾って、王女自身が……」

「っ、それなら――」

そんなにも気に病む事はないじゃないか。ラウラはそう言おうとしたのだろうが、ウィードは首を横に振った。事実、彼女を最終的に追い込んだのは自分なのだ。自害の引き金となったのは、自分が恐怖を与えた事に他ならない。

「それに、大勢殺してきたのもまた事実だ。俺の罪は途方もねぇ……だから俺は城を出てから、ずっと日陰で生きてきた。せめて王だの殺しだのに二度と関わらないように……俺みたいな人間は、陰の人生を甘んじて受け入れるべきだって……」

こんな話を誰かにするのは初めての事だった。深い話をするような相手もいなかったし――いや、仮に誰かいたところで、言葉にするのは辛《つら》過ぎただろう。

だが今は、胸に溜《た》まっていた澱《おり》が、いくらか軽くなったような気がしている。

見える世界も物事の感じ方も、今までとは少し異なっている。

その変化を齎《もたら》したのは、ラウラだ。

ウィードは彼女の顔へと視線を戻し、「けど」と続ける。

「今はなんかな、そういうのは終わりでいいかもって思ってんだ。ほら、お前さっき、グレアムに向かって啖呵《たんか》切ったろ？　アレが正直、結構効いた」

「啖呵？」

ラウラは大きな瞳をぱしぱしと瞬《まばた》かせ、それから「あっ」と口を開けた。

「あんたアレ聞いてたの⁉　っていうか聖堂の外まで聞こえてたの⁉」

「そりゃ、あんだけ大声で喚《わめ》いてりゃな」

その時ウィードは教会の中に入り込み、襲撃のタイミングを計っていた。そこへラウラの激昂《げきこう》する声が聞こえてきたのだ。

彼女はグレアムに臆する事なく、ウィードが如何《いか》に信用に足るかを捲《まく》し立《た》てた。

後悔があるからこそ過ちを繰り返さないと言い切った。

その言葉が、他者からの強い信頼が、思いも寄らない威力をもってウィードを日向《ひなた》へ引っ張り出した。グレアムの仄暗《ほのぐら》い挑発すら届かないような光の下へ。

「俺はずっと、一度間違えた人間は過ちを繰り返すんだと思ってた。だからもう何もすべきじゃねぇって諦めて……けど、お前の考えは全くの逆だった。正直すげぇ驚かされたわ。お前みたいな考え方もあんのか、そういう風に見てくれる奴も居んのかって……」

その瞬間、目の前が大きく開けていくような感覚を覚えた。ラウラが信じてくれた事で、いつまでも日陰に蹲《うずくま》っている必要なんてないのではと思えたのだ。

自分はもっと、人間らしく生きたっていいのではないか。

自らの人生を、自らの意思をもって歩んでもいいのでは。

その結果、城に連れ戻される危険性は高まるだろう。が、真剣に考えればやりようだってあるはずだ。

そうして今、改めて自らの進む道を、自分の意思で選び取るなら――……

「――……そうだな。行ってもいいわ、アズ大陸」

「え――えっ、いいの⁉」

ラウラは不意打ちを喰《く》らったように、大きく目を見開いた。こんなにもあっさり引き受けられるとは考えていなかったのだろう。だが、ウィードは迷いなく首肯する。

「まぁ海を渡るのは大変だろうが、アズ行きは俺にはむしろ好都合だ。城の人間の目を気にしなくて良くなんだから……それに紅吉祥は、主の有無にかかわらず争いの火種になる。未だ現存してるって事もいつかはきっと漏れるだろうし、放《ほ》っとくわけにいかねぇだろ」

だから旅に付き合ってやるとウィードはハッキリと告げるのだが――しかしラウラは「でも、本当にいいの？」と不審気に何度も問い掛けた。

「協力してもらえるなら有難《ありがた》い事この上ないけど、でもこの旅っていつまで続くかわからないのよ？　責任だって重大だし、またどんな危険があるかもわからないし……」

わざわざそんな風に難点を並べるのは、ウィードの決断が余りに早かった為だろう。もしや戦闘後の高揚でまともに頭が働いていないのではと疑われているらしい。

だが、ウィードだって勢いでこんな話を請け負うような馬鹿じゃない。しっかりとラウラの顔を見詰め返して言ってやる。

「いいんだよ。つぅか多分――これが俺の意義なんだわ」

ウィードは罪を自覚してからというもの、死人のような人生を生きてきた。だが、実際に死のうと思った事はない。それはきっと、まだ自分にはできる事が、為《な》すべき事があるのではと何処《どこ》かで感じていたからだ。

「けどそれが何なのかはわからなかった。国王まで紅吉祥に絡んでくんなら、やべぇ事になる前に奴を討つべきかとも思ったが……それを為すのもまた戦だ。俺はもう戦場には出られねぇ。とにかく殺しが嫌なんだ。だから結局何もできねぇって諦めてたが……」

だが、ラウラが答えを示してくれた。

彼女が見出《みいだ》した道こそが、ウィードにとっても最適の、進むべき道であったのだ。

「お前の言う通り、紅吉祥さえ消しちまえばいいんだよな。そうすりゃデカすぎる戦の火種が排除できんだから。政変に力を貸せねぇ分、俺はこっちを引き受けるべきだ。俺はこのやり方で、戦を止める。それがきっと俺にとっての為すべき事で……人生の意義ってやつだ」

この結論は決して易《やす》いものではない。ろくに交流のない大陸に渡り、紅吉祥という危険物と行動を共にするなんて。それにまたグレアムのように、紅吉祥を狙ってくる人間だっているかもしれない。

だが、長い間なんの目的も持てずに生きてきたウィードにとっては、果たすべき役割や進むべき道を見出せた事は、それがどんなに困難なものであろうとも、何処か清々《すがすが》しい心地がした。自分という人間に初めて価値が生まれたような、そんな気がするのである。

ウィードの決意が確かなものだと伝わると、ラウラも大きく頷《うなず》いて。

「そう、わかった。そういう事なら遠慮なく引き摺ってく。って事で改めて、よろしく頼むわ」

そうして差し出された掌《てのひら》にパチンと手を合わせた時、聖堂の窓から白い光が射《さ》し込んできた。朝が来たのだ。

昨日となんら変わりなく、当たり前に明け行く空。だがウィードにはそれが何か、特別なもののように感じられた。まるでここから、本当の人生が幕を開けていくかのように。

もしかしたら自分はずっと、この時を待っていたのかもしれない。自らの命と能力を、正しいと信じられる目的に使う機会を。

そしてその機会を与え、心の澱から解放してくれたラウラに対し、ウィードは強い恩義を感じ始めていた。

この生意気で豪胆で、しかし強く優しい娘を不幸になんてさせられない。

その為にも、彼女の目的が達せられるまで、必ず自分が守ってやろうと決意する。

今度は報酬の為ではなく、忠誠という意思を持った用心棒として。

富士見L文庫

紅《くれない》至《し》宝《ほう》物語《ものがたり》
流浪《るろう》の用心棒《ようじんぼう》と神秘《しんぴ》宿《やど》す舞姫《まいひめ》

平加多璃《ひらかたあき》

2024年7月15日　初版発行

発行者　山下直久
発　行　株式会社 KADOKAWA
〒102-8177　東京都千代田区富士見2-13-3
電話　0570-002-301（ナビダイヤル）

印刷所　株式会社暁印刷
製本所　本間製本株式会社
装丁者　西村弘美

定価はカバーに表示してあります。　◇◇◇

●お問い合わせ
https://www.kadokawa.co.jp/（「お問い合わせ」へお進みください）
※内容によっては、お答えできない場合があります。
※サポートは日本国内のみとさせていただきます。
※Japanese text only

ISBN 978-4-04-075484-0 C0193